Im Sommer 2022

Liebe Freunde,
ich habe eine überraschende Neuigkeit für alle: Kein Autor ist eine Insel. Wir veröffentlichen unsere Bücher nicht alleine. Ja, die Worte in diesem Buch stammen von mir, und ich habe es selbst geschrieben, aber ich hatte mehrere Teams äußerst talentierter Experten zur Seite, die sich alle Mühe geben, das Beste aus mir als Autorin herauszuholen. Zuallererst sei mein persönliches Team genannt, das mich zusammen mit meiner wundervollen Agentin hier im Büro unterstützt. Dann natürlich mein Verlegerteam. Sie alle führten mich durch die verschiedenen Stadien dieses Buches. Ich schulde ihnen große Dankbarkeit. Meine Anwaltfreundin Lillian Schauer hat die Gerichtssaalszene gründlich gelesen, damit alle Details der Realität entsprechen. Danke, Lillian! Und meine Assistentin Shawna hat die vielen Versionen dieser Geschichte gelesen.

Ich dachte wirklich, »Unser Sommer am Meer« würde mein letztes Buch sein, und ich würde danach in den Ruhestand gehen. Aber dann hatte ich eine richtig gute Idee für eine andere Story. Das Schreiben macht einen so großen Teil von dem aus, wer und was ich bin, dass ich Zweifel habe, ob ich es jemals aufgeben werde. Das

Beste aber kommt auch noch für mich, wie es aussieht, denn Wayne und ich gehen auf Reisen. Wir haben uns diesen Sommer ein Wohnmobil gekauft, und das Abenteuer wartet auf uns.

Debbie Macomber

Für
Jennifer Hershey
und
Shauna Summers

Danke, dass ihr an mich geglaubt habt.

Prolog

»Erheben Sie sich bitte«, verkündete der Gerichtsdiener, als die Richterin den Gerichtssaal betrat. »Richterin Walters führt den Vorsitz.«

John Cade Lincoln junior kam neben seiner vom Gericht bestellten Anwältin auf die Füße. Er hatte die Frau erst einmal getroffen und sich einverstanden erklärt, sich schuldig zu bekennen. Er schwankte, als er aufstand. Es fiel ihm schwer, das Gleichgewicht zu wahren, da die Schrapnellwunde an seinem Bein, die er bei seinem Einsatz in Afghanistan davongetragen hatte, nie richtig verheilt war. Er hielt sich an der Kante des Tisches für den Angeklagten fest.

Seine Anwältin, Miss Newman, eine junge Frau, die aussah, als käme sie frisch von der Uni, beugte sich zu ihm, um ihm zuzuflüstern: »Die Richterin hat die Termine aus dem Büro geändert, damit Sie der letzte Fall dieses Nachmittags sind.«

»Was bedeutet das?«

»Ich … weiß es nicht.«

Es klang nicht danach, als wären es gute Nachrichten. Da in seinem Leben sowieso alles bergab ging, hatte er nichts anderes erwartet.

Die silberhaarige Richterin mit den durchdringenden blauen Augen nahm ihren Platz ein, und alle anderen im Saal taten es ihr nach. Cade beobachtete sie, als sie nach seiner Akte griff, und verfolgte stumm, wie der Staatsanwalt die Anklagepunkte gegen ihn verlas. Richterin Walters hob langsam den Kopf und sah ihn direkt an. Ihre Augen verengten sich angesichts der langen Liste, während sie ihn eingehend betrachtete. Cade hielt ihrem Blick stand und straffte die Schultern, als stünde er vor seinem befehlshabenden Offizier.

Ordnungswidriges Verhalten.

Körperverletzung.

Sachbeschädigung.

Widerstand gegen die Staatsgewalt.

Was seine Aufmerksamkeit erregte, war das Keuchen vom hinteren Teil des Gerichtssaals her. Er kannte diese Stimme. Kannte die Frau, die den Laut von sich gegeben hatte. Sara Lincoln, seine Mutter. Er stöhnte innerlich und senkte den Kopf, gedemütigt und erniedrigt, dass sie am zweitschlimmsten Tag seines Lebens hier aufgetaucht war. Dankbar, sein Bein entlasten zu können, sank er auf seinen Stuhl zurück, während Schockwellen über ihn hinwegrollten.

Seine Mutter war der letzte Mensch, den er erwartet hatte oder sehen wollte. Die letzte Kommunikation, wenn man es denn so bezeichnen konnte, hatte vor fast sechs Jahren stattgefunden. Das Gespräch hatte daraus bestanden, dass sein vor Wut schäumender Vater ihn mit zornesrotem Gesicht angebrüllt und heruntergeputzt hatte. Nachdem er ihn auch noch verwöhnt und undankbar genannt hatte, war Cade klar geworden, dass er eine bittere Enttäuschung für seine Eltern und eine Schande für den guten Namen der Familie war. Und das war nur das, was Cade gehört hatte, bevor er das Haus verlassen und die Tür hinter sich zugeschlagen hatte. Er war nie zurückgekehrt.

Vielleicht war es ein Fehler gewesen, in die Armee einzutreten, aber es war seine Angelegenheit. Was ihn betraf, war die Wahl, entweder seinem Land zu dienen oder nach seinem Schulabschluss Jura zu studieren, eine einfache Entscheidung gewesen. So lange er denken konnte, hatte sein Vater, John senior, von seinem Sohn erwartet, in seine Fußstapfen zu treten und in der Familienkanzlei zu arbeiten.

Vom Moment seiner Geburt an hatte festgestanden, dass Cade Anwalt werden würde. Niemand hatte sich die Mühe gemacht, ihn zu fragen, was er denn wollte. Er hatte klaglos die Erwartungen der Familie zu erfüllen, ihm wurde in der Angelegenheit keine Wahl gelassen. Alles war arrangiert, in die Wege geleitet, seit er seinen ersten Atemzug getan hatte.

Da er einfach nicht widerstehen konnte, spähte er über die Schulter. Es war tatsächlich seine Mutter, und sie war alleine, was Erleichterung in ihm auslöste und ihn zugleich schmerzte. Er wusste es besser, als zu hoffen, seinem Vater läge genug an ihm, um ihn zu unterstützen, wenn er ganz unten angekommen war. Was ihm auffiel, war die Liebe, die der Blick seiner Mutter ausstrahlte. Rasch richtete er seine Aufmerksamkeit wieder auf den vorderen Teil des Gerichtssaals. Falls ihr diese letzte Szene in seinem Elternhaus leidtat, dann war es jetzt zu spät, um Wiedergutmachung zu leisten. Hätte sie ein Wort, nur ein einziges Wort zu seiner Verteidigung vorgebracht, könnte er ihr vergeben. Stattdessen hatte sie geschwiegen, und ihr Schweigen hatte alles gesagt.

Er konnte nur vermuten, wie seine Mutter von der Verhaftung erfahren hatte. Seit dem Tag, an dem er zu seiner Grundausbildung in Kalifornien aufgebrochen war, hatte er mit niemandem aus seiner Familie gesprochen. Er hatte ihre Namen noch nicht einmal als nächste Angehörige auf seinen Rekrutierungspapieren angegeben und nie zurückgeblickt.

Sechs lange Jahre.

Es verstand sich von selbst: Seine Eltern würden nichts mehr mit ihm zu tun haben wollen – bis er bereit wäre zuzugeben, wie sehr er sich geirrt hatte. Sowie er seinen Fehler einsah, würden seine Eltern ihn wieder in den Schoß der Familie aufnehmen.

Richterin Walters blickte von den Papieren auf, begegnete erneut seinem Blick und hielt ihm lange stand, als wollte sie seinen Charakter einschätzen.

»Mr. Lincoln, sind Sie über Ihre Rechte aufgeklärt worden?«, fragte sie.

Cade erhob sich ebenso unbeholfen wie zuvor und hielt sich am Tisch fest, um nicht das Gleichgewicht zu verlieren. »Ja, Euer Ehren«, erwiderte er mit bewusst tonloser Stimme.

Seine Anwältin hatte ihn darüber informiert, was er zu erwarten hatte. Es gab nichts, was zu seinen Gunsten sprach. Er war betrunken und dumm gewesen. Er verdiente die Strafe, die auf ihn zukam, egal wie sie ausfiel. Er würde sie wie ein Mann auf sich nehmen, ohne Entschuldigungen und Rechtfertigungen vorzubringen.

»Das Gericht akzeptiert hiermit Ihr Schuldeingeständnis.«

Cade nahm an, dass das alles war, was von ihm erwartet wurde. Seine Anwältin hatte gemeint, die Richterin würde sein Plädoyer akzeptieren und dann das Urteil verkünden. Als Schweigen folgte, wanderte sein Blick wieder zu Richterin Walters, unsicher, was als Nächstes passieren würde.

Die Richterin sah von ihrer Akte auf. »Hier steht, Sie haben beim Militär gedient.«

»Ja, Euer Ehren.«

»Und Ihnen wurde ein Verwundetenabzeichen verliehen.«

Er nickte und wandte den Blick ab. Als ob ihn das interessieren würde. Er hatte überlebt, während Jeremy und Luke gefallen waren. Es wäre einfacher gewesen, wenn er in dieser Nacht ebenfalls gestorben wäre. Mit jeder Faser seines Seins wünschte er, es wäre so gekommen.

»Wie war das Ausmaß Ihrer Verletzungen?«

Das Letzte, was er wollte, war, ihr eine detaillierte Liste der körperlichen und emotionalen Narben zu liefern, die er davongetragen hatte. »Ich lebe noch.«

»Sind Sie da ganz sicher?«, fragte die Richterin mit hochgezogenen Brauen.

Die Frage erschütterte ihn, und er hob den Kopf, um sie anzusehen. Was sie andeutete, kränkte ihn.

»Setzen Sie Ihre Physiotherapie auch weiterhin fort, Soldat?«

Wenn sie so fragte, wusste sie eindeutig, dass er das nicht tat.

»Nein, Euer Ehren.«

»Können Sie mir sagen, warum nicht?«, wollte sie wissen.

»Nein, Euer Ehren.« Was hatte es für einen Sinn? Sein Bein würde nie wieder so funktionieren wie früher. Er würde für den Rest seines Lebens hinken. Ein Hinken als ständige Mahnung daran, dass er überlebt hatte, während die zwei besten Freunde, die ein Mann sich nur wünschen konnte, in ihren Gräbern auf dem Arlington Cemetery verrotteten.

»Ich verstehe«, erwiderte Richterin Walters langsam. »Dasselbe gilt anscheinend auch für Ihre Psychotherapie.«

»Ich habe keine Posttraumatische Belastungsstörung«, beharrte Cade. Was würde es nützen, herumzusitzen und sich wegen dem, was passiert war, die Augen auszuweinen? Tiefer Kummer war tiefer Kummer. Man lernte, damit zu leben und nach vorne zu schauen. Für ihn kam es gar nicht infrage, sein Innerstes vor einem Therapeuten bloßzulegen, der mit ziemlicher Sicherheit keine Ahnung hatte, wie es war, den Feind in ein Feuergefecht zu verwickeln und mit anzusehen, wie seine Freunde in Fetzen gerissen wurden. Es war kein Nein, es war ein »Zum Teufel, nein«.

»Aufgrund der Liste der Anklagepunkte scheint es mir, dass Sie einen Berg von Wutproblemen mit sich herumschleppen.«

Cade war bereit, das zuzugeben. Die Wahrheit lautete, dass er wütend auf die ganze Welt war. Die Erinnerungen an diesen letzten Kampf gruben sich wie Adlerklauen in seinen Körper, im Schlaf wurde er von Albträumen heimgesucht, die wie ein Baseball mit hundert Meilen pro Stunde auf ihn zuschossen. Er trank, um zu vergessen. Um schlafen zu können. Als Fluchtmöglichkeit.

Der Alkohol war zu seinem einzigen Freund geworden.

»Ich verurteile Sie hiermit zu dreihundertfünfundsechzig Tagen Gefängnis, wobei dreihundertsechzig Tage zur Bewährung ausgesetzt werden und die fünf Tage, die Sie bereits abgesessen haben, angerechnet werden.«

Cade hörte das leise Weinen seiner Mutter im Hintergrund. Er weigerte sich, sich umzudrehen und sie anzusehen. Es war schlimm genug, dass sie hier war und Zeugin wurde, wie tief er gesunken war. Er bezweifelte, dass sein Vater wusste, dass sie gekommen war. Er hätte ihr verboten, jemals wieder mit ihm zu sprechen.

Seine Anwältin packte ihn am Arm. »Verstehen Sie, was das heißt?«, flüsterte sie.

Kein Gefängnis. Das war nicht das, was er verdient oder mit einem Gefühl von Furcht und Unausweichlichkeit erwartet hatte.

»Angesichts Ihres Dienstes für unser Land ordne ich zwei Jahre Bewährung sowie eine verpflichtende Teilnahme an Physio- und Psychotherapie an. Sie werden für den angerichteten Schaden in vollem Maße aufkommen und fünfhundert Stunden gemeinnützige Arbeit leisten.«

Das milde Urteil bewirkte, dass sich Schweigen über den Gerichtssaal legte. Der Staatsanwalt stand auf, als ob er Einspruch erheben wollte, doch auf einen Blick der Richterin hin nahm er seinen Platz wieder ein.

»Sind Sie mit diesen Bedingungen einverstanden, Soldat?«, fragte die Richterin.

»Das ist er, Euer Ehren«, sagte die neben ihm stehende junge Frau rasch.

»Sie habe ich nicht gefragt, Miss Newman. Mr. Lincoln?«

Miss Newman beugte sich zu ihm und flüsterte eindringlich: »Das ist besser, als wir hoffen konnten. Stimmen Sie ihr zu, ehe sie es sich anders überlegt.«

»Soldat?« Die Richterin durchbohrte ihn mit Blicken.

»Ja, Euer Ehren.«

Sie ließ den Hammer niedersausen, und alle standen auf, als sie den Saal verließ.

»Was ist, wenn ich die Auflagen nicht erfülle?«, fragte Cade seine Anwältin in der Hoffnung, es gäbe einen Weg, der Psycho- und Physiotherapie zu entkommen.

»Dann sitzen Sie die dreihundertsechzig Tage im Gefängnis ab. Sie haben die Wahl. Mir scheint, Richterin Walters hat ein persönliches Interesse an Ihrem Fall. Mein Rat lautet, sie nicht zu enttäuschen.«

Cade stöhnte innerlich. Er sollte dankbar sein. Ginge es nach dem Staatsanwalt, würde er einen orangefarbenen Overall tragen und in Handschellen abgeführt werden.

»Sie müssen noch die Urteils- und Strafmaßpapiere abholen«, sagte seine Anwältin.

Der Gerichtssaal hatte sich geleert. Bevor er antworten konnte, hörte er eine Bewegung hinter sich.

»Cade.« Seine Mutter streckte die Hand aus und berührte ihn am Arm.

Er tat so, als hätte er ihre sanfte Stimme nicht gehört, und folgte seiner Anwältin ohne ein weiteres Wort zu dem Sekretär, der die Papiere vorbereitete.

Als er sich umblickte, sah er, dass seine Mutter gegangen war. Es tat ihm leid, dass sie gekommen war, und noch mehr leid, dass sie sich nichts zu sagen hatten.

1

Eine Lehrerin sollte eigentlich keinen Lieblingsschüler haben.

Aber genau den hatte Hope Goodwin. Sie war einfach hingerissen von Spencer Brown, dem linkischen jungen Mann in ihrem Kurs zur Einführung in die Computerwissenschaft. Er war den anderen meilenweit voraus. Hope fürchtete, dass seine Fähigkeiten bald alles übersteigen würden, was sie ihm beibringen konnte. Als er das erste Mal in ihrem Kurs aufgetaucht war, war sie überrascht gewesen. Er war der bei Weitem intelligenteste Junge an der Schule und sollte die Abschlussrede halten. Er brauchte die zusätzlichen Punkte nicht. Jeder andere Kurs auf seinem Stundenplan war auf AP-Level. Der Klatsch, den sie im Lehrerzimmer gehört hatte, besagte, dass sowohl Stanford als auch Yale Interesse an ihm bekundeten. Der Junge würde es weit bringen. Es war so sicher wie das Amen in der Kirche, dass Spencer keinen Computergrundkurs brauchte.

Es dauerte nicht lange, bis Hope herausfand, warum Spencer in ihrem Klassenzimmer saß.

Callie Rhodes, eine weitere Oberstufenschülerin, Mitglied des Tanzteams und Königin der Oberstufe. Sie spielte weit außerhalb von Spencers Liga.

Hope hasste es, dass Spencer eine schwere Enttäuschung bevorstand. In jeder Stunde verriet der Junge sich. Hope war überzeugt, nicht die Einzige zu sein, der das aufgefallen war. Spencer schien den Blick nicht von Callie losreißen zu können.

Hope fragte sich, ob er auch nur ein einziges Wort von dem mitbekommen hatte, was sie im Unterricht gesagt hatte. Seine ganze Konzentration galt Callie, die ihn überhaupt nicht zu bemerken schien.

Callie war beliebt, hübsch und intelligent. Demnach zu urteilen, was Hope sich zusammenreimen konnte, datete sie Scott Pender, den Starathleten und Quarterback der Schule. Sie hatte gehört, dass Scott auch auf Schlüsselpositionen bei den Basketball- und Baseballteams spielte. Im Vergleich zu ihm hatte Spencer keine Chance.

Hopes letzter Kurs des Tages war Geschichte, und sowohl Spencer als auch Callie waren anwesend. Die Oceanside High war eine kleine Schule mit weniger als dreihundert Schülern. Die geringe Größe kam Hope durchaus gelegen. Sie hatte eine bedeutsame Veränderung in ihrem Leben vornehmen wollen: ganz allein in Kalifornien zu leben. Sie hatte unbedingt weggemusst, um zu vergessen und nach vorne zu schauen.

Keine Einkommensteuer zahlen zu müssen war nur einer der Gründe gewesen, weshalb der Staat Washington sie gereizt hatte. Es war schön hier, und sie war sicher gewesen, in einer idyllischen und freundlichen Gemeinde einen guten Job finden zu können. Also hatte sie sich in verschiedenen Kleinstädten, von denen es in der Westhälfte des Staates nur so wimmelte, für das Lehramt beworben. Angesichts ihrer beiden Diplome –

einem Master in Erziehungswissenschaften und einem weiteren in schulischer Beratung – war es nicht überraschend gewesen, dass sie von der Oceanside Highschool eingestellt worden war. Ihr war klar gewesen, dass sie eine gute Kandidatin war. Zusätzlich zu ihren Computer- und Geschichtskursen arbeitete sie an zwei Nachmittagen als Beraterin, eine Möglichkeit, die ihr von anderen Schulen nicht angeboten worden war. Das machte Oceanside zu einer sogar noch besseren Wahl. Die Schüler kamen mit den verschiedensten Problemen zu ihr. Meistens brauchten sie nur jemanden, der bereit war, ihnen zuzuhören.

Nach Oceanside zu ziehen war die richtige Entscheidung gewesen. In der Nähe des Meeres zu wohnen war ihr immer wichtig gewesen. In Kalifornien sprengten jedes Haus und jede Mietwohnung innerhalb von zehn Meilen des Pazifiks ihr beschränktes Budget. Es erstaunte sie, dass das kleine Mietcottage, das sie in Oceanside gefunden hatte, so nah am Meer lag, dass sie es zu Fuß erreichen konnte, und, das Beste von allem, auch noch erschwinglich war.

Ihre Vermieter Preston und Mellie Young waren großartig. Preston leitete das örtliche Tierheim, und Mellie war Vollzeitmutter zweier Kleinkinder. Die meiste Zeit über blieben sie für sich. Hope tauschte freundliche Floskeln mit ihnen aus, wenn sie sich begegneten. Mellie blieb viel im Haus, sodass Hope sie nicht oft sah, aber das war in Ordnung.

Das Cottage war schon älter, wahrscheinlich in den Sechzigern oder Siebzigern erbaut. Mellie hatte erwähnt, dass es früher ein Ferienhaus gewesen war. Erst seit einigen Jahren wurde es ganzjährig vermietet. Angesichts des Alters des Hauses war es natürlich, dass ein paar kleinere Reparaturen anfielen. Die Küche konnte einen neuen Anstrich vertragen. Einer der Wasserhähne im Bad war locker, das Geländer der Stufen wurde von einem einzigen Nagel zusammengehalten. Alles Kleinigkeiten, die sich leicht beheben lassen würden. Hope beschwerte sich aufgrund der günstigen Miete auch nicht.

Entschlossen, sich als gute Mieterin zu erweisen, war Hope gerne bereit, alles, was anstand, selbst zu erledigen. Sie musste ihren Vermietern ja keinen Anlass geben, die Miete zu erhöhen.

Oceanside war tatsächlich der perfekte Ort für sie, allem zu entkommen, Wurzeln zu schlagen und einen Neuanfang im Leben zu wagen. Ihr Ziel war es, den Schmerz und den Kummer der Vergangenheit hinter sich zu lassen, ihren Weg weiterzugehen, das Neue ein- und das Vergangene auszuatmen.

Nach dem letzten Kurs des Tages verließ Hope den Klassenraum und ging zum Büro, wo man ihr einen kleinen Arbeitsplatz zugewiesen hatte. Als sie aus dem Fenster blickte, sah sie das Footballteam auf dem Trainingsfeld. Sie bemerkte Callie und ein paar ihrer Freundinnen aus dem Tanzteam auf der Seitenlinie, von wo aus sie den Jungs beim Training auf dem grasbewachsenen Feld zuschauten.

Spencer saß mit einem aufgeschlagenen Buch auf dem Schoß auf der Tribüne und beobachtete Callie verstohlen. Den armen Jungen erwartete nichts außer Herzschmerz. Hope hasste es, mit ansehen zu müssen, was mit Sicherheit folgen würde. Aber ihr war klar, dass sie nichts tun konnte, solange Spencer nicht ihren Rat suchte.

Nachdem sie eine Stunde lang Schüler getroffen und mit ihnen Beratungsgespräche geführt hatte, machte Hope für heute Schluss. Das Footballteam war noch immer auf dem Feld. Eines, was Hope früh erkannt hatte, war, wie stolz die gesamte Gemeinde auf die Erfolge des Highschool-Footballteams war.

Ein Vorteil, dass sie das Cottage von Preston und Mellie gemietet hatte, war, dass die Schule von dort aus gut zu Fuß zu erreichen war. Da sie Besorgungen zu machen hatte, war Hope an diesem Morgen mit dem Auto gefahren. Diese Besorgungen waren zugegebenermaßen eine Verzögerungstaktik für das, was sie im Cottage erwartete.

Nachdem sie beim Lebensmittelhändler und der Reinigung angehalten hatte, fuhr sie zurück. Das Haus mit den zwei Schlafzimmern wurde möbliert vermietet, war aber klein. Dennoch bot es entschieden mehr Platz als das Studioapartment, in dem sie in Los Angeles gewohnt hatte. Obwohl die funktionalen Möbel zum größten Teil altmodisch waren, waren sie nicht hässlich. Wer auch immer früher hier gelebt hatte, hatte den Besitz gut in Schuss gehalten. Mittels ein paar Veränderungen konnte sie das Cottage heimelig und gemütlich gestalten. Was jedoch bedeutete, die Kartons auszupacken, die hinter der geschlossenen Tür des kleinen Gästezimmers standen.

Der Raum, von dem sie es seit ihrem Umzug nach Oceanside vermieden hatte, ihn zu öffnen.

Hope brauchte niemanden, der ihr erklärte, warum

sie diese Kartons sicher verstaut hatte und außer Sichtweite aufbewahrte. Angesichts dessen, was sie alles verloren hatte, machte es eindeutig Sinn. Diese Umzugskartons enthielten die Erinnerungen an all den Schmerz und das Leid, das sie erfahren hatte.

Entschlossen, nach vorne zu schauen, egal wie schwierig es war, hielt sie sich nur lange genug in der Küche auf, um die Milch und den Käse in den Kühlschrank zu tun und die Tiefkühlkost in den Gefrierschrank zu legen.

Dann ging sie in ihr Schlafzimmer und hängte die Jacke auf, die sie aus der Reinigung geholt hatte. In der Diele betrachtete sie die geschlossene Gästezimmertür, holte tief Luft und drehte den Knauf, bevor sie den Raum betrat.

Die Kartons stapelten sich zu dreien und zu vieren an der Wand, genau da, wo sie sie zurückgelassen hatte. Sie stand auf der anderen Seite des Einzelbetts mit der Tagesdecke mit Rosenmuster, das sie an den kleinen Blumengarten ihrer Großmutter erinnerte.

Einen langen Moment starrte Hope die Wand an und nahm schließlich all ihren Mut zusammen.

»Das ist doch lächerlich«, sagte sie laut, um sich zu überzeugen, dass es an der Zeit war.

Sie griff nach dem obersten Karton, stellte ihn auf den Plüschteppich und klappte ihn in einem Anfall von Energie auf. Dann spähte sie hinein, starrte den Inhalt an und schluckte hart.

Es fühlte sich an, wie ins Feuer zu springen. In dem allerersten Karton befand sich all der Schmerz, den sie zu vergessen gehofft hatte.

Ganz oben, sorgfältig in Luftpolsterfolie verpackt, lag das Foto ihres Zwillingsbruders Hunter in seiner Uniform eines Army Rangers. Noch bevor sie die schützende Folie entfernt hatte, erkannte sie Hunters ernsten Gesichtsausdruck, während seine dunklen, den ihren so ähnlichen Augen vor Stolz funkelten: stolz darauf, bei den Luftlandetruppen zu sein, stolz, seinem Land zu dienen. Hunter war immer furchtlos und willensstark gewesen. Es war ganz natürlich gewesen, dass er es als Nervenkitzel empfunden hatte, Tausende von Fuß über dem Boden aus einem Flugzeug zu springen, während die bloße Vorstellung Hope Entsetzen einflößte. Zwillinge, so verschieden und doch so ähnlich. Sie spürte, dass es sich mit den Zwillingen, die sie in ihrer Klasse hatte, genauso verhielt. Callie und Ben, beide in der Oberstufe.

Tränen sammelten sich in Hopes Augen, als sie das gerahmte Foto an ihr Herz drückte. Hunter, ihr geliebter Bruder, hatte teuer für seine Hingabe dafür bezahlt, seinem Land zu dienen. Weniger als zwei Jahre zuvor war er als Held in irgendeiner unaussprechlichen Stadt in einer Wüste im Irak gefallen.

Zusammen mit der Feuchtigkeit, die ihre Wangen bedeckte, setzte sich der vertraute Zorn in ihrer Brust fest und schnürte sie bis zu dem Punkt zusammen, an dem ihr das Atmen schwerfiel. In jedem Fetzen von Kommunikation zwischen ihnen hatte sie Hunter angefleht, im Einsatz vorsichtig zu sein. Sie hatte ihn gebeten, keine unnötigen Risiken einzugehen.

Sie hatten nur einander auf der Welt gehabt. Hope hatte immer gewusst: Wenn sie Hunter verlor, würde sie mutterseelenallein sein. Er war alles an Familie gewesen, was sie gehabt hatte. Alles an Familie, was sie gebraucht hatte. Als Zwillinge geboren, von der Mutter im Stich gelassen und von den Großeltern großgezogen, hatten sich Hope und Hunter immer besonders nahegestanden.

Mit von Tränen getrübtem Blick ging Hope in ihr Schlafzimmer zurück und stellte das Foto ihres Zwillingsbruders auf die Kommode. Sie schluckte den Kloß in ihrer Kehle hinunter und drehte den Rahmen so, dass sie jeden Morgen als Erstes sein Gesicht sehen würde, als Erinnerung daran, dass er niemals wollen würde, dass sie ihr Leben lang trauerte.

Der Schmerz über ihren Verlust, das Gefühl der Verlassenheit und das Wissen, vollkommen allein zu sein, waren zu viel. Hope brauchte eine Fluchtmöglichkeit. Sie griff nach ihrer Tasche und ging wieder nach draußen, weil sie frische Luft brauchte. Dann fuhr sie eine Weile ziellos umher und parkte schließlich am Strand. Am Meer zu sein hatte sie immer beruhigt, und wenn es je eine Zeit in ihrem Leben gab, in der sie Frieden und Akzeptanz finden musste, dann jetzt.

Die Tränen auf ihren Wangen wurden in dem Wind getrocknet, der an ihr zerrte, als sie Fußstapfen im nassen Sand hinterließ, Abdrücke, die von der einsetzenden Flut fortgespült wurden. Fort: so wie ihr Zwillingsbruder für immer fort war.

In der Hoffnung, ein Kaffee würde ihr gegen die Niedergeschlagenheit helfen, beschloss sie, sich eine von Willas Spezialmischungen zu gönnen. Die eine Freundin, die Hope seit ihrer Ankunft in der Stadt gefunden hatte, war Willa O'Malley, die Inhaberin des Bean There, eines kleinen Coffeeshops in Strandnähe. Sie empfand eine gewisse Seelenverwandtschaft mit Willa. An den meisten Morgen schaute sie auf einen Latte vorbei, da sie ein leichtes Frühstück bevorzugte, bevor sie sich auf den Weg zur Highschool machte.

Sowie Hope den Shop betrat, blickte Willa von der Theke auf und begrüßte sie mit einem einladenden Lächeln. »Normalerweise sehe ich dich nachmittags nicht. Was kann ich für dich tun?«

Hope bestellte einen Latte, setzte sich ans Fenster, schaute eine Weile hinaus; unfähig, die Traurigkeit abzuschütteln, die von ihr Besitz ergriffen hatte, ließ sie den Blick schweifen. Es erschien ihr unmöglich, ohne Hunter in ihrem Leben nach vorne zu schauen. Selbst jetzt noch, fast zwei Jahre nach seinem Tod, dachte sie jeden Tag an ihn. Sie empfand seinen Verlust heute noch als genauso schmerzlich wie damals, als sie die Nachricht erhalten hatte. Gegen ihren Willen füllten sich ihre Augen erneut mit Tränen. Sie griff nach einer Serviette und tat ihr Bestes, die Feuchtigkeit diskret wegzuwischen.

»Hope?« Willa setzte sich zu ihr an den kleinen Tisch. »Ist alles in Ordnung?«

Der Kloß in ihrer Kehle hinderte sie an einer Antwort. Sie nickte, wollte ihrer Freundin versichern, dass alles gut sei, und schüttelte dann genauso schnell den Kopf. »Ich habe jemanden verloren, der mir sehr nahestand«, stieß sie hervor, wobei ihre Worte kaum hörbar waren. »An manchen Tagen frage ich mich, ob ich je über diesen Verlust hinwegkommen werde.«

Willa setzte sich Hope gegenüber, streckte den Arm über den Tisch und griff nach ihrer Hand. »Das wirst du nicht, nicht wirklich. Sie werden immer bei dir sein, aber eines kann ich dir sagen. Der Schmerz lässt mit der Zeit nach.« Willas Stimme zitterte, als hätte sie ebenfalls einen verheerenden Verlust erlitten.

Hope blickte auf. Bislang wusste niemand in Oceanside von Hunter oder dem Grund, weshalb sie von Kalifornien nach Washington gezogen war. »Hunter war mein Bruder, mein Zwilling ... der Letzte meiner Familie.«

»Harper war meine Schwester, so voller Freude und Leben und mit so viel Dingen, für die sie leben wollte. Ich vermisse sie furchtbar. Die Welt fühlt sich so leer ohne sie an. Eine Weile war ich am Boden zerstört, aber das Leben geht weiter, das wollte sie für mich, darum hat sie mich gebeten, und daran habe ich mich gehalten.«

Ihre Finger schlossen sich umeinander, als wollten sie die Erinnerungen an die Menschen festhalten, die sie geliebt und verloren hatten.

Ein paar Minuten später kam ein weiterer Gast herein, und Willa ging zur Theke, aber nicht, bevor sie sich zu Hope hinuntergebeugt und sie umarmt hatte.

»Der Schmerz wird immer da sein, aber ich verspreche dir, dass die Liebe, die ihr füreinander empfunden habt, ihn lindern wird und du wieder imstande sein wirst, Glück zu verspüren. In der Zwischenzeit bin ich hier, wenn du mit jemandem reden möchtest.«

Hope schloss die Augen und hielt sich an Willas Worten fest. Kein Wunder, dass sie die Barista als Seelenverwandte betrachtete.

Hope kehrte zum Cottage zurück. Sie fühlte sich weitaus besser als zuvor. Keine zwei Minuten nach ihrer Rückkehr klopfte es an der Tür.

Sie kannte nur wenige Leute in der Stadt und rechnete nicht mit Gesellschaft. Als sie öffnete, sah sie ihren Vermieter Preston Young auf der kleinen Veranda stehen.

»Hope.« Er sagte ihren Namen, als erklärte das seinen Besuch.

Sie wartete; sicher gab es einen Grund dafür, dass er vorbeigekommen war.

»Ich wollte Ihnen sagen, dass ich, sobald ich eine freie Minute habe, das Geländer der Veranda und den Wasserhahn reparieren werde. Ich entschuldige mich dafür, dass ich so lange dafür gebraucht habe.«

»Kein Problem, Mr. Young.«

»Preston, bitte.«

»In Ordnung, Preston.«

»Mit den beiden Babys und meiner Arbeit im Tierheim weiß ich nicht, wo die Zeit bleibt. Mellie hat mir zugesetzt, das Leck unter der Küchenspüle zu finden, und der Himmel weiß, dass ich kein Klempner bin.«

Hope empfand Mitleid mit dem Mann, der offensichtlich vor lauter Arbeit nicht wusste, wo ihm der Kopf stand.

»Wir brauchen im Tierheim dringend Freiwillige«, fügte er hinzu, dabei fuhr er sich mit der Hand über das Gesicht, als wäre dies eine Bürde, die er nicht brauchte.

Sowie die Worte heraus waren, erstarrte er und blickte sie direkt an, als sähe er sie zum ersten Mal.

»Sie sind neu in der Stadt, richtig?«

»Ja, erst seit ein paar Monaten.« Was er eigentlich wissen sollte, da er derjenige war, der ihr nach ihrer Ankunft das Cottage gezeigt hatte.

»Hatten Sie abgesehen von Ihren Schülern schon Gelegenheit, jemanden kennenzulernen? Außerhalb der Schule, meine ich. In der Gemeinde?«

Hope war nicht sicher, worauf dieses Gespräch hinauslief. »Ein paar.« Sie hatte einige der Kirchen im Ort besucht, sich aber noch für keine entschieden. Der eine Mensch, an den sie sich am engsten gebunden hatte, war Willa, vor allem jetzt, wo sie wusste, welches Schicksal sie teilten.

»Würden Sie in Erwägung ziehen, ehrenamtlich zu arbeiten?«, fragte Preston mit vor Begeisterung funkelnden Augen. »Das Tierheim ist voll, und viele der Hunde bekommen nicht die Aufmerksamkeit, die sie brauchen. Wenn Sie mit einigen von ihnen ein paarmal die Woche spazieren gehen könnten, wäre das eine große Hilfe, über die wir uns sehr freuen würden.«

»Ich …« Hope wusste nicht recht, was sie sagen sollte. Als sie ein Teenager gewesen war, hatte ihre Großmutter einen extrem giftigen Chihuahua namens Peanut gehabt, den sie mit Aufmerksamkeit und Liebe überschüttet hatte. Was Hope und Hunter betraf, so hatte er sie gewissermaßen toleriert.

»Zu Ihrer Verantwortung würde gehören, die Tiere potenziellen Besitzern zu präsentieren.«

»Ich verstehe.« Sie zog den Satz in die Länge. »Und das würde mir helfen, in der Gemeinde Fuß zu fassen?«

»Oh, definitiv.« Preston lächelte, als böte er ihr die Chance ihres Lebens.

»Darf ich darüber nachdenken?«, fragte sie, weil sie den Vorschlag abwägen wollte. Ihre Abende waren damit ausgefüllt, ihren Unterricht vorzubereiten. Hätte Preston Hunter gefragt, hätte dieser sofort Ja gesagt. Er hatte immer gut mit Tieren umgehen können. Sogar Peanut, der jedes Mal geknurrt hatte, wenn einer von ihnen ihrer Großmutter zu nahe gekommen war, hatte Hunter für sich gewinnen können.

»Ich nehme an, es kann bis morgen warten.« Prestons Schultern sackten nach unten, als fände er sich bereits mit einer Niederlage ab.

»Ich gebe Ihnen Bescheid«, sagte sie.

»Alles klar«, erwiderte er und schickte sich an, zu seinem Haus zurückzugehen. »Und ich verspreche, dieses Geländer zu reparieren, sobald es mir möglich ist.«

»Machen Sie sich deswegen keine Gedanken«, versicherte Hope ihm. Sie war durchaus imstande, ein paar Nägel einzuschlagen. Sie hatte das Problem am Tag ihres Einzugs erkannt und wusste es besser, als sich gegen das Holz zu lehnen oder es mit etwas Schwerem zu belasten.

Später an diesem Abend benotete sie nach einem aus einem Eiersalatsandwich und einem Apfel bestehenden Dinner das Popquiz, das sie ihrer Geschichtsklasse gestellt hatte. Es überraschte sie nicht, dass Spencer den Test mit Bravour bestanden hatte. Sowohl Ben als auch Scott hatten jämmerlich versagt, und Callie hatte nur zwei von zehn Fragen nicht beantwortet.

Hope tat ihr Bestes, um die Geschichte zum Leben zu erwecken, sodass ihre Schüler den Eindruck hatten, als würden sie die Männer und Frauen auf den Seiten ihrer Bücher kennen. Geschichte war Hopes erste Liebe. Der Computerkurs hingegen stellte eine Herausforderung dar. Spencer wäre auf diesem Gebiet wahrscheinlich ein besserer Lehrer als sie, obwohl sie ihn das nicht wissen lassen würde.

Als sie sich für den nächsten Schultag vorbereitete, suchte Hope in ihrem Schrank nach etwas, was sie am Morgen anziehen würde. Als sie sich zu ihrer Kommode umdrehte, fiel ihr Blick auf Hunters Foto.

»Was meinst du denn? Sollte ich im Tierheim arbeiten?«, fragte sie ihn, wohl wissend, dass er ihr keine Antwort geben konnte. »Der einzige Hund, mit dem ich je Zeit verbracht habe, war Peanut, und du erinnerst dich ja sicher daran, wie er war.«

Hunter fuhr fort, ihren Blick stoisch zu erwidern.

»Du bist mir eine schöne Hilfe«, sagte sie. Am liebsten hätte sie gestöhnt.

Hunter hatte Tiere geliebt, ständig verletzte Vögel oder verirrte Kätzchen nach Hause gebracht. Ihre Großeltern hatten ihm nie erlaubt, eines seiner Findelkinder als Haustier zu behalten. Erst nach dem Tod ihres Großvaters hatte Grandma sich Peanut, ihren Trosthund, angeschafft. Sie hatte diesen Hund geliebt und wochenlang um ihn getrauert, als er gestorben war. Zu dieser Zeit hatte Hope den Verlust, den ihre Großmutter erlitten hatte, nicht richtig einschätzen können. Schließlich war Peanut nur ein Hund. Erst später verstand sie das volle Ausmaß der Bedeutung des Haustiers für ihre Großmutter. Peanuts Tod hatte ein riesiges Loch in ihr

Leben gerissen. Mit Hunter war der letzte Angehörige von Hopes Familie für immer gegangen. Die Leere und der Verlust dieser Bindung nagten an ihr. Sie war alleine auf der Welt, so furchtbar alleine. Wenn sie nicht mehr da wäre, würde außer ihrer besten Freundin Tonya und ein paar anderen Freunden niemand davon Kenntnis nehmen oder sich groß darum kümmern. Diese Erkenntnis bewirkte, dass sie sich hilflos, verletzlich und verloren fühlte.

Hope hatte mehr als nur ein paar Fragen bezüglich dessen, was ehrenamtliches Arbeiten im Tierheim ihr abverlangen würde. Der einzige Vorteil, den sie sah, war der, den Preston erwähnt hatte: dass sie andere Mitglieder der Gemeinde treffen und kennenlernen würde. Als Bonus könnte es genau das sein, was sie brauchte, um sich von ihrem eigenen Verlust abzulenken. Preston hatte überfordert gewirkt, und es lag in ihrer Macht, ihm zu helfen. Wenn die Arbeit im Tierheim mehr Zeit verschlang, als sie erwartet hatte, würde sie sich höflich verabschieden.

In Gedanken an Peanut und den Trost, den er ihrer Großmutter gespendet hatte, beschloss Hope, dass sie selbst ein bisschen Trost gebrauchen konnte. Und da gab es keinen besseren Weg, als diesen verlassenen und verlorenen Tieren zu helfen, ein neues, endgültiges Zuhause zu finden. Und das half ihr vielleicht, dasselbe zu tun.

2

Hope kauerte sich hin und hielt gebührenden Abstand zu dem Deutschen Schäferhund im Zwinger. Preston hatte sie gewarnt, dass Shadow, wie er im Tierheim genannt wurde, sich aggressiv und feindselig allen gegenüber verhielt, die versuchten, sich ihm zu nähern. Shadow war ausgehungert und halb tot von Keaton, einem Freund von Preston, hergebracht worden. Keaton hatte Shadow am Straßenrand liegend gefunden, zu schwach zum Laufen, mit einer gerissenen Kette um den Hals und offenen, nässenden Wunden auf dem Fell, besonders um den Hals herum. Trotz seines jämmerlichen, erschöpften Zustands hatte es einige Mühe gekostet, Shadow in den Truck zu verfrachten. Die traurige Geschichte dieses armen, vernachlässigten Hundes griff Hope ans Herz. Irgendwie war dem Kettenhund die Flucht gelungen.

»Hallo, mein Junge.« Hope sprach bewusst sanft und leise. Der auf seiner Matte ausgestreckte Shadow sah sie mit dunklen, bekümmerten Augen an. »Du bist jetzt in Sicherheit, und hier gibt es Leute, die sich gut um dich kümmern und dich lieb haben werden.«

Preston näherte sich ihnen, und trotz seiner Schwäche hob Shadow den Kopf, knurrte und fletschte die Zähne. Sein gesamtes Verhalten änderte sich; er versuchte, auf die Beine zu gelangen, und kippte zur Seite, bevor er sich an der Seite des Zwingers abfing.

»Alles gut, Junge«, sagte Preston in demselben beruhigenden Tonfall, den Hope vorher angeschlagen hatte. »Niemand wird dir je wieder etwas zuleide tun.« Shadow schien ihm weder zu glauben noch ihm zu trauen, denn er fuhr fort zu knurren.

»Ich weiß nichts über ihn«, sagte Preston, die Brauen besorgt zusammengezogen.

»Wie meinst du das?«

»Wenn sich ihm jemand nähert, wird er aggressiv.«

»Wirklich? Bei mir nicht.« Hope erhob sich von den Knien, und Shadows Blick folgte ihr, bevor er schwankend zu seinem Schlafplatz zurückkehrte.

»Nicht?« Prestons Stirnrunzeln wich Überraschung. »Niemand hat es geschafft, in seine Nähe zu kommen. Der einzige Grund, warum es Keaton überhaupt gelungen ist, ihn zu retten, war, weil Shadow zu schwach zum Kämpfen war.«

»Der arme Kerl. Wie lange ist er schon hier?«

»Seit Mittwoch.«

»Weniger als vier Tage.« Sie zählte im Kopf nach. Es war erst Hopes zweite Woche als Freiwillige. Letzte Woche hatte sie geplant, nur ein paar Stunden zu bleiben, und dann waren es sechs geworden. Sie hatte den Hunden Wasser gegeben und sie gefüttert, ein paar spazieren geführt und zwei Hunde ihren neuen Familien vorgestellt. Mit anzusehen, wie diese verlorenen, im Stich gelassenen Tiere ein liebevolles Zuhause fanden, hatte sie tief berührt. Beide Male hatte sie gegen die aufsteigenden Tränen ankämpfen müssen.

»Da ist jemand, von dem ich möchte, dass du ihn kennenlernst«, sagte Preston, dabei blickte er zum anderen Ende des Tierheims.

»Okay.« Hopes Blick folgte seinem und fiel auf einen anderen der ehrenamtlichen Helfer. Er war ihr schon vorher aufgefallen, man konnte ihn schwerlich übersehen. Er hatte kurz in ihre Richtung geschaut, und dabei hatte sie seine gequälten Augen bemerkt. Er war wahrscheinlich Ende zwanzig oder Anfang dreißig, also ungefähr in ihrem Alter. Beim Laufen hinkte er leicht, was ihr nicht entgangen war. Er hatte nichts gesagt, als er gekommen war, und sie auch nicht. Er wirkte ganz in seine Gedanken versunken, und sie mochte sich nicht aufdrängen.

Preston ging zu dem Mann hinüber, der einen Hund an der Leine hielt. »Das ist Cade«, sagte er. »Ein weiterer Freiwilliger. Cade, das ist Hope.«

Cade trug eine Camouflagejacke und abgewetzte Jeans. Er war gut fünfzehn Zentimeter größer als sie, musste also etwas über eins achtzig sein, war kräftig und muskulös. Sein dunkler Blick kreuzte flüchtig den ihren, bevor er ihn senkte.

»Freut mich, dich kennenzulernen, Cade«, sagte sie fröhlich.

Cade erwiderte den Gruß mit einem Nicken.

»Das ist erst meine zweite Woche hier. Bislang macht mir die Arbeit wirklich Spaß«, fuhr sie in dem Versuch fort, freundlich zu sein.

»Ich muss Joker ausführen.«

»Klar«, erwiderte sie. Sein Mangel an Entgegenkommen brachte sie aus der Fassung. Cade ging davon, und

Hope wandte sich an Preston, weil sie wissen wollte, ob sie etwas Falsches gesagt hatte.

Noch bevor sie fragen konnte, meinte Preston: »Nimm es ihm nicht übel. Cade macht eine schwere Zeit durch. Er arbeitet jetzt seit einem Monat ein paar Tage in der Woche hier. Sich um die Tiere zu kümmern scheint ihm zu helfen. Gib ihm Zeit, so wie du es mit Shadow machen würdest.«

»Natürlich.« Cade schien für sich bleiben zu wollen, was ihr recht war. Vielleicht würde er sich irgendwann in ihrer Gegenwart wohler fühlen und sie sich in seiner. Es störte sie nicht, wenn er sich lieber nicht mit ihr anfreunden wollte. Die Entscheidung lag bei ihm. Vielleicht würden sich ihre Wege sowieso nie wieder kreuzen.

Für den Rest des Nachmittags arbeitete Hope eine Liste von Aufgaben ab, die Preston ihr gegeben hatte, als sie das erste Mal gekommen war. Jellybean, ein großer weißer Pyrenäenhund von der Größe eines kleinen Ponys, wurde von Mary Lou Chesterton, einer Lehrerin im Ruhestand, aufgenommen. Hope hatte das Privileg, Jellybean zu ihr hinauszubringen.

Miss Chesterton ließ sich auf ein Knie sinken, sodass sie sich auf Augenhöhe mit dem Hund befand. »Wir werden die besten Freunde werden«, teilte sie ihm mit. Sie schien Hope, die Jellybeans Leine hielt, kaum zur Kenntnis zu nehmen.

»Das glaube ich auch«, meinte Hope.

Die Frau blickte auf und lächelte, als sie Hope sah. »Mein Mann und ich hatten im Lauf der Jahre drei Pyrenäenhunde. Wir lieben diese Rasse. Nicht jeder ist dafür geeignet, so große Hunde zu halten. Zu uns passen sie perfekt.«

»Ich bin sicher, Jellybean wird Sie nicht enttäuschen.«

»Ich werde seinen Namen ändern.« Sie schüttelte den Kopf, als fände sie Jellybean unmöglich.

»Das kann ich Ihnen nicht verübeln. Wenn die Tiere nicht identifiziert werden können oder nicht gechipt sind, gibt das Tierheim ihnen vorläufige Namen. Jellybeans Name hat überhaupt nichts zu bedeuten.« Den Hunden Namen zu geben verlieh ihnen eine Identität und half dem Tierheim zu wissen, welcher Hund einen potenziellen Besitzer interessierte.

Miss Chesterton fuhr mit der Hand über das dichte weiße Fell und nahm Hope die Leine ab. »Bist du bereit, nach Hause zu gehen, Jasper?«

»Jasper?«, wiederholte Hope und ließ sich den Namen auf der Zunge zergehen.

»Ja, ich habe mich für den Namen entschieden, nachdem ich sein Foto gesehen habe. Ich habe einen Blick auf ihn geworfen und gleich gewusst, dass er ein Jasper ist.«

»Das gefällt mir.«

Als Hope den Papierkram erledigt hatte und die Gebühren bezahlt waren, konnte Jasper in sein neues ständiges Zuhause entlassen werden. Trotz der kurzen Bekanntschaft war Hope zuversichtlich, dass Miss Chesterton eine gute Hundehalterin sein würde.

Als wüsste er genau, was er als Nächstes zu tun hatte, sprang Jasper auf die Rückbank des roten SUV und legte sich hin, wobei er einen ordentlichen Teil des Sitzes einnahm.

Hope beobachtete, wie das glückliche Paar davonfuhr. Zu sehen, wie die geretteten Tiere ein neues Zuhause fanden, war in der Tat befriedigend. Als sie zum Tierheim zurückkehrte, kam sie an dem Zwinger vorbei, wo Shadow immer noch schwach und traurig lag. Der arme Junge tat ihr entsetzlich leid.

Einmal mehr kauerte sie sich hin und legte die Handflächen gegen den Zwinger. Shadows dunkle Augen trafen ihre. »Ich sehe, du hast deinen ganzen Napf leer gefressen. Guter Junge.« Mit weicher Stimme fuhr sie fort zu reden, ließ Shadow wissen, dass er nicht allein sei und dass er, wenn es ihm besser ginge und er wieder bei Kräften wäre, zu einer Familie kommen würde, die gut für ihn sorgen würde. Er müsste nie wieder Angst haben, dass jemand ihn misshandelte.

Wie schon vor einer Woche blieb Hope den ganzen Nachmittag. Als sie ging, gelang es ihr nicht, Shadow aus ihren Gedanken zu verbannen. Während sie Lebensmittel einkaufte, schlenderte sie durch die Abteilung für Tierartikel und erstand aus einem Impuls heraus ein Spielzeug aus Seil für ihn, weil sie dachte, er könnte vielleicht einen Teil seiner Wut daran auslassen. Shadow hatte jedes Recht, Menschen zu misstrauen. Vielleicht würde er mit etwas Geduld und Liebe wieder daran glauben, dass es auch gute Menschen gab, die sich so um ihn kümmern würden, wie er es verdiente.

Samstagnachmittag kehrte Hope zum Tierheim zurück. Nachdem sie sich eingetragen hatte, ging sie zu dem Zwinger, in dem Shadow eingesperrt war. Wegen seines Temperaments wurden ihm sein Futter und Wasser durch eine kleine, in die Zwingerwand eingelassene Tür hineingeschoben. Wieder bemerkte sie, dass sein

Futternapf leer war, worüber sie sich freute. Mit ausreichender Ernährung würde er bald wieder gesund sein. Dann würde die eigentliche Arbeit beginnen. Als Preston sagte, er wäre bezüglich des Tieres nicht sicher, wusste Hope nur allzu gut, was er meinte. Wenn Shadow auch weiterhin eine Bedrohung für andere darstellte, würde dem Tierheim nichts anderes übrig bleiben, als ihn einschläfern zu lassen. Hope wollte es auf keinen Fall so weit kommen lassen.

Sie setzte sich im Schneidersitz vor den Zwinger und sprach mit leiser, beruhigender Stimme auf ihn ein. »Hey, mein Junge«, sagte sie. »Ich habe dir etwas mitgebracht.« Sie hielt das Spielzeug hoch, dann schob sie es durch die kleine Tür in den Zwinger. Er reagierte nicht und fuhr fort, sie ausdruckslos anzustarren.

»Wenn ich du wäre, wäre ich vorsichtig im Umgang mit ihm«, meinte Don, der Chef der Ehrenamtler, als er vorbeikam.

»Er ist okay.«

»Geh bloß nicht in den Zwinger. Keiner kann sagen, was er dann tut.«

»Mache ich nicht«, versicherte sie ihm, obwohl sich der Gedanke, Shadows Vertrauen so weit zu gewinnen, dass sie genau das tun konnte, in ihrem Kopf festzusetzen begann. Wenn sie Shadow oft genug besuchen konnte, sodass er sich in ihrer Gegenwart entspannte, dann würde vielleicht die Zeit kommen und er sie in seine Nähe lassen.

In dieser Woche fuhr Hope jeden Nachmittag, wenn sie ihre Pflichten als Beraterin erfüllt hatte, zum Tierheim und setzte sich vor Shadows Zwinger. Jedes Mal rutschte sie ein bisschen näher, arbeitete daran, von ihm akzeptiert zu werden. Dass sie eine Verbesserung von Shadows physischem Zustand und seinem allgemeinen Verhalten feststellte, ermutigte sie. Nicht ein Mal bellte er und zeigte sich aggressiv, was das übrige Personal vor ein Rätsel stellte. Einige bemerkten, dass sie die Einzige war, die Shadow tolerierte.

Im Lauf der Woche sah Hope Cade drei Mal. Zwar sprachen sie nicht miteinander, aber er begrüßte sie jedes Mal mit einem Nicken. Sie reagierte stets mit einem Lächeln. Ihr fiel auf, wie geduldig und liebevoll er sowohl mit den Katzen als auch mit den Hunden umging. Und sie ertappte sich dabei, dass sie ihn, fasziniert von seinem Schweigen und seinem Verhalten, beobachtete. Er schien mit niemandem vom Personal oder den anderen Freiwilligen Freundschaft zu schließen. Er kam, arbeitete mit den Tieren und ging, ohne mit jemandem mehr als ein paar flüchtige Worte gewechselt zu haben.

Am darauffolgenden Samstag trug Hope sich ein wie immer, und Cade stand vor ihr an der Theke.

Nachdem er sich selbst angemeldet hatte, drehte er sich zu Hope um. »Er wartet auf dich«, sagte er.

Seine Worte verwirrten sie, bis sie sich den Sinn zusammenreimte. »Du meinst Shadow?«

Er nickte.

»Ich hoffe, dass mich Preston heute in den Zwinger lässt.«

Cade hob fragend die Brauen. »Bist du sicher, dass das eine gute Idee ist?«

»Shadow lernt, mir zu vertrauen.«

»Er hat große psychische Schäden davongetragen.«

Preston, der aus seinem Büro trat, musste ihr Gespräch mit angehört haben. »Leider hat Cade recht. Ich weiß nicht, ob die seelischen Schäden, die Shadow erlitten hat, je wieder behoben werden können.«

»Der Meinung bin ich auch«, sagte Cade.

Die Art, wie er redete, ließ Hope denken, dass es um mehr als nur die Probleme mit Shadow ging. Sie beschlich der Verdacht, dass er von sich selbst sprach. Egal. Hope war nicht gewillt, Shadow aufzugeben, ohne vorher alles zu tun, was ihr möglich war. Er sollte die Chance haben, ein liebevolles Zuhause zu finden. »Ich würde gerne versuchen, in seinen Zwinger zu gehen. Ich bin ziemlich sicher, dass Shadow mir nach all der Arbeit, die ich in ihn gesteckt habe, nichts tun wird.« Sie versuchte, zuversichtlich zu klingen, obwohl sie tief in ihrem Innern nicht wusste, ob das, was sie sagte, wahr war. Trotzdem war sie bereit, das Risiko einzugehen.

»Tut mir leid, Hope«, erwiderte Preston. »Ich kann nicht zulassen, dass du dich in Gefahr begibst. Niemand kann vorhersagen, wie Shadow reagieren wird.«

Sie seufzte, überzeugt davon, dass es einen Weg geben musste. »Können wir uns auf einen Kompromiss einigen?«

»Wie meinst du das?«

»Wenn alle gegangen sind, können wir dann seine Tür öffnen und sehen, was passiert?«

»Keine gute Idee«, widersprach Preston nachdrücklich.

»Ich bin bereit, es darauf ankommen zu lassen.«

»Ich bin nicht bereit, das zu erlauben. Lass uns Shadow noch eine Woche geben. Er wird von Tag zu Tag kräftiger, was ein gutes Zeichen ist. Aber wenn er weiterhin sein Territorium verteidigt und aggressiv bleibt, dann bleibt uns nichts anderes übrig, als …«

»Mir gegenüber verhält er sich nicht so, und wie Cade gerade sagte, wartet Shadow auf meinen Besuch.«

Preston blickte zweifelnd zu Cade.

»Ja, das tut er. Zum ersten Mal habe ich das am Donnerstag gemerkt, als ich hier war. Shadow hat jedes Mal aufgeblickt, wenn die Tür aufgegangen ist. Als Hope kam, hat sich sein ganzes Verhalten verändert, und er hat mit dem Schwanz gewedelt.«

»Hat er das?« Sie hatte bei ihren Besuchen keine derartige Reaktion bei Shadow bemerkt. Dass Cade das aufgefallen war, ermutigte sie.

»Ich habe es selbst gesehen.«

»Das ist gut«, meinte Preston mit einem beifälligen Nicken. »Aber er muss weit mehr als nur Hope akzeptieren, bevor wir bezüglich der nächsten Schritte eine Entscheidung treffen.«

»Nächste Schritte?«, fragte Hope, während Angst in ihr aufstieg. Sie wusste, was Preston meinte.

»Gib Hope mehr Zeit, um mit ihm zu arbeiten«, riet Cade eindringlich.

»Ja, bitte«, fügte sie dankbar für Cades Unterstützung hinzu.

»Eine Woche noch«, stimmte Preston zu. »Dann bewerten wir Shadows Verhalten und treffen eine Entscheidung.«

Cade ging, Preston blieb. »Gib die Hoffnung nicht auf«, sagte er. »Wir tun alles, was in unserer Macht steht, um zu vermeiden, dass ein Tier eingeschläfert werden muss. Manchmal bleibt uns aber keine andere Wahl. Der Umstand, dass Shadow böse misshandelt wurde und beinahe verhungert wäre, ist kein gutes Zeichen dafür, dass er sich je wieder seelisch erholen wird. Sein Lebenswille ist gebrochen.«

»Da bin ich anderer Meinung. Er hat Lebenswillen. Ich kann es in seinen Augen lesen, und ich kann es hier fühlen.« Sie presste eine Hand auf ihr Herz. »Er verdient jemanden, der ihn liebt.«

»Und wer, meinst du, könnte das sein?«, fragte Preston. »Wie du ja selbst siehst, ist dieses Heim voll mit Tieren ohne schwerwiegende psychische Probleme. Shadow würde nie in eine Familie mit kleinen Kindern passen. Es wäre viel zu gefährlich. Nur wenige Leute würden riskieren, ihn zu adoptieren.«

Es war fast so, als hätte Preston eine Linie in den Sand gezogen. »Ich werde ihn nehmen«, sagte Hope, ohne sich die Zeit zu nehmen, über die Folgen nachzudenken. Wenn sie Shadow dazu brachte, ihr genug zu vertrauen, dass sie ihn mit nach Hause nehmen konnte, dann würde sie das nur zu gerne tun.

Ein breites Lächeln trat auf Prestons Gesicht. »Ich habe mir schon gedacht, dass du das sagen würdest. Aber er ist kein Kuscheltier, Hope. Shadow ist ein Projekt. Er wird viel Liebe brauchen, und es wird viel Mühe kosten, wenn diese Beziehung funktionieren soll.«

»Ich weiß.« In diesem Punkt war sie ganz seiner Meinung. Aber sie war bereit, alles Nötige zu tun. Shadow brauchte ein Zuhause, er brauchte jemanden, der an ihn glaubte. Jemanden mit Geduld, dem genug an ihm lag, um über seine körperlichen und seelischen Mängel hinwegzusehen.

Als sie an Shadow vorbeispähte, fiel ihr Blick auf Cade, der einen Australischen Schäferhund spazieren führte. Sein Hinken war heute ausgeprägter als sonst. Sie sah ihm nach und gewann den Eindruck, dass auch er jemanden brauchte, der an ihn glaubte.

3

Cade stand wegen seiner gerichtlich angeordneten Neunzig-Tage-Überprüfung erneut vor Richterin Walters. Einmal mehr hatte sie seine Anhörung als letzte des Tages festgesetzt. Miss Newman, seine Anwältin, hatte vom Gerichtsbeamten gehört, dass die Richterin ihren Namen auf seine Akte geschrieben hatte. Cade war nicht sicher, was das zu bedeuten hatte, abgesehen davon, dass sie anscheinend ein persönliches Interesse an ihm hegte. Ob das gut oder schlecht war, würde sich zeigen.

»Ich habe hier Unterlagen, die belegen, dass Sie die geforderte Physiotherapie sowie die psychologische Beratung in Anspruch genommen haben.«

»Ja, Euer Ehren.«

Sie sah auf und hielt seinem Blick stand. »Hat die Physiotherapie geholfen?«

Cade schüttelte den Kopf, bis ihm einfiel, dass er wegen des Gerichtsschreibers mit Worten antworten musste. »Das bezweifle ich.« Die Sitzungen waren die reinste Tortur, und er hielt nichts davon. Er machte allein deshalb damit weiter, weil die Richterin klargestellt hatte, dass er ansonsten seine Gefängnisstrafe absitzen müsste.

»Zeigen Sie es mir einmal«, wies sie ihn an. »Gehen Sie bis zum hinteren Teil des Gerichtssaals und zurück.«

Cade zögerte nur einen Moment, dann tat er, was sie verlangte. Als er zurückkam, schüttelte sie den Kopf. »Sie irren sich, Soldat. Ihr Hinken ist weniger ausgeprägt.«

»Wenn Sie das sagen.«

»Das tue ich, und ich möchte, dass Sie damit weitermachen, auch wenn Sie zu glauben scheinen, es würde nicht helfen.«

»Ja, Euer Ehren.« Cade hatte gehofft, sie würde ihm gestatten, die Physiotherapie abzubrechen. Abgesehen davon, dass er jede einzelne Minute dieser Sitzungen verabscheute, wusste er auch nicht, wie er sich seinen Lebensunterhalt verdienen sollte. Die Physio- und die Psychotherapie machten es ihm zusammen mit den Stunden gemeinnütziger Arbeit, die ihm aufgebrummt worden waren, nahezu unmöglich, eine anständige feste Anstellung zu finden. Er hatte einen Teilzeitjob in einem hiesigen Reifenladen plus Werkstatt genau gegenüber der Highschool ergattert, der ihm gerade genug einbrachte, um das Allernotwendigste bezahlen zu können.

»Und die psychische Beratung?«, bohrte die Richterin weiter. »Erzählen Sie mir, wie die läuft.«

Als er von der vom Gericht angeordneten Therapie gehört hatte, war Cade überzeugt gewesen, es würde sich als absolute Zeitverschwendung erweisen. Er hatte den bloßen Gedanken daran gehasst und hatte nicht die Absicht gehabt, irgendeinem Quacksalber sein Seelenleben bloßzulegen. Zu seiner Überraschung stellte Cade fest, dass er seinen Therapeuten mochte. Harry Milton war ganz und gar nicht so, wie er es erwartet hatte. Er hatte Cade nicht gedrängt, über irgendetwas zu sprechen, was mit seinen Verletzungen oder seinen Kampferfahrungen zusammenhing. Am hilfreichsten fand Cade die Gruppensitzungen. Bis jetzt hatte er noch nichts dazu beigetragen. Er musste erst ein Gefühl für die anderen entwickeln, bevor er sich öffnete. Doch ihren Geschichten zuzuhören, zu sehen, wie sie sich vom Rand des Abgrunds zurückgekämpft hatten, hatte Cade geholfen, den Kopf freizubekommen. Zu wissen, dass er nicht allein war, verschaffte ihm Erleichterung. Ihm war aufgefallen, dass die Albträume, die ihn seit Monaten geplagt hatten, seltener geworden waren. Die Gruppe hatte ihm einen Rettungsanker geboten, einen, von dem er gar nicht gewusst hatte, wie dringend er ihn brauchte.

»Es geht sehr gut, Euer Ehren.«

Sie nickte sichtlich erfreut. »Ich bin froh, das zu hören, Soldat. Sehr froh.«

Ihr fortdauerndes Interesse führte Cade zu der Frage, ob seine Familie irgendwie damit zu tun hatte. Er musste herausfinden, ob sie in diese Farce verstrickt waren. Seit dem Tag seiner Verurteilung hatte er seine Mutter nicht mehr gesehen oder mit ihr gesprochen. Zweifellos hatte sie seinem Vater schnellstmöglich berichtet, wie tief ihr Sohn gesunken war. Wie sie überhaupt von seinem Gerichtstermin erfahren hatte, war ihm nach wie vor ein Rätsel.

»Sie machen sich gut, Soldat«, fuhr die Richterin fort. »Ich werde einen neuen Termin in neunzig Tagen festsetzen lassen. Bis dahin… machen Sie so weiter.«

»Ja, Euer Ehren.«

Cade verließ den Gerichtssaal und begab sich auf den

Weg zu seiner wöchentlichen Sitzung bei Harry. Er fuhr vom Gericht in Montesano nach Aberdeen, wo Harry Milton sein Büro hatte. Harry war selbst ein Veteran und hatte im Ersten Golfkrieg gedient. Er näherte sich den Fünfzigern, und sein Alter begann sich in seinem pfeffer-und-salzfarbenen Haar sowie einem Bierbauch zu zeigen. Die dunkelblauen Augen zeugten von seinen eigenen Kämpfen mit den Dämonen, die ihm vom Mittleren Osten bis hierher gefolgt waren. Was Cade am meisten an Harry schätzte, war der Umstand, dass er schneller in Menschen lesen konnte als jeder andere, den Cade kannte. Er ermöglichte die Gruppensitzungen und konfrontierte jeden, der versuchte, seine Gefühle mit Humor, Ablenkungsmanövern oder anderen Ausweichtaktiken zu verschleiern. Harry deckte alles auf und nannte es beim Namen. Cade fand die Fähigkeit des Therapeuten, in der Psyche der Menschen zu lesen wie in einem Buch, absolut verblüffend. Er ließ nicht zu, dass irgendjemand, ob Mann oder Frau, sich selbst oder andere belog.

Harry trat aus seinem Büro, nachdem Cade von der Frau am Empfang, die auch für die anderen drei Therapeuten in der Einrichtung arbeitete, angemeldet worden war.

»Cade«, begrüßte ihn Harry mit einem warmen Lächeln und führte ihn in das kleine Büro, wo eine Kaffeemaschine auf der Theke stand. Bei seinem ersten Besuch war ihm aufgefallen, dass die einzigen beiden Möbelstücke im Raum ein Stuhl und ein Sofa waren – genau wie er es erwartet hatte. Wenn der Gerichtsbeschluss nicht gewesen wäre, hätte Cade kehrtgemacht und wäre gegangen. Jetzt sah er das alles nicht mehr so wie am Anfang. Das überladene Sofa war bequem. Harry verstand nicht viel von Inneneinrichtung, doch irgendwie wirkte der Raum, steril wie er war, einladend und beruhigend.

»Nimm dir einen Kaffee«, sagte Harry.

Das tat Cade, und Harry goss einen für sich selbst ein.

Beide machten es sich bequem. Harry setzte sich auf den gepolsterten Stuhl, Cade auf das Sofa und schlug, ohne nachzudenken, die Beine übereinander. Sofort zerrte ein Schmerz an dem verletzten Muskel, und er stellte die Beine schnell wieder nebeneinander. Es war eine instinktive Bewegung gewesen, und ihm wurde klar, dass er dies seit seiner Verletzung nicht mehr hatte tun können, auch wenn es schmerzte. Die Richterin hatte recht, er machte Fortschritte. Dies war das erste Mal, dass er es geschafft hatte, ein Bein über das andere zu legen.

»So.« Harry rührte seinen Kaffee um, nachdem er Zucker hinzugegeben hatte. »Wie ist der Gerichtstermin gelaufen?«

»Ganz okay, vermute ich. Richterin Walters möchte mich in neunzig Tagen wiedersehen.«

Harry nickte, wie um zu sagen, damit wäre zu rechnen gewesen.

»Meine Anwältin glaubt, sie hätte ihren Namen auf meine Akte gesetzt. Ich habe das Gefühl, ihr Interesse an mir könnte etwas mit meinem Vater und seiner Anwaltskanzlei zu tun haben.« Cade hatte nicht viel von seiner familiären Situation erzählt, und Harry, der sein Widerstreben spürte, hatte nicht nachgebohrt. Dennoch schien er zwischen den Zeilen zu lesen.

»Wie du vielleicht schon erraten hast, sind mein Vater und ich einander fremd geworden.« Bevor sie im Gerichtssaal aufgetaucht war, hätte er dasselbe von seiner Mutter sagen können. Er hatte damit gerechnet, Verurteilung und Enttäuschung in ihrem Gesicht zu lesen, aber als sich ihre Blicke getroffen hatten, hatte er nichts von beidem bemerkt. Doch er verfügte nicht über die Fähigkeit, in Menschen so zu lesen, wie Harry es konnte. Das Einzige, was er vielleicht entdeckt hatte, war Bedauern gewesen, und selbst da war er nicht ganz sicher.

Harry stellte die Beine wieder nebeneinander, schob seinen Kaffeebecher weg und griff nach einem Stift. »Wann hast du das letzte Mal mit deiner Familie gesprochen?«

Cade langte nach einem der Kissen an der Rückenlehne des Sofas und legte es dann rasch wieder zurück. »Vor sechs Jahren, bevor ich in die Armee eingetreten bin. Nicht, dass wir da viel geredet hätten ... Mein Vater hat diese Entscheidung aufs Höchste missbilligt, um es einmal milde auszudrücken.«

»Gibt es einen bestimmten Grund dafür?«

»Ja. Er hatte andere Pläne mit mir.«

»Und du hast das Militär als Fluchtmöglichkeit benutzt?«

»Vermutlich nicht die weiseste Entscheidung, die ich je getroffen habe, aber ehrlich gesagt, wenn ich noch einmal die Wahl hätte, würde ich genauso handeln.«

Harry nickte, ohne jegliches Urteil und ohne Druck fortzufahren. »Um deines Seelenfriedens willen werde ich dir verraten, dass du dich irrst, was Richterin Walters' Interesse an deinem Fall betrifft.«

»Wie meinst du das?«

»Deine Familie und jeglicher Einfluss, den sie bei Gericht haben mag, hat nichts mit Richterin Walters zu tun.«

Cade war nicht sicher, was er davon halten sollte. Tief in seinem Inneren war er überzeugt, die Richterin wäre beeinflusst worden, im Umgang mit ihm Nachsicht walten zu lassen. Die Anwesenheit seiner Mutter im Gerichtssaal hatte diese Ansicht noch verstärkt.

»Richterin Walters' Sohn war ein Marine, der in Afghanistan gedient hat. Er kam als ein anderer junger Mann nach Hause als der, der dorthin aufgebrochen war. Er war verwirrt und verloren, so wie es viele Veteranen sind. Sechs Monate nach seiner Entlassung nahm er sich das Leben.«

Cades Überraschung musste ihm anzumerken sein, denn Harry fuhr fort: »Seit dieser Zeit hat es sich Richterin Walters zum Ziel gesetzt, anderen jungen Männern wie ihrem Sohn zu helfen. Sie hat lange vor deinem Gerichtstermin deine Akte gelesen und mit mir Kontakt aufgenommen.«

»Du sagst, meine Familie hatte nichts mit meinem milden Urteil zu tun?«

»Ich versichere dir, dass dem nicht so war.«

Cade schluckte, sah die Richterin jetzt mit anderen Augen. »Gut zu wissen.«

»Ich würde derlei Details normalerweise nicht weitergeben, aber ich wollte dir klarmachen, dass ihre Absichten dir und anderen gegenüber gut gemeint sind und sie euch nicht schaden will. Ihre Einstellung beruht auf ihrer persönlichen tragischen Erfahrung.«

»Ich weiß es zu schätzen, dass du es mir gesagt hast. Danke.« Cade nippte an seinem Kaffee. Er brauchte einen Moment, um einen klaren Kopf zu bekommen.

Harry lehnte sich in seinem Stuhl zurück und überflog die Notizen, die Cade ihm bezüglich seines Zeitaufwands für die gemeinnützige Arbeit ausgehändigt hatte. »Ich sehe, du hast die letzte Woche viele Stunden im Tierheim verbracht.«

Cade hatte Spaß an der Arbeit mit den Tieren. »Ich bin froh, dass du mir empfohlen hast, meine Zeit dort abzuleisten. Mir gefällt es da.«

»Das dachte ich mir.« Harry lächelte, als würde er sich selbst beglückwünschen.

»Ich würde gerne selbst einen Hund aufnehmen. Leider sind in dem Apartment, das ich gemietet habe, keine Haustiere erlaubt.« Schon mehrmals war es Cade schwergefallen, einen der Hunde, mit denen er gearbeitet hatte, das Tierheim verlassen zu sehen. Es war lächerlich, weil er wusste, dass sie zu Familien oder Einzelpersonen kamen, die ihnen viel mehr zu bieten hatten, als er es jemals könnte. Cades Leben verlief chaotisch, und er war kaum zu Hause.

»Wie geht es Shadow?«, erkundigte sich Harry.

Cade hob den Kopf. »Ich habe Shadow erwähnt?« Er erinnerte sich nicht daran, Harry von dem schwierigen Tier erzählt zu haben.

Das war das Besondere an Harry. Er hatte die Gabe, hinter jede noch so beiläufige Bemerkung zu blicken und die Bedeutung zu erkennen. Cades Gedanken kehrten zu ihrem früheren Gespräch zurück. Es hatte stattgefunden, kurz nachdem Hope angefangen hatte, im

Tierheim zu arbeiten, und sie ihm aufgefallen war. Er war gewarnt worden, sich von Shadows Zwinger fernzuhalten, so wie sie alle, und das aus gutem Grund. Der Hund war unkontrollierbar. Hope hatte nicht darauf gehört. Stattdessen hatte sie sich vor dem Zwinger auf den Boden gesetzt und in ihrer beruhigenden Art auf Shadow eingeredet. Es hatte ihn fasziniert, Shadows Reaktion zu beobachten.

»Sie hat ihn an der Angel.« Es erschien ihm fast unglaublich. Shadow leckte nicht unbedingt jemandem die Hand. Er knurrte die anderen Ehrenamtler immer noch an und zeigte die Zähne. Doch bei Hope war er ein ganz anderes Tier. Shadow akzeptierte sie. Die Wandlung in ihrer Beziehung zu verfolgen war absolut fesselnd.

»Sie?«, fragte Harry.

In Gedanken versunken, runzelte Cade die Stirn. »Bitte?«

»Du sagtest, sie hat ihn an der Angel. Wer ist sie?«

»Eine von den anderen Freiwilligen«, spielte er sein Interesse an Hope herunter.

Seine Antwort erregte dennoch augenblicklich Harrys Aufmerksamkeit. »Du hattest erwähnt, Preston sei der Meinung, sie würden das Tier einschläfern müssen?«

»Das dachte jeder.«

»Außer dieser einen Freiwilligen?«

Cade nickte. Er hatte von Preston erfahren, dass Hope an der hiesigen Highschool unterrichtete. Keine seiner eigenen Highschoollehrerinnen hatte ihr auch nur im Entferntesten geähnelt. Sie sah umwerfend aus, eher klein, mit kastanienfarbenen Haaren, die sie schulterlang trug. Flüchtig fragte er sich, ob sie mit jemandem zusammen war, verdrängte den Gedanken aber sofort wieder. Er war keinesfalls für eine Beziehung bereit, und jemand wie Hope war gewiss nicht an einem Loser wie ihm interessiert.

Als spürte er, dass da mehr vor sich ging, als Cade ihm erzählte, machte Harry ihm ein Zeichen. »Erzähl mir von dieser Freiwilligen.«

Die Frage traf ihn unvermutet, und er war nicht willens, diesen Kurs einzuschlagen. »Was willst du wissen?«, erkundigte er sich als Verzögerungstaktik.

Harry zuckte die Achseln, als wäre das kaum von Bedeutung. »Ich weiß nicht. Ganz eindeutig hat sie ein großes Herz.«

»Und viel Geduld«, fügte Cade hinzu. Er hatte sie näher und näher an den Zwinger heranrücken sehen, bis nur noch das Drahtgitter sie trennte. Als der unterernährte Hund seine Kräfte zurückgewann, ließ seine Aggressivität dank Hopes Aufmerksamkeit und Fürsorge nach. Shadow hielt nach ihr Ausschau. Sowie Hope den Zwinger betrat, erhob er sich, als wollte er eine Königin begrüßen.

»Es muss sie viel Mut gekostet haben, seinen Zwinger zu betreten.«

Cade stimmte dem zu. Er war nicht sicher, wie sie Preston dazu gebracht hatte, es sie versuchen zu lassen. Er war zu der Zeit nicht da gewesen und hatte keine Einzelheiten gehört. Er wusste nur, dass Hope bei seinem letzten Besuch im Hof gewesen war und Shadow spazieren geführt hatte. Sicher, sie hatte ihn an einer kurzen Leine gehalten, und außer ihnen war niemand dabei gewesen. Cade war beeindruckt gewesen, genau wie der Rest des Personals und der Freiwilligen. Soweit er wusste, hatte sich Hope einverstanden erklärt, Shadow zu adoptieren.

»Ja, davon hat sie eine Menge«, pflichtete Cade Harry bei. Soweit er es beurteilen konnte, verfügte Hope über den Mut einer Löwin.

»Mir ist aufgefallen, dass du die Anzahl der Stunden im Tierheim erhöht hast. Ist das wegen … wie heißt die Frau noch gleich?«

»Hope«, erwiderte Cade.

Der Name schien Harry zu amüsieren. »Hope«, wiederholte er. »Sie scheint Shadow ganz sicher Hoffnung für die Zukunft zu geben.«

Cade stimmte stumm zu.

»Und dir vielleicht auch«, fügte Harry hinzu.

4

Hope saß mit Dannie in ihrem Büro, einem Mädchen aus der Unterstufe, das in der Überzeugung, die Liebe ihres Lebens verloren zu haben, die Trennung von ihrem Freund beweinte. Sie bot dem Mädchen Mitgefühl sowie eine Umarmung an. Als ihre Tränen getrocknet waren, erhob Dannie sich, um das Büro zu verlassen. Hope begleitete sie hinaus und sah zu ihrer Überraschung Spencer Brown draußen vor ihrer Tür stehen.

»Hallo, Spencer«, sagte sie erstaunt und freute sich, ihn zu sehen. »Was kann ich für dich tun?«

Als bereute er es, ertappt worden zu sein, sagte er: »Es ist nichts Wichtiges.«

Hope zog angesichts seiner Antwort die Brauen hoch. »Du bist doch nicht zufällig zu meinem Büro gekommen. Und verlaufen hast du dich auch nicht. Komm herein und erzähl mir, was dich bedrückt.«

Hopes Herz flog Spencer zu. Er war wirklich ihr Lieblingsschüler, hauptsächlich deshalb, weil sie sich mit ihm identifizieren konnte. Sie war ebenfalls hochintelligent gewesen, mit Noten, die gut genug gewesen waren, um ihr ein volles Stipendium einzutragen, und sie hatte ein doppeltes Diplom geschafft. Spencers Klassenkameraden hatten ihn als komischen Kauz abgestempelt. Sie wusste, dass er Freunde hatte, die aber genau wie er nicht sportlich oder besonders beliebt waren. Sie hingen miteinander im Pausenraum herum und wurden von den Mädchen weitgehend ignoriert.

Spencer betrat mit zögernden Schritten das Büro. Bevor er die Tür schloss, spähte er über die Schulter, wie um sich zu vergewissern, dass ihn niemand sah.

»Erzählst du mir, was du auf dem Herzen hast?«, ermutigte sie ihn.

»Nicht viel.« Er zuckte die Achseln und vermied jeglichen Blickkontakt.

»Mir ist klar, dass du über irgendetwas gerne reden möchtest. Dafür bin ich da, Spencer. Was du mir erzählst, bleibt unter uns, also vertrau dich mir ruhig an.«

Er blickte auf, als wäre er nicht überzeugt, dass er ihr glauben konnte.

»Du zeigst in allen deinen Kursen gute Leistungen«, eröffnete sie das Gespräch.

»Yeah.«

»Dann hat das, was auch immer dir auf der Seele liegt, nichts mit deinen Noten zu tun.«

»Nein.«

Hope konnte sehen, wie schwierig die Situation für ihn war. Sie hegte einen Verdacht, was ihn in ihr Büro geführt haben könnte, und schnitt das Thema an. »Hat es irgendetwas mit Callie Rhodes zu tun?«

Spencers Kopf fuhr mit einem Ruck hoch. Er war sichtlich geschockt, dass Hope irgendwie seine Gedanken lesen konnte.

»Mir ist aufgefallen, wie du Callie im Unterricht ansiehst«, sagte sie mit sanfter Stimme, da sie ihn wissen lassen wollte, dass sie ihn verstand.

»Wir waren einmal gute Freunde«, sprudelte Spencer hervor. »Aber Callie hat sich verändert und hat keine Zeit mehr für mich …«

»Ihr kennt euch also schon lange?«

Spencer nickte. »Unsere Familien sind beste Freunde oder waren es mal. Ben und ich haben ständig zusammengesteckt, bevor er angefangen hat, ernsthaft Sport zu betreiben.«

»Wann war das?«

»Hauptsächlich auf der Junior High. Ben ist eine Sportskanone, und das ist toll. Ich meine, ich freue mich für ihn, auch wenn wir nicht mehr so viel zusammen unternehmen, seit er Football spielt und Leichtathletik macht. Eigentlich sehen wir uns gar nicht mehr. Callie und ich waren auch immer Freunde, aber wir haben uns ungefähr um dieselbe Zeit herum voneinander entfernt.«

»Ich hörte, dass Callie und Ben Zwillinge sind.«

»Ja, das stimmt.«

Hope konnte nicht umhin, sich zu fragen, ob Callie und Ben sich so nahestanden, wie Hunter und sie es getan hatten. Sie hatten sich immer aufeinander verlassen können. Einen Herzschlag lang überwältigte sie der Kummer über den Verlust ihres Zwillings. Dann schluckte sie den Kloß hinunter, der sich in ihrer Kehle gebildet hatte.

»Jetzt, wo wir alle auf der Highschool sind, treffen sich unsere Eltern immer noch, aber wir Kids werden nicht mit einbezogen«, fuhr Spencer fort.

Hope war dankbar, dass er ihre Reaktion nicht bemerkt hatte.

»Callie spricht noch mit mir und Ben auch, aber es ist nicht mehr so wie damals, als wir jünger waren.«

Menschen und Zeiten ändern sich. Hope war im Lauf der Jahre zu der Erkenntnis gelangt, dass es bei Freundschaften so etwas wie Jahreszeiten gab. Ihre beste Freundin auf dem College war Tonya Harrison gewesen. Nach dem Abschluss an der Universität hatte Tonya geheiratet, und sie und ihr Mann Justin waren nach Texas gezogen. Hope und Tonya blieben via Facebook und mittels Textnachrichten noch immer in Verbindung, aber es war nicht mehr dasselbe.

»Mir ist klar, dass sich Beziehungen verändern«, sagte sie zu Spencer. »Das heißt aber nicht, dass sie zu Ende sein müssen.«

»Ich wäre gerne mehr als nur ihr Freund, Miss Goodwin. Ich möchte ihr Date für den Schulball sein.« Als er das sagte, straffte er die Schultern, als gäbe er ein lange gehütetes Geheimnis preis.

»Ich verstehe.« Und das tat sie auch.

»Ich weiß, dass sie eines der beliebtesten Mädchen an der Schule ist.« Seine Augen leuchteten auf, als wäre ihm der Gedanke ganz plötzlich gekommen. »Glauben Sie, Callie ahnt, was ich für sie empfinde?«, fragte Spencer. Seine Augen wurden vor Furcht und Hoffnung groß.

Hope begriff, dass Spencer sich mehr als alles andere wünschte, Callie wüsste, wie er zu ihr stand, und gleichzeitig Angst hatte, sie wüsste es und würde ihn lieber nicht groß beachten, als seine Gefühle zu verletzen.

»Ich weiß es nicht.« Hope hatte definitiv nichts dergleichen bemerkt und war nicht sicher, ob Callie etwas aufgefallen war.

»Ich denke die ganze Zeit an sie. Ich weiß, es ist sinnlos. Callie würde sich nie auf ein Date mit mir einlassen. Ich dachte, wenn wir wieder Freunde sein könnten wie früher, würde sie vielleicht irgendwann doch noch bereit sein, mich zu daten. Ich möchte sie unbedingt zum Schulball einladen.«

Hope wollte Spencer viel lieber helfen, als ihm bewusst sein mochte. Er hatte Callie viel zu bieten … oder irgendeinem Mädchen, was das betraf. Hope hieß seine Wahl weder gut, noch verurteilte sie sie. Sie kannte Callie nicht gut genug, um sich diesbezüglich ein Urteil zu bilden. Aber es entmutigte sie, dass alles, was Spencer sah, ein hübsches Gesicht war.

»Warum fängst du nicht klein an? Ruf sie an.«

»Ich habe keinen Grund dafür«, beharrte er.

»Dann denk dir einen aus.«

Er runzelte die Stirn, als hätte er das bereits in Erwägung gezogen. »Ich bin nicht gut darin, Gespräche zu führen oder Small Talk zu betreiben. Das wäre vermutlich einer der kürzesten Anrufe, die je stattgefunden haben. Wissen Sie, ich dachte, wenn wir mehr zusammen wären …«

»Callie ist also der Grund, weshalb du dich für den Computerkurs eingeschrieben hast.« Jeder, der Spencer kannte, wusste, dass seine Computerkenntnisse weit über alles hinausgingen, was dieser Kurs ihm zu bieten hatte.

Weder stritt er ihre Behauptung ab, noch bestätigte er sie.

»Du weißt, Spencer, dass es andere Wege gibt, Callies Aufmerksamkeit auf dich zu lenken.«

Er beugte sich auf seinem Stuhl vor. »Ich bin für alle Vorschläge offen.«

»Ich kann dir keine machen. Das ist etwas, was du selbst herausfinden musst. Ich habe vollstes Vertrauen, dass jemand, der so intelligent ist wie du, dieser Aufgabe gewachsen ist.«

Spencer wirkte nicht überzeugt. »Intelligent, wenn es um Noten geht, aber was Mädchen betrifft, versage ich jedes Mal. Ich war noch nie bei einem Schulball. Das könnte meine letzte Chance sein.«

»Wie viele Mädchen hast du schon gefragt?«

Er zuckte die Achseln, was Antwort genug war.

»Du hast überhaupt niemanden gefragt, nicht wahr?«

Er stieß einen tiefen, frustrierten Seufzer aus. »Warum sollte ich mir die Mühe machen? Ich weiß, dass sie mir alle einen Korb geben würden. Und ich glaube nicht, dass ich mit dieser Zurückweisung fertigwerden würde.«

»Ach, Spencer, ich kann mir vorstellen, wie viele Mädchen sich auf die Chance gestürzt hätten, mit dir zu einer der Tanzveranstaltungen zu gehen.«

Seine Miene verriet deutlich, dass er ihr nicht glaubte.

»Der Schulball ist in zwei Wochen«, erinnerte sie ihn. »Du solltest da hingehen, Spencer. Wenn nicht, wirst du es, glaube ich, bereuen.«

»Das einzige Mädchen, das ich mitnehmen möchte, ist Callie«, beharrte er, noch bevor Hope ein paar andere Namen vorschlagen konnte.

»Dann frag sie.«

Er zögerte, als dächte er über die Idee nach. Hope sah, wie er im Geist Möglichkeiten ausbrütete, bevor sein ganzer Körper vor Niedergeschlagenheit schlaff wurde. »Sie hat wahrscheinlich längst Scott versprochen, mit ihm dorthin zu gehen.«

Daran hatte Hope auch schon gedacht, aber das hielt sie nicht davon ab, ihm Mut zu machen. »Das wirst du nie erfahren, wenn du sie nicht fragst.«

»Wenn ich sie bitte, mit mir zu dem Ball zu gehen, wird Callie wissen, was ich für sie empfinde.«

»Ist das nicht der springende Punkt?«

»Nein«, widersprach er und änderte dann rasch seine Meinung. »Na ja, vielleicht.«

»Was auch immer passiert, es liegt bei dir.«

»Ich werde darüber nachdenken«, stimmte Spencer zu.

Das ganze Wochenende lang grübelte Spencer über das Gespräch mit Miss Goodwin nach. Es war furchteinflößend und aufregend zugleich, dass Callie, wenn er sie bat, mit ihm zu dem Ball zu gehen, vielleicht einverstanden wäre, ihn zu begleiten. Eine – viel zu kurze – Zeit lang redete er sich ein, Miss Goodwin hätte recht, und er sollte Callie einfach fragen.

Es gab da noch einen Faktor, den er Miss Goodwin nicht anvertraut hatte und der ihm ständig im Kopf herumspukte. Ihm waren Gerüchte zu Ohren gekommen, dass Callie und Scott sich nach einem Streit auf dem Schulparkplatz getrennt hätten. Mehrere Schüler hatten mitbekommen, wie sie sich angebrüllt hatten. Aber dann, einen oder zwei Tage später, waren sie wieder dicke Freunde. So viel dazu.

Trotz aller Anstrengungen, optimistisch zu sein, war ihm klar, dass es lächerlich war zu denken, Callie würde mit ihm ausgehen. Am Montagmorgen hatte er die Idee komplett verworfen. Kein Grund, sich vor der ganzen Schule demütigen zu lassen. Wenn er sie fragte und sie ihn zurückwies, würde sich die Nachricht wie ein Lauffeuer in den Hallen der Oceanside High verbreiten.

Das Letzte, womit Spencer gerechnet hätte, war, dass Callie sich von sich aus an ihn wenden würde.

Am Montag nach Schulschluss war Spencer auf dem Weg zum Parkplatz. Sein Dad hatte einen 1965er Dodge Dart gekauft, als er aus dem Militärdienst entlassen worden war. Er hatte dieses Auto geliebt, und gemeinsam hatten sie es wieder fahrtüchtig gemacht, damit Spencer einen Wagen hatte.

»Spencer.«

Er kannte diese Stimme und drehte sich um, als Callie mit zielstrebigen Schritten auf ihn zueilte.

Ihre Augen leuchteten, und die Sonne schien auf sie herab, bis er überzeugt war, dass sich über ihrem Kopf ein Heiligenschein gebildet hatte.

»Ich bin froh, dass ich dich noch erwischt habe.« Sie lächelte ihn an, als redeten sie jeden Tag miteinander und wären noch immer die besten Freunde, die sie einmal gewesen waren. »Wie ist es dir so ergangen?«

»Gut.«

Sein Herz hämmerte wie verrückt, aber es gelang ihm, das Lächeln zu erwidern. »Ich habe gehört, du und Scott habt euch getrennt. Tut mir leid.«

»Alles in Ordnung. Wir bleiben Freunde«, erwiderte Callie stirnrunzelnd.

»Irgendeine Chance, dass ihr wieder zusammenkommt?«

»Von meiner Seite aus nicht, obwohl ich nicht glaube, dass die Botschaft bei Scott angekommen ist. Aber das ist sein Problem, nicht meins.«

Spencer schaffte es, mitfühlend zu wirken, obgleich er angesichts dieser Neuigkeit am liebsten auf und ab gehüpft wäre.

»Ist das hier das Auto, das du mit deinem Dad instand gesetzt hast?«, fragte sie und warf einen Blick auf den Dart hinter ihm.

Es überraschte ihn, dass sie überhaupt davon wusste. Wahrscheinlich hatte sein Dad es ihrem Vater gegenüber erwähnt.

Es kostete ihn all seine Kraft, mit einem bestätigenden Nicken zu antworten.

»Cool.«

»Danke.« Er wollte ihr von all den Stunden erzählen, die er und sein Dad mit der Reparatur des Motors verbracht hatten. Während dieses Prozesses hatte er viel über Verbrennungsmotoren gelernt und, wichtiger noch, eine sich vertiefende Beziehung zu seinem Vater aufgebaut. Während sie sich über die Motorhaube gebeugt hatten, hatte sein Vater von seiner eigenen Kindheit und seinen Teenagerjahren erzählt – Geschichten, die Spencer nie zuvor gehört hatte. Er hatte sogar ausführlich von seinen Erfahrungen beim Militär berichtet. Sein Dad hatte gemeint, die drei Jahre bei der Armee hätten ihn zu dem Mann gemacht, der er heute sei.

Natürlich erzählte Spencer Callie nichts von alledem, was hieß, dass er nur imstande war, sie anzustarren.

»Hast du ein paar Minuten?«, fragte sie.

Er nickte stumm, statt zu riskieren, dass seine Stimme kiekste und er sich blamierte.

»Super. Es ist eine Weile her, und ich dachte, es wäre mal Zeit, über all das zu sprechen, was inzwischen passiert ist.«

Callie strich sich die Haare hinter das Ohr. Da er sie ständig beobachtete, wusste Spencer, dass das eine nervöse Angewohnheit von ihr war, die sie schon ihr ganzes Leben begleitete. Er konnte sich nur nicht vorstellen, warum sie in seiner Gegenwart nervös sein sollte.

»Yeah, klar.« Sie wollte mit ihm reden? Das verriet ihm, dass er ihr wahrscheinlich einen Gefallen tun sollte.

»Ich brauche deine Hilfe«, sagte sie.

»Okay.«

»Okay? Du weißt doch gar nicht, was du für mich tun sollst.«

»Was immer du brauchst, Callie. Du weißt, dass du auf mich zählen kannst.«

Sie lächelte ihn strahlend an. »Ich weiß, dass du eine Art Computergenie bist.«

Spencer und seine Freunde waren gut. Wirklich gut. Sie spornten einander an und hatten sich schon in etliche Sicherheitssysteme gehackt, nur um zu beweisen, dass sie dazu in der Lage waren. Aber keiner von ihnen würde damit prahlen, weil sie sonst in ernsthafte Schwierigkeiten kommen würden.

»Wer hat dir das erzählt?« Er fürchtete, dass seine Fähigkeiten und seine diesbezüglichen Unternehmungen irgendwie bekannt geworden sein könnten.

Einen langen Moment antwortete sie nicht. »Eigentlich niemand. Ich weiß nur, wie clever du bist.«

Spencer fragte sich unwillkürlich, ob Miss Goodwin Callie auf den Gedanken gebracht hatte. »Möchtest du, dass ich dir etwas beibringe?« Callie war selbst eine sehr gute Schülerin, das konnte es also nicht sein.

»Nicht unbedingt … Es ist ein bisschen mehr als das.«

»Mehr was?«

»Ich … Das würde ich im Moment lieber noch nicht sagen.«

Das Ganze wurde mit jeder Sekunde merkwürdiger. Was auch immer es war, es musste sich um etwas Ernstes handeln.

»Ich gebe zu, dass mein Interesse geweckt ist.« Er spielte den Coolen – nun ja, so gut ihm das eben möglich war. Das Problem bestand darin, dass er kein cooler Typ war.

Sein Zögern schien sie zu überraschen. »Ich weiß, dass ich in letzter Zeit keine besonders gute Freundin war«, sagte sie wie zur Entschuldigung.

»Ja, wie das halt so ist. Was willst du denn nun?«, fragte er – bereit, für sie zu tun, was immer er konnte.

»Ich erwarte nicht, dass du es umsonst machst. Ich bezahle dich dafür.«

»Du willst mich bezahlen?«

»So viel du verlangst – innerhalb vernünftiger Grenzen. Ich meine, ich habe etwas Geld gespart. Ich würde dich nicht bitten, wenn es nicht wichtig wäre.«

Spencer fragte sich, aus welchem Grund sie so verzweifelt klang. »Ich will dein Geld nicht, Callie.«

»Okay«, sagte sie. Ihre Gesichtszüge spannten sich

an. »Wir sind Freunde, aber ich erwarte trotzdem nicht, dass du es umsonst machst.«

»Ist denn ein Risiko dabei?«

Sie biss sich auf die Unterlippe und senkte den Blick. »Vielleicht. Ich bin mir nicht sicher. Deswegen finde ich, ich sollte mich irgendwie revanchieren.«

Callie sah wieder auf, suchte seinen Blick und wartete ab. Erwartungsvoll. Eifrig.

»Es gibt nur eines, was ich möchte.«

»Sag es.«

»Ich möchte, dass du mein Date für den Schulball bist.«

Ihre Augen weiteten sich erschrocken, als hätte seine Bitte sie aus der Fassung gebracht. »Du willst, dass ich mit dir zu dem Ball gehe? Als dein Date?«

Er nickte. Sein Herz hämmerte so stark, dass es sich anfühlte, als wollte es seinen Brustkorb sprengen.

»Ich … denke, das ist ein faires Angebot.«

Spencer streckte die Hand aus. »Dann haben wir einen Deal.«

»Ja«, erwiderte sie in einem Ton, der andeutete, dass sie nicht glücklich damit war. Sie würde es tun, weil sie verzweifelt war, aber es gefiel ihr überhaupt nicht.

Dennoch wurde für Spencer ein Traum wahr. Callie Rhodes war sein Date für den Schulball.

5

Hope war nicht im Tierheim, als Cade dort eintraf. Wegen seines Gerichtstermins, der privaten sowie der Gruppensitzungen und seiner Arbeit war er ein paar Tage lang nicht hier gewesen. Das hatte ihn jedoch nicht davon abgehalten, an Hope zu denken. Sie schlich sich zu den seltsamsten Zeiten unwillkommenerweise in seine Gedanken.

Am Donnerstag hatte er sie auf dem Weg zur Arbeit mit Willa im Bean There, dem hiesigen Coffeeshop, sitzen und reden sehen. Er hätte fast ein Stoppschild überfahren, als sein Blick auf sie gefallen war, und er war halb auf der Kreuzung stehen geblieben. Er konnte von Glück sagen, dass er kein Knöllchen bekommen hatte. Richterin Walters wäre nicht sehr erfreut gewesen.

Nach seiner Ankunft im Tierheim hielt Cade nach Hope Ausschau. Es sah ihr nicht ähnlich, sich zu verspäten. Shadow war in seinem Zwinger und schaute wie Cade jedes Mal erwartungsvoll zur Tür, wenn diese sich öffnete. Da er eine gewisse Seelenverwandtschaft mit dem Hund verspürte, ging Cade auf ihn zu und war überrascht, dass Shadow nicht augenblicklich knurrte oder die Zähne bleckte.

»Sie kommt bald«, sagte er und war sich nicht sicher, ob er das sagte, um Shadow zu trösten oder sich selbst.

Meistens war Hope zur selben Zeit im Tierheim wie Cade. Obwohl sie selten miteinander sprachen, begann er seine Ankunft zeitgleich mit ihrer zu planen, sodass sie sich oft gemeinsam in die Anmeldeliste eintrugen.

Eine weitere Stunde verstrich, ohne dass Hope auftauchte. Als er seine Neugier nicht länger bezähmen konnte, ging Cade unter einem Vorwand zu Preston, der an der Theke vor seinem Büro stand.

»Taffy und Violet werden dieses Wochenende adoptiert?«, fragte er, obwohl er die Antwort kannte.

»Yep, und wir haben noch fünf weitere, die heute in ein neues Zuhause kommen«, murmelte Preston, während er sich auf den Papierkram konzentrierte, mit dem er gerade beschäftigt war.

»Ich habe Hope noch gar nicht gesehen«, bemerkte Cade in der Hoffnung, beiläufig zu klingen. »Heute wird viel los sein, und uns fehlt ein Freiwilliger.«

Preston blickte auf und musterte Cade einen unbehaglichen Moment lang forschend, bevor ein wissendes Grinsen über sein Gesicht huschte.

»Hope hat heute früh angerufen und mir gesagt, sie könne heute nicht kommen. Sie fühlt sich nicht wohl. In der Highschool grassiert die Grippe, und sie glaubt, sie hat sie sich eingefangen. Sie klang ziemlich elend.«

»Ja, ich habe auch gehört, dass die Grippe in der Stadt umgeht.« Er hatte vor nicht allzu langer Zeit selbst damit flachgelegen. Die Krankheit war schnell vorbeigegangen, nach nur achtundvierzig Stunden. Aber er hatte sich kränker gefühlt als seit Langem und war danach schwach wie ein neugeborenes Kätzchen gewesen.

»Ich wusste nicht, dass ihr befreundet seid, du und Hope«, sagte Preston. Er wirkte sehr zufrieden mit sich selbst.

»Nicht wirklich«, widersprach Cade dem Tierheimleiter rasch. »Wie ich schon sagte, uns fehlt ein Freiwilliger, und es wird ein arbeitsreicher Tag.« Die fünf Tieradoptionen würden sie ganz schön auf Trab halten.

»Hope ist etwas Besonderes«, fügte Preston hinzu. »Mit ihr kannst du nichts falsch machen. Sie ist ein guter Mensch.«

Cade fürchtete, dass er sich gerade seine eigene Grube grub, aber er musste etwas klarstellen. »Hör zu, ich bin nicht an Hope interessiert und habe auch nicht vor, mich für sie zu interessieren. Es ist ein hektischer Tag, und mir tut Shadow leid. Er rechnet mit ihr.«

Preston fuhr fort, ihn eindringlich zu mustern, und sagte dann aus heiterem Himmel: »Du weißt, dass sie das Cottage von Mellie und mir gemietet hat, nicht wahr?«

»Nein. Und ich weiß auch nicht, warum du es für nötig hältst, das zu erwähnen.«

Prestons leises Lächeln kehrte zurück. »Ich dachte, du wolltest vielleicht bei ihr vorbeifahren und nach ihr sehen.«

»Warum sollte ich?« Er hatte nicht das geringste Interesse an Hope. Zumindest redete er sich das ein.

Prestons Lippen zitterten, als müsste er ein Grinsen unterdrücken. »Warum nicht? Du bist ein gesunder junger Mann, und sie ist eine schöne Frau. Und soweit ich das beurteilen kann, habt ihr vieles gemeinsam.«

Bei der Bemerkung stellte Cade die Stacheln auf.

»Wir haben gar nichts gemeinsam«, beharrte er. Jetzt war es ihm peinlich, Preston behelligt zu haben.

»Sei dir da mal nicht so sicher«, erwiderte Preston und widmete sich wieder seinen Papieren, während Cade den Rückzug antrat. »Meiner Meinung nach würdet ihr beide gut miteinander zurechtkommen. Ihr seid neu in der Stadt, habt keine Familie, die diese Bezeichnung verdient …«

Cade hörte nicht mehr zu, als er in den Bereich zurückeilte, wo die Hunde gehalten wurden. Er war dankbar, als sich die Tür zwischen dem Büro und dem Zwinger hinter ihm schloss. Eine Sekunde lang meinte er, Preston lachen gehört zu haben.

Während er die Neuzugänge spazieren führte, wanderten Cades Gedanken gegen seinen Willen zu Hope. Sie hatte keine ihr nahestehende Familie. Das mochte heißen, dass sie niemanden hatte, den sie um Hilfe bitten konnte, wenn sie krank war. Nun, er würde sich bestimmt nicht anbieten. Selbst wenn er beschloss, den guten Samariter zu spielen und bei dem Cottage vorbeizugehen, was er nicht beabsichtigte. Außerdem könnte er Hope damit einen falschen Eindruck vermitteln. Sie würde womöglich mehr in seine Handlungsweise hineinlesen als erwünscht, und das könnte unvorhergesehene Folgen haben. Er musste sich keine Sorgen machen. Hope hatte Preston und Mellie. Wenn sie etwas brauchte, würden beide nur zu gerne helfen, das wusste Cade.

Am späten Nachmittag schien Shadow sich damit abzufinden, dass Hope nicht mehr kommen würde. Das gesamte Verhalten des Hundes änderte sich. Niedergeschlagen drehte er sich zum hinteren Ende des Zwingers, sodass niemand sein Gesicht sehen konnte. Mit dem Kopf auf den übereinandergeschlagenen Pfoten blieb er liegen und ignorierte alles, was um ihn herum vorging.

Wenn er das Gefühl hätte, Shadow würde ihm trauen, wäre Cade versucht, in den Zwinger zu gehen und dem Hund die Aufmerksamkeit zukommen zu lassen, die er brauchte. Da er wusste, wie viel Hope an Shadow lag, konnte es sein, dass sie dringend erfahren wollte, wie er mit ihrer Abwesenheit zurechtkam. Cade wünschte, er wüsste einen Weg, um Shadow zu trösten.

Obgleich er nicht imstande war, es sich zu erklären, empfand Cade dasselbe Gefühl von Verlust und Enttäuschung. Während der ganzen Zeit, die er im Tierheim verbracht hatte, hatte er nie mehr als ein paar Sätze zu Hope gesagt. Grundsätzlich hatte er sie nicht beachtet. Er hatte ihr von dem Moment an, wo sie einander vorgestellt worden waren, begreiflich gemacht, dass er für sich sein wollte. Seitdem hatte sie auch nichts mehr zu ihm gesagt. Was genau das war, was er wollte.

Doch was seine Aufmerksamkeit geweckt hatte, war die Art, wie sie mit Shadow umging. Niemand konnte die Veränderung übersehen, die mit dem Hund vor sich gegangen war, seit sie angefangen hatte, mit ihm zu arbeiten. Ihre Fürsorge und Hingabe hatten einen tiefen Eindruck auf Cade gemacht. Er hatte selten jemanden mit mehr Geduld erlebt.

Von der Gerüchteküche des Tierheims hatte er erfahren, dass Hope plante, Shadow zu sich zu nehmen. Er wusste, dass sie jeden Tag nach der Schule mit ihm trainiert hatte. Ihre Bemühungen waren belohnt worden. Shadow hatte verblüffende Fortschritte gemacht. Zwar verhielt er sich anderen gegenüber noch immer zurückhaltend, war aber weit weniger aggressiv als früher.

Bevor er sich für den Tag abmeldete, ging Cade zu Shadows Zwinger. »Keine Angst«, sagte er zu dem Hund. »Hope kommt zurück, wenn sie sich besser fühlt.«

Shadow reagierte nicht, womit Cade gerechnet hatte.

Als er zur Tür hinausging, hielt Preston ihn auf. »Denk über das nach, was ich dir gesagt habe«, riet er.

»Du hast viel gesagt«, gab Cade zurück und stellte sich absichtlich begriffsstutzig.

»Wegen Hope.«

Cade winkte ab und ging zum hinteren Teil des Gebäudes, wo die Freiwilligen parkten.

Als er in die Stadt fuhr, kam er an einer Apotheke vorbei und hielt an, ohne bewusst darüber nachzudenken. Er erinnerte sich an das rezeptfreie Medikament, das ihm während seines eigenen Infekts geholfen hatte.

Wenigstens fünf Minuten lang saß er in seinem Wagen und überlegte, ob es klug war, was er da zu tun beabsichtigte. Der Gedanke, der ihn schließlich veranlasste, für Hope ein Medikament zu besorgen, war, dass er die Möglichkeit haben würde, ihr von Shadow zu berichten.

Aus Gründen, die er nicht analysieren wollte, war er wütend auf sich, weil er sich kümmerte, weil er etwas tat, von dem er fürchtete, es könnte Hope einen falschen Eindruck vermitteln. Trotzdem erstand er ein paar Sachen, von denen er dachte, dass sie ihr helfen würden, und fuhr dann zum Cottage.

Er registrierte dankbar, dass Preston noch nicht zu Hause war. Das hieß, dass er selbst kommen und wieder gehen konnte, ohne sich den Sermon anhören zu müssen, den er von Preston sicherlich zu erwarten hatte. Als er die Verandastufen hochstieg, fiel ihm auf, dass das Geländer an einer Seite locker war. Als Hopes Vermieter sollte Preston das reparieren. Er prüfte es auf seine Stabilität und erwog flüchtig, es Preston gegenüber zu erwähnen, bis ihm klar wurde, dass dieser dann von seinem Besuch bei Hope wissen würde.

Er stand vor der Vordertür und klopfte leise an, dachte, sie könnte vielleicht im Bett liegen. Wenn das der Fall war, würde er die Medikamente auf der Veranda liegen lassen und wieder fahren.

Nur ein paar Momente verstrichen, bevor die Tür einen Spalt breit geöffnet wurde. Sowie sie ihn erkannte, öffnete Hope sie ganz. Sie trug ein loses Shirt und Yogahosen und sah furchtbar aus. Ihre Nase leuchtete rot, die Haare hingen ihr strähnig um das Gesicht, und sie war blass. Trotzdem konnte die Grippe ihrer Schönheit nichts anhaben.

»Cade?« Sie war ebenso überrascht, ihn zu sehen, wie er, hier zu sein. Er hätte nie herkommen sollen.

»Hier.« Er hielt ihr die Tüte hin. »Das hat mir geholfen, als ich krank war.«

Hope hielt sich ein Taschentuch an die Nase, als sie die Tüte entgegennahm. Sie wirkte verblüfft und wusste sichtlich nicht, was sie sagen sollte. »Äh … danke.«

»Keine Ursache.« Er wandte sich ab und trat von der Veranda herunter, als ihm der andere Grund für seinen Besuch einfiel. »Shadow hat sich ganz okay verhalten, als du nicht aufgetaucht bist, aber ich habe gemerkt, dass er dich vermisst.«

Sie blinzelte, wirkte unglaublich traurig. »Ich habe ihn auch vermisst, und ich habe es vermisst, mit … allen zusammen zu sein.«

Cade, der darauf brannte, die Flucht zu ergreifen, nickte und schob die Hände in die Hosentaschen.

»Ich würde dich ja hereinbitten, aber ich möchte dich nicht diesen Bazillen aussetzen.«

»War nicht auf eine Einladung aus.« Er wollte das von Anfang an klarstellen, damit sie seine Motive nicht falsch verstand.

»Ich weiß … Danke, Cade. Das war sehr aufmerksam von dir.«

»Kein Problem.« Er ging schnurstracks zu seinem Truck; wollte entkommen, bevor Preston auftauchte. Es war entschieden besser, wenn der nichts von seinem Besuch erfuhr. Er würde auch Harry gegenüber nichts erwähnen.

Hope hatte kaum die Tür geschlossen, als ihr Telefon klingelte. Ein Blick auf das Display verriet ihr, dass der Anruf von Mellie kam.

»Hallo.« Hope setzte sich wieder auf das Sofa, auf dem sie die letzten beiden Nächte kampiert hatte. Sie hatte den Quilt, den ihre Großmutter angefertigt hatte, als sie zum College gegangen war, und die Kissen von ihrem Bett dort deponiert.

»Hieß der junge Mann, der eben gegangen ist, Cade?«, fragte Mellie. Sie klang mehr als nur ein bisschen verärgert.

»Ja. Er arbeitet auch als Freiwilliger im Tierheim.« Sie hielt inne, um sich die Nase zu schnäuzen, die schon wieder zu laufen begonnen hatte.

»Ich weiß, wer er ist.« Sie klang jetzt weniger schroff.

Obwohl Mellie nicht gefragt hatte, lieferte Hope ihr die Antwort.

»Er hat mir …« Sie zögerte, als ihr klar wurde, dass sie die weiße Papiertüte erst öffnen musste. Sie spähte hinein, nahm die kleine Schachtel heraus. »… Grippemedikamente gebracht, zusammen mit Saft und einer Dose Hühnersuppe mit Nudeln.«

Mellie gab ein unverständliches Geräusch von sich.

»Preston muss erwähnt haben, dass ich nicht auf dem Posten bin«, erklärte Hope.

»Das hätte er nicht tun sollen.« Mellie schien über ihren Mann alles andere als glücklich zu sein. »Ich habe ihn gebeten, sich nicht einzumischen, und er hat mir versprochen, es nicht zu tun.«

»Einmischen?«, wiederholte Hope.

»Mein Mann«, sagte Mellie mit einem lang gezogenen Seufzer. »Man würde es nicht glauben, wenn man ihn ansieht, aber tief in seinem Herzen ist er ein Romantiker. Er glaubt, du und Cade, ihr würdet ein schönes Paar abgeben.«

Hope hätte am liebsten laut aufgelacht, und das hätte sie auch getan, hätte sie nicht just in diesem Moment einen Niesanfall bekommen. Sie und Cade? Das war einfach lächerlich.

»Preston irrt sich«, sagte sie, als sie wieder sprechen konnte. »Cade redet kaum ein Wort mit mir.«

»Ja, so was Ähnliches habe ich auch gehört. Er

spricht mit niemandem viel. Aber Preston zufolge beobachtet Cade dich.«

So beschäftigt, wie sie mit ihren Pflichten und der Extraarbeit war, die sie in ihr Training mit Shadow steckte, war Hope nichts dergleichen aufgefallen.

»Ich habe Preston gewarnt, er soll sich da heraushalten.«

»Ich bin sicher, er hat es nicht böse gemeint.«

»Das ist mir egal. Ein Versprechen bleibt ein Versprechen.«

»Verstehe.« Hope wusste nicht, was sie sonst sagen sollte.

»Außerdem«, fügte Mellie seufzend hinzu, »weiß ich nicht, ob Cade vertrauenswürdig ist.«

Das weckte Hopes Interesse. »Wieso denn das?«

Mellie zögerte, als hätte sie mehr gesagt, als sie sollte. »Preston steht mit Harry Milton in Verbindung, dem Therapeuten, der mit dem Gericht zusammenarbeitet. Er hat empfohlen, dass Cade seine Sozialstunden im Tierheim ableistet.«

»Sozialstunden?«

»Ich weiß nicht, was er verbrochen hat«, fügte Mellie hastig hinzu. »Es kann nichts übermäßig Schlimmes gewesen sein, wenn er nur zu gemeinnütziger Arbeit verurteilt wurde. Es ist nicht meine Angelegenheit, dir das zu erzählen, und ich entschuldige mich dafür. Ich mache es Preston zum Vorwurf, sich in Dinge eingemischt zu haben, die ihn nichts angehen.«

»Ich …«

»Ich entschuldige mich auch für meinen Mann«, fuhr Mellie fort. »Ich werde dafür sorgen, dass er begreift, eine Grenze überschritten zu haben. Ich persönlich bin sicher, dass Cade nicht gefährlich ist. Es tut mir leid, wenn ich dich beunruhigt habe.«

»Das hast du nicht.«

Ein Baby weinte im Hintergrund, und Mellie beendete hastig das Gespräch.

Hope legte das Telefon weg und setzte sich wieder auf das Sofa. Sie hatte den ganzen Nachmittag lang Netflix geschaut. Nach ihrem Gespräch mit Mellie fesselte die Serie ihre Aufmerksamkeit nicht länger. Ihr schwirrte der Kopf, er weigerte sich, zu der Story zurückzukehren, die sie noch vor einigen Minuten interessiert hatte.

Stattdessen wanderten ihre Gedanken zu Cade und seinem unerwarteten Besuch. Es war ein Schock für sie zu erfahren, dass seine Arbeit im Tierheim nicht auf dem Wunsch beruhte, den Tieren zu helfen. Er leistete vom Gericht angeordnete gemeinnützige Arbeit wegen irgendeines unbekannten Vergehens. Das ließ Hope stutzen. Es half ihr auch, seine Ansichten und sein Verhalten besser zu verstehen.

Obwohl seine Stunden im Tierheim ihm aufgezwungen worden waren, schien er mit dem Herzen dabei zu sein. Öfter, als sie zählen konnte, war Cade zusätzliche Strecken mit Hunden gelaufen, die ausgesetzt oder verwirrt eingetroffen waren.

Obwohl sie nicht wusste, was er getan hatte, um mit dem Gesetz in Konflikt zu geraten, fühlte Hope sich von dem, was sie erfahren hatte, nicht abgestoßen. Ihrer Erfahrung nach konnte ein Hund den Charakter eines Menschen besser einschätzen als andere Menschen.

Was sie betraf, so hatte Cade seine Probe bestanden.

6

Als Hope nach ihrer Grippe wieder an der Schule unterrichtete, wusste sie sofort, dass mit Spencer etwas nicht stimmte. Während der ersten zwei Kurse, die er bei ihr besuchte, hatte sie ihn dabei ertappt, wie er sie anlächelte. Doch wenn sie Callie ansah, schien diese ihn gar nicht zur Kenntnis zu nehmen. Trotzdem lag definitiv etwas in der Luft.

Nach dem Unterricht ging Hope in ihr Büro und stellte fest, dass Spencer ihr folgte.

Sowie sie auf der Schwelle stand, sagte er: »Ich habe es getan!« Seine Augen leuchteten vor Aufregung. »Ich habe Callie gebeten, mit mir zum Schulball zu gehen.«

»Und Callie hat zugesagt?«

»Ja, das hat sie.« Spencer schwebte ganz eindeutig auf Wolken. »Und wissen Sie, was das Verrückte daran ist?«, fragte er. Er brannte zu sehr darauf, alles zu erklären, um auf Hopes Antwort zu warten. »Callie war diejenige, die auf mich zugekommen ist.«

»Callie hat was getan?« Hope war nicht imstande, ihre Überraschung zu verbergen.

»Sie hat irgendein Computerproblem, bei dem ich ihr helfen soll. Es war fast wie Schicksal, wissen Sie. Sie wären stolz auf mich gewesen. Nach unserem Gespräch habe ich gedacht, vielleicht ist ein Date mit Callie doch nicht unmöglich, und dann fiel mir die Gelegenheit praktisch in den Schoß.«

Hope war nicht sicher, ob sie darauf vertrauen sollte, dass Callie Spencer nicht doch das Herz brach.

»Wir haben eine Abmachung getroffen. Callie brauchte meine Hilfe und bot mir an, mich zu bezahlen. Da ich ihr Geld nicht wollte, sagte ich, ich wäre bereit, ihr zu helfen, wenn sie dafür mit mir zu dem Ball geht.«

»Und sie war einverstanden?« Offensichtlich ja, obwohl Hope misstrauisch blieb.

»Ich glaube nicht, dass sie begeistert war, aber ein Deal ist ein Deal. Sie hat sich von Scott getrennt, daher kam mir das wie die perfekte Gelegenheit vor.«

Oje. Hope beschlich das ungute Gefühl, dass hinter all dem mehr steckte, als Spencer zuzugeben bereit war. Sie rieb die Handflächen gegeneinander, während sie nach der bestmöglichen Antwort suchte. Callie benutzte Spencer, und es war so sicher wie das Amen in der Kirche, dass sie ihn fallen lassen würde wie eine heiße Kartoffel, wenn sie hatte, was sie wollte. Hope wusste, sie dürfte derartige Gedanken über Callie Spencer gegenüber nicht mal andeuten.

»Was denken Sie jetzt?«, fragte Spencer. Er schien darauf zu warten, dass sie ihm gratulierte. Er wollte ganz eindeutig, dass sie ihm sagte, wie stolz sie auf ihn war, weil er das Risiko eingegangen war.

»Da hast du den Durchblick behalten.« Sie gab sich alle Mühe, erfreut zu klingen. Und dann fragte sie, weil sie ihren Verdacht nicht abschütteln konnte: »Wobei genau braucht Callie denn Hilfe?«

»Keine große Sache, nur eine Back-end-Entwicklung, die für sie zu schwierig ist … Nichts Besonderes.«

Hope war sich nicht sicher, ob sie ihm glauben konnte. »Und das ist alles? Sicher?«

»Yeah.« Er hielt inne, als wollte er das Thema wechseln. »Ich fahre sie in dem Auto hin, das mein Dad und ich wieder in Schuss gebracht haben.«

Hope vermutete, dass Callie dem Auto nichts würde abgewinnen können; nicht, wenn Scott einen neuen BMW fuhr. Wieder widerstand sie dem Drang, die Seifenblase platzen zu lassen. Sie fürchtete, Spencer würde das nicht hören wollen, und sie achtete darauf, keine Grenzen zu überschreiten.

»Ich dachte, Sie würden sich freuen. Sie waren ja diejenige, die … Sie wissen schon, die mir Mut gemacht hat.«

»Ich freue mich auch für dich«, erwiderte sie und zwang sich, begeistert zu klingen.

»Ich wollte Ihnen nur sagen, wie sehr mir Ihr Rat geholfen hat.«

Hope wollte sich wirklich für den jungen Mann freuen, aber sie hatte Zweifel. Callie mochte eingewilligt haben, mit ihm zum Ball zu gehen, aber sie ignorierte Spencer in den beiden Kursen, die sie gemeinsam besuchten, immer noch vollständig.

Spencer verließ das Büro beschwingten Schrittes. Hope sank auf ihren Stuhl. Sie fürchtete die Folgen, die sich unweigerlich einstellen würden. Callies Beziehung mit Scott war offensichtlich ziemlich stürmisch, aber das letzte Mal, als sie die beiden gesehen hatte, waren sie ein Herz und eine Seele gewesen. Scott würde diese Entwicklung der Dinge nicht so einfach hinnehmen.

Unschlüssig, was sie tun sollte, schloss Hope die Augen und betete um Weisheit. Bevor sie die Schule verließ, musste sie noch einige Unterlagen ins Büro bringen. Als sie in die Richtung ging, konnte sie erhobene Stimmen hören, gefolgt von einem lauten Krachen. Voller Angst, jemand könnte verletzt worden sein, beschleunigte sie ihre Schritte. Zu ihrer Bestürzung fand sie Spencer gegen eine Reihe von Stahlspinden gedrückt vor. Scott Pender, der Footballquarterback und Callies On-off-Freund, hielt ihn dort fest, indem er den Unterarm grob gegen Spencers Hals presste.

Entsetzt stürzte Hope auf sie zu.

»Scott«, rief sie. »Lass Spencer augenblicklich los.« Der Starathlet war gut zehn Zentimeter größer und wahrscheinlich dreißig oder vierzig Pfund schwerer als Spencer.

Wütend und hochrot im Gesicht, funkelte Scott Hope an, bevor er widerstrebend tat, was sie sagte. Als würde ein Schalter betätigt, änderte sich sein Verhalten prompt. Er lachte und legte Spencer den Arm um die Schultern, als wären sie die besten Freunde.

Spencer rang nach Luft. Seine Hände fuhren zu seinem Hals, als müsste er sich einen Moment lang erholen, um wieder atmen zu können.

Hope war aufgebracht und hatte Mühe, ihre Empörung zu verbergen. Sie zwang sich, sich zu beruhigen. »Scott, ich verstehe, dass du wütend bist. Das Mädchen, von dem du dachtest, sie wäre dein Date, hat sich für einen anderen entschieden. Aber das gibt dir noch lange nicht das Recht, Spencer anzugreifen. Du gehst jetzt mit mir ins Büro, um mit Dekan Wilcox zu sprechen.«

»Ach, kommen Sie schon, das war doch nur Spaß. Nicht böse gemeint, stimmt's, Spencer?« Scott warnte den anderen Jungen mit einem drohenden Blick davor, ihm zu widersprechen.

»Er hat recht.« Spencer schüttelte Scotts Arm ab und trat ein paar Schritte zur Seite. »Es war nichts.«

»Sehen Sie?« Scott grinste, als hätte er gerade in der Lotterie gewonnen. »Alles in schönster Ordnung.«

»Mir kam das aber gar nicht so harmlos vor«, protestierte Hope. Sie war nicht gewillt, Scott ein derart aggressives Verhalten durchgehen zu lassen. Sie konnte nur ahnen, was hätte passieren können, wenn sie nicht rechtzeitig dazugekommen wäre.

Spencers Augen bohrten sich in ihre, baten sie stumm, die Sache auf sich beruhen zu lassen. Sie erwiderte seinen Blick. So gerne sie seiner Bitte entsprechen wollte, sie war nicht bereit, den Vorgang zu ignorieren. Spencer schüttelte kaum merklich den Kopf, wie um zu sagen, dass es seine Lage nur verschlimmern würde, wenn sie Scott meldete.

Ein Moment angespannten Schweigens folgte. Als sie von einem Jungen zum anderen schaute, bemerkte sie den glühenden Blick, mit dem Scott Spencer bedachte. Sie glichen zwei Revolverhelden vor dem O. K. Corral. Es war genau das eingetreten, was Hope befürchtet hatte. Spencer war seinem Gegner nicht gewachsen. Außerdem traute sie Scott nicht über den Weg.

Hope brauchte keinen Wahrsager, um die Situation

zu verstehen. Scott hatte gedacht, er würde mit Callie zum Schulball gehen. Das wurde allgemein erwartet. Scott war der Favorit für den Titel des Ballkönigs. Callie würde die Schlüsselposition als sein Date aufgeben, wenn sie mit Spencer statt mit Scott hinging.

Was auch immer es war, wobei das Mädchen Spencers Hilfe brauchte, es musste etwas Größeres sein. Etwas Wichtiges. In ihrem Kopf überschlugen sich die Möglichkeiten, während ein böser Verdacht in ihr aufkeimte. Hope konnte nur mutmaßen, in was sich Spencer hineingeritten hatte und was sie tun konnte, um ihm zu helfen, bevor er in ernsthafte Schwierigkeiten geriet.

»Ich muss zum Footballtraining«, sagte Scott, als wäre alles vergeben und vergessen.

»Ich …« Hope wollte ihn aufhalten, aber Spencer hinderte sie daran.

»Okay, Scott, wir sehen uns.«

Scotts Augen verdunkelten sich. »Klar doch.«

Hope las die Botschaft in dem Blick und wusste, dass diese Sache nicht ausgestanden war. Scott war mit Spencer noch nicht fertig.

»Bist du sicher, dass du in Ordnung bist?«, fragte sie, nachdem Scott gegangen war. Sie wollte Spencer warnen und wusste gleichzeitig, dass es nichts nutzen würde.

»Ich habe doch gesagt, mir fehlt nichts.«

Hope bezweifelte, dass das stimmte. »Weiß Scott, warum Callie einverstanden war, mit dir zu dem Ball zu gehen … dass du ihr im Gegenzug einen Gefallen tust?«

Er antwortete mit einem halbherzigen Heben einer Schulter. »Vielleicht. Vielleicht auch nicht. Es ist ohnehin egal.«

»Du solltest sie bitten, ihm das zu erklären, bevor es zum nächsten Zwischenfall kommt.«

Spencer schüttelte nachdrücklich den Kopf, und als er antwortete, klang seine Stimme angespannt. »Ich möchte nicht, dass Callie etwas davon erfährt. Es ist auch so schon schlimm genug; sie würde mich verteidigen wollen, und das würde alles noch schlimmer machen.«

»Ich bin nicht sicher, ob das klug ist, Spencer. Versprich mir, dass du darüber nachdenkst.«

Spencer hielt ihrem Blick stand, ohne darauf einzugehen. »Ich kann schon auf mich aufpassen, Miss Goodwin.«

Hope war nicht überzeugt, dass Callie irgendetwas tun würde, um Spencer vor Scotts Zorn zu bewahren, schon gar nicht, wenn sie das Gefühl hatte, dazu gedrängt worden zu sein, mit ihm zu dem Ball zu gehen. Callie benutzte ihn, und sobald sie hatte, was sie wollte, würde Spencer Schnee von gestern sein. Ehemaliger Freund hin oder her.

»Ich muss gehen«, sagte Spencer und flüchtete, als könnte er gar nicht schnell genug wegkommen.

Das Geräusch, mit dem die Tür geschlossen wurde, hallte durch den Gang. Hope, die immer noch zu verarbeiten versuchte, was gerade geschehen war, ging langsam in Richtung Schulbüro. Entweder durch Glück oder dank der Umstände saß Dekan Wilcox bei offener Tür an seinem Schreibtisch.

Hope zögerte und klopfte dann an.

Gregory Wilcox blickte auf und lächelte, als er Hope sah.

»Kommen Sie rein«, sagte er und deutete auf den Stuhl vor seinem Schreibtisch.

An diesem Punkt war Hope dankbar, sich setzen zu können. »Ich hatte eben auf dem Flur einen Zusammenstoß mit Scott Pender«, begann sie. »Und ich weiß nicht, was ich deswegen unternehmen soll.«

Der Dekan setzte sich aufrechter hin. »Erzählen Sie mir, was passiert ist.«

Hope erklärte, was sie gesehen hatte, und berichtete von ihrem Verdacht bezüglich Scotts Wut darüber, um sein Date gebracht worden zu sein. Sie äußerte sich nicht in Einzelheiten dazu, dass Callie eingewilligt hatte, mit Spencer zu dem Schulball zu gehen, sondern nur, dass sie einverstanden gewesen war. Scott hatte das offensichtlich persönlich genommen und war entschlossen, Spencer dafür büßen zu lassen.

Dekan Wilcox hörte aufmerksam zu und stellte ein paar klärende Fragen. »Es ist nicht das erste Mal, dass Scott aggressives Verhalten zeigt. Ich denke, es ist eine gute Idee, ein Grundsatzgespräch mit ihm zu führen. Wenn Ihnen noch mehr dergleichen auffallen sollte, lassen Sie mich das wissen. Und wenn es weitere Racheaktionen gegen Spencer gibt, will ich unbedingt davon unterrichtet werden.«

»Dafür werde ich sorgen«, versicherte ihm Hope. Sie zögerte, unschlüssig, ob sie einen weiteren Zwischenfall erwähnen sollte.

»War da noch etwas?«, fragte der Dekan.

»Ich weiß nicht, ob es sich lohnt, das zur Sprache zu bringen«, sagte Hope widerstrebend, weil es sich um eine Kleinigkeit handelte, die rasch in Vergessenheit geraten war. Am Tag nach dem Vorfall hatte Scott so gewirkt, als wäre nichts passiert, und seitdem hatte es keine Probleme mehr gegeben.

»Warum lassen Sie mich das nicht entscheiden?«

»Letzte Woche hat Scott einen Test nicht bestanden. Als ich ihm die Note gegeben habe, ist er ausgerastet. Er sagte, ich hätte ihn absichtlich durchfallen lassen, damit er nicht ins Team kommt.« Sein Benehmen war so aggressiv gewesen, dass Hope beinahe den Sicherheitsdienst gerufen hätte. Ein paar Freunde hatten ihn aus dem Klassenzimmer gezerrt, bevor die Situation eskaliert war.

Der Dekan hörte zu und griff nach seinem Stift. »Danke. Ich werde diesen Vorfall gleichfalls vermerken.«

Erleichtert, diese Bürde bei ihm abgeladen zu haben, legte Hope die Unterlagen ins Fach und verließ das Gebäude. Sie blieb lange genug stehen, um zu dem Footballfeld hinüberzublicken, wo das Team trainierte. Sie wäre noch ein paar Minuten länger geblieben, wenn sie nicht schon Pläne gemacht hätte, beim Tierheim vorbeizuschauen.

Hope hatte Shadow vier Tage nicht besucht, und sie vermisste ihn. Demzufolge, was Cade gesagt hatte, vermisste Shadow sie auch.

Als sie dort ankam, bemerkte sie, dass Cades Truck auf dem Parkplatz gegenüber von ihr stand. Die Aussicht, sowohl Shadow als auch Cade zu sehen, löste in ihr eine leise Vorfreude aus.

Als sie zum Zwinger ging, bellte Shadow zur Begrüßung und wedelte mit dem Schwanz. Es war ein »Hallo, schön, dich zu sehen, warum warst du denn so lange weg«-Bellen.

»Ich habe dich auch vermisst, mein Freund.« Sie kauerte sich hin, sodass sie sich auf Augenhöhe mit Shadow befand.

»Gut, dass du da bist«, sagte Cade von der anderen Seite des Zwingers her. »Shadow hat schon angefangen zu glauben, du würdest nie wiederkommen.«

»Tut mir leid, Big Boy«, entschuldigte sie sich und öffnete den Zwinger. Die Tür schloss sich hinter ihr, und sie ließ sich auf ein Knie sinken, als Shadow sofort begann, ihr Gesicht abzulecken. Sie rieb sein Fell und flüsterte: »Du hast mich vermisst, nicht wahr?«

Cade kam näher, und Shadow erstarrte.

»Cade ist ein Freund«, erinnerte sie den Hund und sah ihn direkt an, während sie seinen Hals kraulte.

Shadow entspannte sich, und Hope belohnte ihn mit einem Leckerchen, das sie in der Tasche hatte. Sie fragte sich, wie viele andere Highschoollehrer mit Hundeleckerlis in den Taschen im Klassenzimmer umhergingen.

Dann setzte sie sich auf den Boden des Zwingers. Shadow kroch auf ihren Schoß und legte die Schnauze quer über ihren Oberschenkel. Sichtlich zufrieden entspannte er sich und sie sich auch.

Cade näherte sich dem Zwinger und blieb draußen stehen. »Freut mich, dass es dir besser geht.«

»Danke. Ich bin froh, wieder hier zu sein. Preston meint, ich müsste Shadow nächste Woche mit nach Hause nehmen können. Er hat alle Impfungen bekommen, ist kastriert worden und hat das Gewicht zugelegt, das er so dringend brauchte.«

»Ja, er ist so weit«, stimmte Cade zu.

»Noch mal danke, dass du vorbeigekommen bist. Das Medikament hat mir über das Schlimmste hinweggeholfen.«

Er ging über ihren Dank hinweg.

»Wenn du jemals krank bist, sag mir Bescheid«, fügte sie hinzu. »Ich mache eine annehmbare Hühnersuppe. Das Rezept stammt von meiner Großmutter, die behauptete, sie würde einfach gegen alles helfen.«

»Mache ich«, erwiderte er lässig.

Er würde nicht anrufen. Er brauchte es nicht zu sagen, seine beiläufige Antwort verriet es ihr.

Weil sie noch einiges zu erledigen hatte, blieb Hope nicht lange bei Shadow. Es würde alles besser werden, sobald sie ihn mit nach Hause nehmen konnte. Sie musste verschiedene Dinge im Haus vorbereiten, damit Shadow sich bei ihr wohlfühlte. Zu diesem Zweck machte sie bei einer Tierhandlung halt und besorgte ihm ein großes kuscheliges Körbchen, Futternäpfe, Futter und Spielzeug, mit dem er sich beschäftigen konnte, wenn sie in der Schule war. Sie würde Prestons und Mellies Zustimmung einholen müssen, um eine Hundeklappe einzubauen, aber sie glaubte nicht, dass sie etwas dagegen hätten. Es half, dass der Garten rund um das Cottage eingezäunt war.

Nachdem sie das Notwendigste für Shadow besorgt hatte, brauchte sie Lebensmittel. Ihre Schränke und der Kühlschrank waren leer. Es war fast drei Wochen her, seit sie zuletzt eingekauft hatte. Eine Stunde später verließ sie das Geschäft mit einem vollen Einkaufswagen.

Ein Junge, den sie als Unterstufenschüler erkannte,

half ihr, die Sachen zu ihrem Auto zu tragen. Sein Namensschild wies ihn als Pete aus.

Sie öffnete den Kofferraum, und Pete verstaute die Tüten, während sie über das Wetter und den bevorstehenden Schulball sprachen.

»Danke, Pete.«

»Ich bin froh, Ihnen helfen zu können, Miss Goodwin. Ich hoffe, ich bin im nächsten Jahr in einem Ihrer Kurse.«

»Ich auch«, meinte sie und öffnete die Tür auf der Fahrerseite. Sie wollte nach Hause und es sich für den Abend gemütlich machen.

»Miss Goodwin.« Pete stand vor ihrem Wagen und runzelte die Stirn.

»Stimmt etwas nicht?«, fragte sie.

Er nickte. »Sieht so aus, als hätten Sie einen Platten.«

7

Hope stöhnte, als sie um ihr Auto herum zu der Stelle ging, wo Pete stand und den platten Reifen betrachtete. Sie war überzeugt, dass der Teenager sich irren musste. Vor weniger als einer Stunde war sie ohne irgendein Anzeichen eines Problems von einem Ende der Stadt zum anderen gefahren, um ihre Besorgungen zu machen.

»Können Sie irgendwen anrufen?«, erkundigte sich Pete mit hilfsbereiter Miene.

Hope nickte und kramte in ihrer Handtasche nach ihrem Telefon und ihrer Automobilclubkarte. Pete ging in den Laden zurück, und Hope lehnte sich gegen die Seite ihres zehn Jahre alten Wagens, um den Anruf zu tätigen.

Die Frau, die sich meldete, war hilfsbereit und sagte, es würde bis zu einer Stunde dauern, bis ein Abschleppwagen kommen könnte.

»Eine Stunde?«, wiederholte Hope. Sie dachte an die Tiefkühlkost in ihrem Kofferraum, die sicher auftauen würde, bevor Hilfe eintraf. Die Eiscreme würde sich verflüssigt haben, wenn sie nach Hause käme.

»Es tut mir leid, aber auf der Autobahn gab es einen Unfall mit vier Wagen … All unsere Fahrer sind unterwegs, um das Chaos zu beseitigen.«

»Ich verstehe.« Nicht, dass ihr eine Wahl geblieben wäre.

Sie beendete das Gespräch, warf ihr Telefon in ihre Tasche und schlug beide Hände vors Gesicht. Konnte dieser Tag denn noch schlimmer werden? Sie machte sich Sorgen um Spencer, fürchtete, dass ihr Rat mehr schaden als nützen würde. Sie traute Scott zu, dass er Spencer aus Rache weiter terrorisieren würde. Warum hatte sie die Folgen für Spencer nicht bedacht?

In Gedanken versunken, bemerkte sie den Truck nicht, der in die Parklücke neben ihr einbog.

»Wo liegt das Problem?«, bellte eine ihr allzu vertraute Stimme.

»Cade?« Überrascht, ihn zu sehen, und zugleich so dankbar, dass sie dem Drang widerstehen musste, ihn zu umarmen, fuhr sie herum.

Er kletterte aus dem Truck. »Ich bin zufällig vorbeigefahren und habe dich hier mit den Händen vor dem Gesicht stehen sehen.«

»Ich habe einen Platten, der Abschleppdienst kann erst in einer Stunde kommen, und mein Eis schmilzt«, sprudelte sie in einem Atemzug hervor. »Die Reifen sind neu. Ich verstehe nicht, wie das passieren konnte.«

Cade hockte sich neben die Seite ihres Wagens, um den Reifen zu untersuchen. Als er aufblickte, hatte sich eine tiefe Furche auf seiner Stirn gebildet. »Hast du in der letzten Zeit irgendjemanden verärgert?«, fragte er.

Ihre Gedanken schossen augenblicklich zu Scott Pender. »Warum?«

»Dieser Reifen wurde aufgeschlitzt.«

»Was?«, entfuhr es ihr. Sie konnte kaum glauben, was er sagte.

»Überzeug dich selbst.«

Hope kauerte sich neben ihn, um sich die Stelle anzusehen, auf die Cade deutete. Und richtig, dort klaffte ein Schlitz in dem dicken Gummi.

»Oje«, flüsterte sie.

»Du hast meine Frage nicht beantwortet. Hattest du kürzlich einen Zusammenstoß mit jemandem?«

Sie grübelte darüber nach, wusste nicht, was sie antworten sollte. Der Einzige, der ihr einfiel und der Grund hatte, ihr Probleme zu bereiten, war Scott. »Er kann es nicht getan haben.«

»Er?«, bohrte Cade nach.

»Ein Schüler. Einer aus der Oberstufe. Scott hat einen Test verpatzt und war wütend auf mich. Er ist nicht der Einzige mit einer schlechten Note, also könnte es auch jemand anderes sein. Nur …«

»Nur?«, hakte Cade nach.

»Ich habe einen Streit zwischen Scott und einem anderen Schüler beendet, und er war nicht gerade glücklich darüber. Aber er weiß nicht, dass ich ihn dem Dekan gemeldet habe … Außerdem ist er beim Footballtraining.«

»Bist du da sicher?«

Da sie nicht wusste, ob sie sicher war oder nicht, antwortete sie mit einem schlichten Achselzucken.

»Ruf den Automobilclub noch mal an und sag, es ist nicht nötig, einen Abschleppwagen zu schicken.«

Sie hörte, was er sagte, doch es ergab keinen Sinn. »Aber ich brauche Hilfe, um das Auto zum Reifenhändler zu bringen.«

»Ich kümmere mich darum«, sagte Cade in dieser sachlichen Art, die sie mittlerweile von ihm kannte.

»Aber …«, wollte sie einwenden, doch er schnitt ihr das Wort ab.

»Hat dir nie jemand gesagt, du sollst einem geschenkten Gaul nicht ins Maul schauen?« Er starrte sie so durchdringend an, als rechnete er mit Widerspruch.

Das war einer der Lieblingssprüche ihres Großvaters gewesen. »Gramps«, sagte sie und lächelte bei der Erinnerung an ihren wortkargen Großvater. Im Vergleich zu ihm war ihre Großmutter die Fürsorglichere der beiden gewesen. Sie hatte Hope und Hunter großgezogen, seit Hope denken konnte. An ihre Mutter konnte sie sich kaum erinnern, an ihren Vater gar nicht.

»Dann weißt du ja, was das bedeutet.« Noch ehe er zu Ende gesprochen hatte, ging Cade um ihr Auto herum zum Kofferraum. »Lass uns deine Lebensmittel in meinen Truck laden. Ich fahre dich zum Cottage zurück und kümmere mich dann um den Reifen.«

»Das musst du nicht tun …« Hope wusste selbst nicht, warum sie mit ihm stritt. Trotzdem konnte sie einfach nicht anders.

»Geschenkter Gaul«, erinnerte er sie an das, was er gesagt hatte.

»Richtig.« Wenn er bereit war, das alles zu tun, um ihr zu helfen, sollte sie keine Einwände mehr erheben. Sie hatte ganz sicher keine Lust, sich sechzig Minuten auf einem Parkplatz die Beine in den Bauch zu stehen und darauf zu warten, dass jemand sie rettete. Nicht, wenn Cade ihr unbedingt seine Hilfe anbieten wollte.

Es dauerte nur ein paar Minuten, alle Sachen im Truck zu verstauen, und weniger als fünf, um Hope beim Cottage abzusetzen. Er half ihr, die Tüten mit den

Lebensmitteln ins Haus zu bringen, nahm zwei Verandastufen auf einmal und war schnell damit fertig. Hope hatte inzwischen beim Automobilclub angerufen und den Abschleppwagen abbestellt. Sie war dankbar, in Cade einen Retter gefunden zu haben.

Als Cade davonfuhr, ging Hope zur Vordertür, um sie zu schließen, und bemerkte, dass ihre Vermieterin sie vom Küchenfenster auf der anderen Seite des Gartens aus beobachtete. Genau wie sie erwartet hatte, klingelte binnen einer Minute das Telefon.

»War das Cade Lincoln?«, fragte Mellie und fügte dann hinzu: »Schon wieder?«

Hope erklärte die Situation.

»Jemand hat absichtlich deinen Reifen mit einem Messer zerstochen?«

»Ich weiß nicht, ob es ein Messer war oder nicht, aber er ist eindeutig platt, und es war mit Sicherheit kein Unfall.«

»Jemand hat ganz klar etwas gegen dich«, sprach Mellie das Naheliegende aus. »Oder es handelt sich um einen Fall von Vandalismus.« Am helllichten Tag allerdings wenig wahrscheinlich. Cade hatte im Grunde genommen dasselbe gesagt, hatte jeden Gedanken an eine Zufallstat weggewischt. Er hatte sie davon überzeugt, dass sie persönlich zur Zielscheibe geworden war, und Hope kam zu demselben Schluss, so unangenehm er auch war.

»Cade hat angehalten, um mir zu helfen«, erläuterte sie.

»Aha. Verstehe«, erwiderte Mellie mit unmissverständlicher Betonung.

»Er ist halb so schlimm«, fühlte sich Hope zu beteuern bemüßigt. Sie kannte nicht viele Menschen, die sich solche Mühe machen würden, nur um zu helfen.

»Das sagt Preston auch, und mein Mann ist ein guter Menschenkenner. Aber wenn Cade dir irgendwelche Schwierigkeiten macht …«

»Das wird er nicht.« Hope war überzeugt, dass Cade ihr nichts Böses wollte, und verspürte den Drang, ihn in Schutz zu nehmen. Da sie so gut wie nichts über seinen Hintergrund wusste, blieb ihr kaum etwas anderes übrig, als ihn nach der Art zu beurteilen, wie er sich um die Tiere im Tierheim kümmerte. Ja, er war reserviert und wenig gesprächsbereit, aber Hope machte ihm das nicht zum Vorwurf. Dass er im Heim seine Sozialstunden ableistete, entmutigte sie nicht, sich um seine Freundschaft zu bemühen. Jeder machte Fehler; es ging darum, daraus zu lernen und nach vorne zu schauen, was Cade offensichtlich tat.

»Ich muss die Lebensmittel wegräumen«, sagte Hope und benutzte das als Vorwand, um das Gespräch zu beenden.

»Alles klar. Du sollst nur wissen, dass ich auf dich aufpasse.«

»Nicht nötig, Mellie.«

»Das sagst du. Tatsache ist, dass ich nicht bereit bin zuzulassen, dass du irgendwelche Risiken eingehst. Wenn jemand einen Rachefeldzug gegen dich führt, musst du auf deine Umgebung achten und die Augen offen halten.«

»Das werde ich tun«, versprach Hope.

Fast zwei Stunden vergingen, bevor Cade zurückkam. Während dieser Zeit hatte er den kaputten Reifen abgezogen, ihn zum Reifenshop gebracht, ihn überprüfen und austauschen lassen. Der Laden hatte angerufen und sie um ihre Kreditkartennummer gebeten, was ihr verriet, dass der Reifen nicht zu reparieren war. Da es sich um puren Vandalismus und nicht um einen Materialfehler handelte, musste sie die gesamten Kosten selbst übernehmen.

Cade hatte offenbar mit dem Verkäufer gefeilscht, weil sie einen Rabatt auf den Reifenpreis bekam. Sie bat darum, mit Cade zu sprechen, und der Ladeninhaber reichte das Telefon an ihn weiter. Als er den Namen des Geschäfts nannte, erkannte Hope es als das in der Nähe der Highschool.

»Eigentlich hätte er mehr kosten müssen«, meinte sie, obwohl sie dankbar war.

Cade grunzte, als wäre das keine große Sache. »Ich habe einen Angestelltenrabatt bekommen. Weißt du noch, was ich über den geschenkten Gaul gesagt habe?«

Cade arbeitete also in dem Laden. »Okay, okay, verstanden. Danke.«

»Es dauert nicht mehr lange. Ich werde dich in ein paar Minuten abholen.«

»Okay.«

Tatsächlich kam Cade innerhalb kürzester Zeit zurück.

»Ich kann mich gar nicht genug bei dir bedanken«, sagte sie, nachdem sie in seinen Truck geklettert war und neben ihm saß.

»Kein Problem.«

»Oh doch«, konterte sie. »Ich meine, das hat dich mehr als zwei Stunden deines Nachmittags gekostet.«

»Ich hatte sowieso nichts vor, also mach dir deswegen keine Gedanken.«

Wie rasch er ihre Dankbarkeit abschmetterte. Sie wollte sich dennoch bedanken, und ihr fiel nur eine Art und Weise ein, wie sie das tun konnte. Während er sich um ihr Auto gekümmert hatte, hatte sie das Dinner zubereitet. Ein richtiges Dinner, Schweinekoteletts in Senfsauce, und nichts schnell Zusammengekochtes, womit sie sich so oft begnügte.

Cade bog auf den Parkplatz des Reifenshops ein und hielt neben ihrem Wagen an. Noch bevor sie ihn fragen konnte, ob er mit ihr essen wollte, sagte er: »Ich fahre dir bis nach Hause hinterher, um sicherzugehen, dass es keine Probleme gibt.«

Hope beschloss zu warten, bis sie zurück beim Cottage waren, bevor sie die Mahlzeit erwähnte, die sie zubereitet hatte. »Ich würde mich freuen.«

Ihr Auto lief, als hätte es nie eine Panne gegeben, und Hope war dankbar.

Und nervös.

Sie wollte Cade zum Dinner einladen. Frühere Erfahrungen sagten ihr, dass er wahrscheinlich ablehnen würde. Ihr wurde bewusst, wie sehr sie hoffte, er würde einwilligen, ihr Gesellschaft zu leisten. Sie wollte ihn besser kennenlernen. Er hatte einen Schutzwall um sich herum errichtet; einen, der so breit war wie die Chinesische Mauer, und sie brannte darauf, den Mann hinter diesem Wall zu entdecken.

Nachdem sie auf dem Parkplatz neben dem Cottage

geparkt hatte, stieg sie aus dem Auto. Cade setzte seinen Truck bereits zurück, als sie ihn aufhielt, indem sie den Arm über ihrem Kopf schwenkte.

Er ließ das Fenster auf der Fahrerseite herunter, schien es eilig zu haben wegzukommen.

»Noch mal danke«, sagte sie, als sie auf seinen Truck zuging. Obwohl sie sich zutiefst unbehaglich fühlte, würde sie ihn nicht einfach so davonkommen lassen.

Cade hielt die Hände auf dem Lenkrad. »Wie ich schon sagte, das war keine große Sache.«

»Für mich schon.«

Er bestätigte das mit einem Kopfnicken.

»Während du den Reifen gewechselt hast, habe ich etwas zum Dinner gemacht … Ich hatte gehofft, du würdest mit mir essen.«

»Nicht nötig.«

»Es ist das Mindeste, was ich tun kann.«

»Ein andermal.« Er machte Anstalten, das Fenster zu schließen.

»Es ist das Rezept meiner Großmutter für Schweinekoteletts in Senfsauce, mit Bratkartoffeln und Salat.«

Er zögerte. »Schweinekoteletts?«

Sie nickte, bemerkte einen kleinen Riss in seiner Abwehr. Ihre Großmutter hatte recht gehabt, als sie behauptet hatte, um das Interesse eines Mannes zu wecken, müsse man ihm mit einem guten Essen den Mund wässrig machen. Leider besaß Hope nur eine Handvoll Rezepte von ihrer Großmutter. Sie hatte auch einen köstlichen Hackbraten gemacht.

Der Riss schloss sich fast ebenso schnell, wie er sich gebildet hatte. »Ein andermal.«

Es fiel ihr schwer, sich ihre Enttäuschung nicht anmerken zu lassen, bevor sie seine Entscheidung akzeptierte.

»Okay, ich verstehe, dass du wahrscheinlich zu beschäftigt bist. Wie wäre es, wenn ich dir einen Teller zum Mitnehmen fertig mache?«

Er blickte zur Seite und dann zu ihr. »Danke, aber ich habe andere Pläne.«

Zuvor hatte er ihr versichert, nichts vorzuhaben. Er hatte gelogen, um keine Zeit mit ihr verbringen zu müssen. Genug gesagt, die Botschaft war angekommen.

»Sicher.« Es fiel ihr nicht leicht, die Zurückweisung zu schlucken. »Ein andermal.«

Er stimmte mit einem raschen Nicken zu. Ohne dass er es ausdrücklich sagen musste, wusste Hope, dass er nicht die Absicht hatte, eine weitere Einladung anzunehmen.

Sie stand auf den Verandastufen und sah Cade nach, als er wegfuhr. Als er außer Sicht war, konnte sie nicht umhin, sich zu fragen, ob sie je verstehen würde, wie er tickte.

Ihr Telefon klingelte mit dem speziellen Ton, der ihr verriet, dass es ihre Freundin Tonya war.

»Hey.« Hope freute sich, von ihrer College-Zimmergenossin zu hören. »Es ist schon eine Weile her.«

»Ich hab an dich gedacht. Wie gefällt es dir, in Washington zu leben?«

»Ich liebe es.«

»Irgendwelche interessanten Männer kennengelernt?«

Manchmal fragte sich Hope, ob Tonya über übernatürliche Kräfte verfügte. »Jetzt, wo du es erwähnst …

ja, das habe ich.« Die nächsten zehn Minuten berichtete sie über ihre kurze Geschichte mit Cade. »Hast du irgendeinen guten Rat für mich?«, fragte sie ihre Freundin.

»Geduld«, entgegnete Tonya, ohne zu zögern. »Du hast den ersten Schritt getan. Jetzt ist er am Zug.«

»Und wenn er überhaupt nicht reagiert?«

»Dann hast du deine Antwort. Manche Männer sind einige Anstrengungen wert und andere nicht. Jetzt soll Cade dir beweisen, in welche Kategorie er fällt.«

Nachdem sie noch kurz Neuigkeiten ausgetauscht hatten, beendete Hope das Gespräch und grübelte über den Rat nach, den ihre Freundin ihr gegeben hatte.

Am nächsten Morgen ging Hope vor ihrem ersten Kurs bei Dekan Wilcox' Büro vorbei. Sie musste ein paar Minuten warten, bis er Zeit für sie hatte.

»Noch mehr Ärger mit Pender?«, fragte er, sowie sie Platz genommen hatte.

»Ich bin mir nicht sicher. Aber ich hätte eine Frage.«

»Schießen Sie los.« Er lehnte sich in seinem Stuhl zurück und verschränkte die Hände hinter dem Kopf, bereit, ihr zuzuhören.

»Haben Sie zufällig mit irgendwem über unsere Unterhaltung gesprochen, nachdem ich gestern die Schule verlassen habe?«

Dekan Wilcox runzelte leicht die Stirn. »Warum fragen Sie?«

»Mein Auto wurde gestern Nachmittag beschädigt.«

Er ließ die Hände sinken und straffte sich. »Was ist denn passiert?«

Sie erzählte es ihm. »Haben Sie das, was ich über Scott gesagt habe, Coach Simmons gegenüber erwähnt?«

»Ja, aber erst nach dem Training. Der Coach sagte, er würde Scott unmissverständlich klarmachen, dass er ihn aus dem Team würde nehmen müssen, sollte er wegen seines Benehmens mit Disziplinarmaßnahmen rechnen müssen.«

Wenn Scott auf etwas stolz war, dann auf seinen Status als Quarterback des Teams. Den Verweis würde er sicherlich ernst nehmen. Was nicht hieß, dass Scotts Freunde und Teamkameraden nicht trotzdem zu ihm stehen würden. Sie würden Spencer wahrscheinlich das Leben ebenso zur Hölle machen, wie Scott das tat. Dekan Wilcox wusste das und Hope auch.

»Ich werde das überprüfen und Ihnen Bescheid geben, wenn ich etwas herausfinde.«

»Das wäre nett«, erwiderte Hope.

Mittlerweile würde sie alles darum geben, Spencer nicht ermutigt zu haben, von sich aus auf Callie zuzugehen. Der zu entrichtende Preis war augenscheinlich für sie beide zu hoch.

8

Mittwochnachmittag saß Cade bei der Gruppensitzung Harry direkt gegenüber. Von den vier Männern und der einen Frau in der Gruppe hatte er wahrscheinlich die wenigsten körperlichen Beeinträchtigungen davongetragen. Ricardo, der ungefähr so alt war wie Cade, hatte das linke Bein und den linken Arm verloren. Shelley, einer Krankenschwester, fehlte die rechte Hand, Dean war blind, und Silas hatte an über einem Drittel seines Körpers böse Brandnarben, Hals und eine Wange mit eingeschlossen. Das Ausmaß ihrer Verletzungen half Cade, dankbar zu sein, dass er mit einem kaum merklichen Hinken davongekommen war. Ja, natürlich hatte er Schmerzen. Viele Schmerzen, und nicht alle waren körperlicher Natur.

Dean sprach gerade. »Ich gewöhne mich an das Leben im Dunkeln. Ich habe so lange dagegen angekämpft, wie ich konnte, weil ich an ein Wunder, an irgendeine medizinische Entdeckung geglaubt habe, die mir mein Augenlicht wiedergeben würde, wisst ihr. Mit der Hilfe meiner Frau bin ich jetzt bereit, mich mit der Wahrheit abzufinden und mit meiner neuen Realität zu leben.«

Cade konnte sich nur zu gut vorstellen, wie schwer es dem lebensfrohen jungen Mann gefallen war, unfreiwillig in einer Welt der kompletten Dunkelheit gefangen zu sein. Von früheren Sitzungen her wusste er, dass Dean eine Frau hatte, die ihm Mut machte und ihn liebte. Trotzdem war klar, dass dies keine leichte Reise gewesen war. Dean hatte hart gegen die Bitterkeit gekämpft, die er angesichts seiner Lebensumstände empfand. Dies war ein Wendepunkt für ihn, und Cade freute sich darüber. Er wusste, dass die Gruppe eine wesentliche Rolle dabei gespielt hatte, Dean zu helfen, an diesen Punkt zu gelangen.

Es war entschieden zu oft der Fall, dass jene Männer und Frauen, die diejenigen lieben und unterstützen sollten, die beim Militär dienten, mit der neuen Normalität nicht umgehen konnten. Wenn sie mit den Verletzungen ihrer Lieben konfrontiert wurden und erkannten, in welchem Maße sich diese auf ihr Leben auswirken würden, machten sie sich häufig aus dem Staub. Dean gehörte zu den Glücklichen. Silas leider nicht. Was Ricardo und Shelley betraf, hatte er keine Ahnung, da sie noch relativ neu in der Gruppe waren.

Cade hatte niemanden, den es interessierte, ob er mit seinem Leben zurechtkam oder nicht, und das war ihm nur recht. Es war seine Entscheidung. Luke und Jeremy, die beiden Männer, die er als seine Familie betrachtete, waren im Kampf gefallen. Cade hatte nichts tun können, um es zu verhindern. Er hatte nichts tun können, außer zuzuschauen, wie sie starben, bevor Hilfe eintraf. Unter dieser Schuld litt er jeden einzelnen Tag.

Die Diskussion nahm ihren Fortgang. Cade hörte zu, trug aber nichts dazu bei. Er war mit den Gedanken an diesem Tag nicht so sehr bei der Gruppe, wie er es sollte. Er konnte nicht aufhören, an Hope zu denken. So gerne er ihre Einladung zum Dinner auch angenommen hätte, er hatte trotzdem abgelehnt. Er musste erst noch begreifen, warum. Warum er das ausgeschlagen hatte, was er sich am meisten wünschte. Er war seelisch krank. Hatte psychische Probleme. Wahrscheinlich war es besser, wenn er sich von ihr fernhielt. Würde sie ihn kennen, wirklich kennen, wäre es klug von ihr, schleunigst in die entgegengesetzte Richtung zu flüchten.

Harry spürte wohl, dass Cade in seine eigenen Gedanken versunken war, und stellte ihm eine direkte Frage. »Cade, wie geht es Shadow?«

Cade richtete sich in seinem Metallklappstuhl auf, als wäre er bei einer Geschwindigkeitsübertretung erwischt worden, und das Blaulicht der Polizei würde in seinem Rückspiegel aufflackern.

»Dem geht es gut«, erwiderte er ausweichend.

»Shadow?«, fragte Ricardo.

»Ein Hund aus dem Tierheim, in dem ich ausgeholfen habe«, antwortete Cade, und dann fügte er aus Gründen, von denen er nicht sicher war, sie erklären zu müssen, hinzu: »Hope nimmt ihn heute Nachmittag mit nach Hause.«

Preston hatte es Cade am Tag zuvor erzählt, als er das Tierheim verließ. Hopes gute Neuigkeiten waren ihm im Kopf herumgegangen, als er sie zufällig mit ihrem platten Reifen gesehen hatte.

»Wer ist Hope?«

Harry bedeutete Cade zu antworten. »Shadow ist ein Hund, Hope eine andere freiwillige Mitarbeiterin im Tierheim.« Die Worte hingen in der Luft, als warteten die anderen auf weitere Einzelheiten. Einzelheiten, die er ihnen nicht liefern würde. Je weniger gesagt wurde, desto besser.

»Eine Frau?«, fragte Silas. »Hey, Mann, hast du uns etwas verschwiegen?«

»Nein«, entgegnete Cade schnell, wahrscheinlich zu schnell. »Tatsache ist, dass ich mir Sorgen um sie mache.«

»Warum das denn?«, erkundigte sich Harry.

»Ich habe Angst, dass sie in ernsten Schwierigkeiten steckt.« Cade erklärte kurz, wie er zufällig auf sie gestoßen war, als sie eine Reifenpanne gehabt hatte.

Ricardo sah Cade an und zuckte die Achseln. »Nicht deine Sache, Mann. Wir haben unsere eigenen Probleme. Du musst dir nicht auch noch ihre aufhalsen. Wenn du meinen Rat willst, halte dich von dieser Maus fern.«

»Er hat recht«, sagte Silas. »Schau dir doch an, was es uns gebracht hat, den Helden zu spielen. Ich habe meine Lektion auf die harte Weise gelernt. So, wie ich das sehe, hat sich deine Lehrerfreundin selbst in diesen Schlamassel hineingeritten. Dann soll sie auch ohne deine Hilfe sehen, wie sie da wieder herauskommt.«

Theoretisch stimmte Cade ihm zu, nur schien das nichts zu nützen. »Dummerweise kann ich nicht aufhören, an sie zu denken.« Obwohl er zu der Gruppe sprach, war die Bemerkung an Harry gerichtet. Er suchte seinen Rat, wollte dem Therapeuten, dem er zu vertrauen gelernt hatte, seine Faszination, was Hope betraf, erklären.

»Lass sie los, bevor sie dich runterzieht«, warf Shelley ein. Als einzige Frau in der Gruppe war sie normalerweise eher still. Diejenige, bei der es am unwahrscheinlichsten war, dass sie ihre Meinung äußerte oder einen Rat gab.

»Ich wünschte, das wäre so einfach«, erwiderte Cade. »Nachdem ich ihr einen neuen Reifen besorgt hatte, hat Hope mich zum Dinner eingeladen. Ich habe abgelehnt, ohne darüber nachzudenken, und mich die ganze Nacht über mich selbst geärgert. Ich hätte nichts lieber getan, als Zeit mit ihr zu verbringen. Sie hat sogar mein Lieblingsessen gekocht, Schweinekoteletts mit Bratkartoffeln.«

»Das war klug von dir, Mann«, meinte Ricardo. »Du hast das Richtige getan.«

Cade war nicht seiner Meinung. »Warum hat sie mich dann angesehen, als hätte ich einen Welpen getreten?« Er hob den Kopf, stellte Blickkontakt zu jedem in der Gruppe her, wartete darauf, dass sie ihm erklärten, was ihn dazu getrieben hatte, das zurückzuweisen, was er sich am meisten wünschte. Es war eine nicht zu erfüllende Bitte, da er sich die Frage ja selbst nicht beantworten konnte.

Harry beugte sich vor. »Was an Hope macht dir Angst?«, fragte er.

Die Frage verstimmte Cade. »Ich habe keine Angst.«

»Oh, tut mir leid. Ich muss dich falsch verstanden haben. Sie hat dich zum Dinner eingeladen, und obwohl sie dein Lieblingsessen gekocht hat und du Zeit mit ihr verbringen wolltest, hast du ihr eine Abfuhr erteilt.«

Als Harry es so formulierte, wusste Cade, dass er durchschaut worden war. »Ich mag sie«, gestand er widerwillig ein. »Allein die Art, wie sie mit Shadow gearbeitet hat. Der Hund war ein Wrack: Wild, bösartig, und er sollte eingeschläfert werden. Hope hat das nicht zugelassen. Ihre Geduld ging weit über das hinaus, was irgendjemand sonst in das Tier zu investieren bereit war.«

»Das ist cool«, murmelte Silas.

Cade war von ihr, ihrer Geduld und ihrer Entschlossenheit gleichfalls beeindruckt.

»Ich glaube, alle hier verstehen das falsch.« Dean griff das Thema auf. »Vielleicht braucht Cade Hope in seinem Leben.«

»Nicht, wenn sie Probleme mitbringt«, beharrte Ricardo. »Wie gesagt, wir haben schon genug eigene zu bewältigen. Sich mit denen anderer zu belasten bringt keinem etwas.«

»Sieht denn niemand den Zusammenhang?« Dean lächelte leicht. Cade hatte schon oft bemerkt, dass sein Veteranenkamerad einen Scharfblick bewies, der den anderen abging.

»Sag uns, was du meinst«, ermunterte ihn Harry.

»Es sollte auf der Hand liegen«, meinte Dean. »Cade sieht sich selbst in diesem Hund. Wenn ich eines in den Sitzungen gelernt habe, dann, dass die psychischen Verletzungen ebenso viel, wenn nicht noch mehr Heilung benötigen als das, was unser Leben von Grund auf verändert hat, egal was es ist.«

Was Dean sagte, war etwas, worauf Cade selbst hätte kommen sollen, und doch war er blind dafür gewesen. Er hatte unbewusst sich selbst in Shadow gesehen. Er war ebenfalls wütend. Und wie der Hund wollte auch Cade nicht, dass jemand Freundschaft mit ihm schloss.

Seit er Hope so geduldig und sanft mit Shadow hatte arbeiten sehen, fühlte er sich auf unerklärliche Weise zu ihr hingezogen.

»Du könntest recht haben«, gab Cade bereitwillig zu. »Aber das erklärt nicht, warum ich genau das zurückgewiesen habe, was ich mir am meisten gewünscht habe.«

»Die Schweinekoteletts oder Hope?«, fragte Shelley, und alle lachten.

»Hope«, räumte Cade ein.

»Ich denke, da gibt es eine Erklärung«, sagte Silas, der nachdenklich zu Boden starrte. »Was Cade erzählt hat, ist etwas, was wir alle auf die eine oder andere Weise erleben.«

»Geh näher darauf ein«, drängte Harry.

»Ich weiß nicht, ob ich das kann …«

»Versuch es.« Harrys Stimme klang ermutigend.

Silas hielt weiterhin den Blick auf den Boden geheftet. »Als ich nach acht Monaten im Krankenhaus wieder nach Hause kam, überschlug sich meine Familie geradezu vor Mitleid und Verständnis. Mein Mädchen war an meiner Seite.« Er zögerte und schluckte hart. »Und dann nicht mehr.«

Cade hatte die Geschichte schon oft gehört. Silas war mit einer schönen, talentierten Frau verlobt gewesen, die ein eigenes kleines Unternehmen betrieb. Silas hatte mit ihrem Erfolg und damit geprahlt, wie sehr er darauf brenne, sie zu heiraten. Nur hatte Yvonne die Hochzeitspläne immer wieder verschoben. Am Ende hatte sie ihm gestanden, mit einem so schwer entstellten Mann nicht leben zu können.

Bald darauf war Silas in eine Abwärtsspirale geraten,

die zu einem Selbstmordversuch geführt hatte. Er hatte sich erst vor Kurzem der Gruppe wieder angeschlossen. Dem nach zu urteilen, was Cade gehört hatte, hatte er seitdem einen langen Weg zurückgelegt.

»Ich hatte eine liebevolle Familie«, fuhr Silas fort. »Sie standen zu hundert Prozent hinter mir. Das Problem war, ich konnte ihre Nähe nicht ertragen. Ich wollte mit meinen Eltern und meinen Schwestern nichts zu tun haben. Da habe ich angefangen, entschieden zu viel zu trinken.«

»Warum hast du deine Familie abgelehnt?«, fragte Harry.

Silas kicherte. »Aus demselben Grund, aus dem Cade eine selbst gekochte Mahlzeit abgelehnt hat.« Er blickte auf und sah Cade eindringlich an. »Ich verstehe dich nur zu gut, Kumpel.«

Darüber war Cade froh, weil er in seinen eigenen Problemen gefangen war.

»Ich habe mich an Yvonnes Zurückweisung festgeklammert«, gab Silas zu. Er schüttelte den Kopf, als bereute er es, auch nur einen einzigen Gedanken an sie verschwendet zu haben. »Ich redete mir ein, ich wäre froh, dass sie die Hochzeit abgesagt hat. Ich habe den Schmerz gehegt und gepflegt, mich krampfhaft daran festgehalten und mich im Selbstmitleid gesuhlt.«

Cade erinnerte sich an die erste Sitzung, nachdem Silas die Nachricht erhalten hatte. Er hatte in der Runde gesessen und vor unverkennbarer Wut geschäumt, bis Harry Yvonnes Zurückweisung aus ihm herausgeholt hatte.

»Der Schmerz war bequem, wie meine Lieblingsjeans«, fuhr Silas fort. »Und er kam mir gelegen, weshalb ich mich in jemanden verwandelte, bei dem sogar meine Mutter Probleme hatte, ihn zu lieben. Ich hatte keine Lust, nach vorne zu schauen, geschweige denn zu leben.«

Cade hasste es, sich begriffsstutzig zu zeigen. »Ich glaube nicht, dass ich verstehe, was du meinst.«

»Lass es mich so ausdrücken«, sagte Silas. »Wir wissen, dass du deine Freunde in Afghanistan verloren hast.«

»Sie waren meine Familie, meine Brüder.«

»Ich verstehe, aber du bist am Leben und sie nicht mehr.«

Cade brauchte die Erinnerung daran nicht. Er wollte nicht an Luke und Jeremy denken, obgleich sie ihn viel zu oft in seinen Träumen heimsuchten.

»Wenn du von Schuldgefühlen der Überlebenden sprichst, will ich es nicht hören«, bellte Cade. Das war ein qualvoller gedanklicher Weg, den er zu oft gegangen war; er hatte tiefe Einschnitte in seinem Kopf hinterlassen, wie Furchen in einer viel befahrenen Straße.

»Nicht ganz. Du bist da, wo ich vor noch nicht allzu langer Zeit war.« Silas' dunkle Augen hefteten sich auf Cade. »Du hast dich in dem Schmerz behaglich eingerichtet.«

»Das stimmt nicht«, widersprach Cade. Wenn dem so wäre, würde er schließlich kein Bedauern darüber empfinden, Hope eine Abfuhr erteilt zu haben.

»Wie läuft es denn in der Werkstatt?«, wechselte Harry abrupt das Thema.

»Was hat bitte schön mein Teilzeitjob mit alldem zu

tun?«, wollte Cade wissen. Derart im Mittelpunkt der Diskussion zu stehen ärgerte ihn bis zu dem Punkt, dass er kurz davor war, die Runde zu verlassen. Doch so sehr er es auch wollte, er konnte es nicht. Diese Sitzungen waren verpflichtend, eine Bedingung seiner Bewährung.

»Wie viele Freunde hast du denn da gefunden?«, bohrte Harry weiter.

Cade reagierte gereizt auf die Frage. »Ich habe Freunde.«

»Keine, die du erwähnt hast«, meinte Ricardo.

»Dann eben Bekannte.«

»Freundschaften zu schließen macht dir genauso Angst, wie Hope dir Angst macht«, stellte Shelley sachlich fest.

»Hör auf.« Silas hob eine Hand. »Kein Grund, Cade deswegen ins Gesicht zu springen. Wir sind alle aus demselben Grund hier. Wenn wir uns nicht gegenseitig helfen können, haben wir mehr von unserer Menschlichkeit eingebüßt, als uns bewusst ist.«

Harry lehnte sich zurück, lächelte und ließ Silas weiterreden.

»Wenn wir einsame Wölfe sind, haben wir das Gefühl, mit dem Leben fertigzuwerden. Wir haben diese Festung um uns herum errichtet. Andere mit einzubeziehen, unseren Schmerz mit ihnen zu teilen ist schwer. Wir wollen das nicht. Es gefällt uns nicht. Wir denken, wir schaffen das alleine. Wir sind Inseln, wir brauchen niemanden.«

Schweigen legte sich über die Runde, als jeder die Worte einsickern ließ.

»Wir klammern uns an unseren Schmerz, unseren

Verlust, unsere Abwehr wie ein Kind an sein Lieblingsspielzeug. Warum das Risiko eingehen? Warum sich in etwas verstricken? Es kostet uns zu viel, all den Müll loszulassen, den wir mit uns herumtragen, den Schmerz, den wir pflegen wie ein Baby mit Koliken. Deswegen weisen wir das zurück, was wir uns am meisten wünschen. Wir haben Angst, es könnte zu mehr führen, zu etwas Gutem, und das flößt uns extremes Unbehagen ein.«

Als Cade die Sitzung verließ, schwirrte ihm der Kopf. So schwer es auch gewesen war, es zu hören, er wusste, dass Silas mit dem, was er gesagt hatte, recht hatte. Er hatte es absichtlich vermieden, sich mit den anderen Männern in der Werkstatt anzufreunden.

Er kam zuverlässig pünktlich zur Arbeit, tat, was ihm aufgetragen wurde, und ging am Ende des Tages, ohne mehr als ein paar Worte mit seinen Kollegen gewechselt zu haben. Er hatte sich nie an irgendwelchen belanglosen Unterhaltungen oder Scherzen beteiligt. Er wusste fast nichts von den anderen, und sie wussten absolut nichts über ihn. Genau so mochte er es. Den Lunch nahm er allein abseits von den anderen Männern ein und aß oft in seinem Truck.

Im Tierheim verhielt er sich ebenso. Hope war die Einzige, mit der er über das Beantworten von Fragen hinaus gesprochen hatte. Ab und zu hatte er kurze Gespräche mit Preston geführt, das längste davon in der Zeit, als Hope ein paar Tage nicht da gewesen war. Und man brauchte sich ja nur anzusehen, wohin das geführt hatte. Er hatte ihr ein paar Sachen gebracht, als sie krank gewesen war, ihr mit ihrem zerstochenen Reifen geholfen, ihre Einladung zum Dinner ausgeschlagen und es dann bereut.

Hope.

Seine Gedanken schossen allzu bereitwillig zu ihr und der Traurigkeit, die in ihren Augen gelegen hatte, als er ihre Einladung abgelehnt hatte. Wenn er die Zeit zurückdrehen könnte, würde er es mit Freuden tun. Er konnte sich vorstellen, wie er ihr am Esstisch gegenübersaß und über etwas lachte, was sie gesagt hatte. Ein warmes, schon fast an Glück grenzendes Gefühl breitete sich in seiner Brust aus, Glück, das er nicht mehr in sein Leben hatte lassen wollen. Irgendeine Art von Freude zu empfinden war mit seinen Freunden auf einem Schlachtfeld in einem fremden Land gestorben. Wenn das, was Silas gesagt hatte, zutraf, lag das allein daran, dass er Angst hatte, sein Gefühl von Verlust, seinen Schmerz loszulassen, und zwar aus Furcht vor einer unbekannten Zukunft.

Cade musste nachdenken, musste seine Gefühle sortieren. Es würde nicht leicht sein, etwas an der Art zu ändern, wie er Beziehungen betrachtete. Als hätte sein problembelastetes Hirn einen eigenen Willen, wanderten seine Gedanken zu seiner Mutter. Sie war in den Gerichtssaal gekommen, und laut Harry hatte das nichts mit seinem Vater zu tun gehabt. Das führte Cade zu der Frage, ob sie das, was zwischen ihm und seinem Vater vorgefallen war, bedauerte. Wenn sie versucht hatte, ihm eine Brücke zurück zu seinem Vater zu bauen, war er nicht überzeugt, sie überqueren zu können.

Der Streit hatte eigentlich nur zwischen Cade und

seinem Vater stattgefunden. Aber seine Mutter hatte geschwiegen, als er sicher gewesen war, dass sie ihm zur Seite stehen würde. Stattdessen war alles, was er gesagt hatte, bei ihr auf taube Ohren gestoßen. Er war wütend auf sie gewesen, außer sich, dass sie nicht für ihn eingetreten war, als er jemanden gebraucht hatte, der an ihn glaubte und verstand, dass er kein Klon seines Vaters war.

Im Nachhinein begriff Cade, dass seine Mutter zwischen den beiden wichtigsten Männern in ihrem Leben gefangen gewesen war. Vielleicht war ihr gar nichts anderes übrig geblieben, als zu schweigen. Jetzt war es zu spät, zu viel Zeit war verstrichen. Selbst wenn sie gekommen war, um Frieden zu schließen, war ihre Mühe vergebens.

Am Strand angekommen, parkte Cade den Truck, stieg aus und marschierte los. Zeit am Meer zu verbringen hatte die Macht, ihn zu beruhigen. Das war schon immer so gewesen, einer der Gründe dafür, dass er sich entschieden hatte, in Oceanside zu leben.

Das ständige Rauschen der Brandung, das Muster der Wellenkämme und die Gewissheit, dass eine Welle auf die andere folgte, empfand er als tröstlich. Das und den kräftigen Wind, der an ihm zerrte, die Schreie der Möwen hoch oben am Himmel, die scheinbar mühelos ihre Kreise zogen und sich vom Wind treiben ließen, wohin er wollte. So sorglos zu sein, ein so einfaches Leben zu haben ging über seine Vorstellungskraft hinaus.

Als seine Schritte ihn zum Wasserrand führten, bemerkte er Kinder, die bunte Drachen steigen ließen, und eine Frau, die mit einem großen Hund an ihrer Seite im Sand saß.

Aber es war nicht irgendeine Frau.

Es war Hope mit Shadow.

9

Shadow, der seinen ersten Tag außerhalb des Zwingers verbrachte, schmiegte sich eng an Hopes Seite, als sie am Strand im Sand saßen. Sie hatte diesen Streuner ins Herz geschlossen. Ein bisschen von dem Schmerz, allein auf der Welt zu sein, löste sich auf, als sie mit den Fingern durch sein dichtes Fell fuhr. Shadow brauchte sie, und sie brauchte Shadow. Es war eine dieser Situationen, wo sie sich fragen konnte, wer wen gerettet hatte.

Vollkommen zufrieden damit, nebeneinander zu sitzen und sich den Wind ins Gesicht wehen zu lassen, blickten sie auf die sich brechenden Wellen hinaus, während das Wasser ans Ufer plätscherte und eine Zickzacklinie aus Schaum hinterließ.

Zum ersten Mal, seit sie die furchtbaren Neuigkeiten über Hunter erhalten hatte, verspürte Hope inneren Frieden. Dank Geduld, Liebe und permanentem Training schien Shadow zu einem ganz anderen Hund geworden zu sein. Zwar blieb er Fremden gegenüber wachsam und misstrauisch, aber er knurrte nicht mehr und verhielt sich auch nicht aggressiv, wenn jemand sich ihm näherte. Hope war stolz auf das, was sie geleistet hatte, und auf die Veränderung, die sie in seinem Leben herbeigeführt hatte. Und er in ihrem.

Sie hatte mit niemandem über Hunter gesprochen, weil der Schmerz sie auch jetzt noch zu überwältigen drohte. Mit Shadow zu arbeiten hatte ihr geholfen, mit dem Verlust ihres Zwillings umzugehen. Auf irgendeine unerklärliche Weise hatte dieser schwierige Hund das stählerne Band des Kummers gelockert, das ihr das Herz zuschnürte.

Sie war jetzt allein, fing noch einmal von vorne an, baute ihr Leben von Grund auf neu auf. Nur war sie nicht mehr so allein wie bei ihrer Ankunft in Oceanside. Sie hatte Shadow, und er hatte sie.

Willa war die Erste, der Hope ihren hündischen Gefährten vorgestellt hatte, nachdem alle notwendigen Papiere ausgefüllt waren. Er gehörte jetzt offiziell ihr. Willa überraschte Shadow mit einer Spezialmischung, die sie einen Puppyccino nannte. Er war begeistert gewesen und hatte zu Willas und Hopes großer Freude die aufgeschäumte Milch blitzschnell aufgeschlabbert.

»Ich höre viel Gutes von dir«, sagte Willa, als sie Hope ihr Getränk reichte.

»Oh?« Ihr Gesicht hellte sich auf. Nach dem Zwischenfall mit dem platten Reifen hatten Hope Zweifel beschlichen.

»Viele Schüler kommen nach dem Unterricht vorbei, und ich höre, wie sie darüber reden, was für eine gute Lehrerin du bist. Eine erzählte kürzlich, sie wäre nach ihren Kursen zu dir gegangen, um über ihre Probleme zu Hause zu sprechen, und der Rat, den du ihr gegeben hast, hätte ihr sehr geholfen.«

Hope vermutete, dass es sich um Morgan handelte,

eine Unterstufenschülerin. Sie hatte nicht das Gefühl gehabt, ihr einen außergewöhnlichen Rat gegeben zu haben. Was Morgan wirklich brauchte, war jemand, der ihr zuhörte, und das hatte Hope getan.

»Gut zu wissen.« Hope war für das positive Feedback dankbar. »Und danke.«

»Jederzeit«, erwiderte Willa und wandte sich dem nächsten Gast zu.

Hope verließ den Coffeeshop und schlenderte den Strand hinunter. Shadow hielt sich wachsam eng an ihrer Seite.

Wie so oft unten am Strand wehte ein starker Wind. Kinder rannten mit ihren Drachen, deren lange Schweife in der Brise flatterten, am Wasserrand auf und ab.

Für Anfang Oktober war es ein herrlicher Nachmittag. Man hatte Hope versichert, dass Tage wie dieser selten seien, da die herbstlichen Regenfälle im pazifischen Nordwesten sicherlich bald einsetzen würden. Anscheinend hatte Gott auf sie herabgelächelt und ihren Tag noch mehr zu etwas Besonderem gemacht, weil sie Shadow bei sich hatte.

Da ihr Blick auf die Aktivitäten entlang des Strandes und am Wasser geheftet war, bemerkte Hope Cade erst, als er fast direkt vor ihr stand. Er hatte die Hände in die Hosentaschen geschoben und wirkte, als fühlte er sich äußerst unbehaglich. Ihr Herz raste, als sie sich daran erinnerte, dass Tonya ihr gesagt hatte, sie solle ihn den nächsten Schritt machen lassen, wenn es denn einen geben würde. Sie hatte diesen Rat bisher befolgt, obwohl das nicht verhindert hatte, dass ihre Gedanken immer wieder um ihn kreisten.

»Hey«, sagte er. Der Wind trug seinen Gruß mit sich fort.

»Cade?« Trotz ihrer Bemühung, locker und ungezwungen zu wirken, konnte sie die in ihrer Stimme mitschwingende Überraschung nicht unterdrücken. Sie zwang sich, nicht von sich aus ein Gespräch zu beginnen, wollte ihm die Führung überlassen.

Er konnte ihr nicht ganz in die Augen sehen, als er fragte: »Hast du etwas dagegen, wenn ich dir Gesellschaft leiste?«

»Äh … natürlich nicht.« Es fiel ihr schwer, ihre Freude darüber zu verbergen, dass er hier war, um diesen besonderen Moment mit ihr zu teilen.

Cade ließ sich neben ihr nieder. Er wirkte unsicher, als er ihren Hund betrachtete. »Glaubst du, Shadow hat nichts dagegen?«

»Ich schätze, das werden wir sicher gleich herausfinden.«

Nach all der Arbeit, die sie darauf verwendet hatte, den Hund an Menschen zu gewöhnen, würde dies ein wertvoller Test sein. Sie schloss die Hand fester um Shadows Leine, um auf jede denkbare Reaktion des Tieres vorbereitet zu sein.

Cade setzte sich vorsichtig und mit gebührendem Abstand zu Shadow in den Sand; so, dass er sich in der Nähe, aber weit genug entfernt befand, um zu zeigen, dass er keine Bedrohung darstellte. Wie erwartet richtete Shadow den Blick auf Cade und beäugte ihn argwöhnisch.

Hope wartete ungeduldig darauf, dass Cade etwas sagte. In ihrer kurzen, gemeinsam verbrachten Zeit hatte er es tunlichst vermieden, mit ihr zu sprechen, obwohl sie nicht wusste, warum.

»Heute ist ein schöner Nachmittag«, sagte Cade, als wüsste er nicht recht, wo er anfangen sollte.

»Oh ja.« Sie hob ihr Gesicht zur Sonne, schloss kurz die Augen und sog die Wärme in sich auf.

Shadow war auf der Hut, hob den Kopf und verfolgte jede kleine Bewegung, die Cade machte. Dieser zog die Knie an und schob die Hände dazwischen, wie um dem Hund zu zeigen, dass er ein Freund war.

»Als du mich zum Dinner eingeladen hast …« Cade zögerte, als wäre er nicht sicher, was er als Nächstes sagen sollte.

»Was war da?«

Er seufzte tief. »Ich wollte Zeit mit dir verbringen. Wirklich.«

»Du hättest mir etwas vormachen können.« Sie hatte nicht beabsichtigt, so geradeheraus zu sein, aber genauso hatte sich seine Abfuhr angefühlt. Die Zurückweisung hatte sie verwirrt und verunsichert, ihr den Eindruck vermittelt, als bedauere er, bei ihr vorbeigekommen zu sein.

»Ich weiß … Ich wünschte, ich könnte erklären, was in meinem Kopf vor sich gegangen ist.« Wie über sich selbst frustriert, rieb sich Cade mit der Hand über das Kinn. »Das würde ich, wenn ich es verstehen würde. Ich habe eine Gruppe von … Freunden, mit denen ich mich regelmäßig treffe, und die haben mir die Meinung gesagt.«

»Inwiefern?«

Er schnitt eine Grimasse, bevor er antwortete. »Sie

haben mir praktisch erklärt, dass ich ein Idiot bin. Ich hätte die Gelegenheit beim Schopf packen sollen, dich besser kennenzulernen, und sie könnten ehrlich gesagt nicht begreifen, wie ich eine selbst gekochte Mahlzeit ablehnen konnte.«

Hope senkte den Blick und tat ihr Bestes, ein Lächeln zu verbergen. »Ich mag deine Freunde.«

»Ich möchte das wiedergutmachen«, sagte er. »Würdest du heute Abend mit mir essen gehen?« Dann fügte er hastig hinzu: »Ich weiß, das kommt jetzt in letzter Minute, und du hast wahrscheinlich schon andere Pläne, also wenn es heute Abend nicht geht, verstehe ich das. Oder wenn du mich überhaupt nicht sehen willst, verstehe ich das auch.«

Hope wollte gerne mit ihm zum Dinner gehen, sehr sogar. »Ich kann nicht.«

Cades Gesicht wurde lang.

»Ich würde gerne mitgehen, aber ich kann Shadow an seinem ersten Tag bei mir nicht allein im Haus lassen.«

»Natürlich, daran hätte ich denken sollen.« Seine Schultern sackten einen Moment nach vorne, bevor er sich straffte. »Ich kann auch etwas zum Mitnehmen holen. Ginge das?«, fragte er. »Ich könnte zu dir in das Cottage kommen, oder du könntest Shadow mit zu mir bringen, obwohl es da ziemlich eng ist.«

Es gefiel Hope, wie eifrig er klang. »Es ist so friedlich hier. Hast du etwas dagegen, wenn wir einfach hierbleiben?«

Er entspannte sich. »Das ist eine hervorragende Idee, finde ich.« Er blickte über die Schulter hinweg zum

Parkplatz, wo die Foodtrucks standen. Die meisten waren nach dem Labor Day verschwunden, ein paar aber geblieben, um die Erlöse der letzten Tage der Saison mitzunehmen.

»Was sagst du zu Hotdogs?«, fragte Cade.

Das klang genau richtig. »Hotdogs sind das Beste an einem Picknick.«

»Glaubst du, Shadow hätte auch gerne einen?«

Sie lächelte. »Ist der Papst katholisch?«

Cade grinste, als er aufsprang und Sand von seiner Hose abklopfte. »Geh nicht weg. Ich bin zurück, bevor du dich versiehst.«

Sie sah Cade nach; meinte, neuen Schwung in seinen Schritten zu erkennen. »So weit, so gut«, sagte sie zu Shadow. Ihr Hund legte die Schnauze auf ihren Oberschenkel, während er sich entspannte. Sie streichelte sanft seinen Kopf, konnte ein Lächeln nicht unterdrücken. »Wunder hören nie auf«, flüsterte sie.

Nach fünfzehn Minuten kam Cade mit einem großen Karton wieder, der zwei riesige Getränkebecher und eine Papiertüte enthielt.

»Das ging aber schnell«, stellte sie fest.

»Ich bin nicht weit gegangen. Ich wollte nicht riskieren, dass du deine Meinung änderst.«

»Keine Chance«, sagte sie und lächelte ihm zu.

Sein Antwortlächeln war breit, als er sich neben Shadow in den Sand sinken ließ, diesmal etwas näher bei ihm. Er reichte ihr ihren Softdrink und stellte seinen eigenen beiseite, um die braune Papiertüte zu öffnen.

»Sind die von Wee Willie's Wiener Wagon? Ich wusste nicht, dass er noch am Strand ist.« Es war ihr Lieblings-Foodtruck, obwohl es mehrere mit Hotdogs gab. Sie hatte gedacht, Wee Willie hätte die Saison beendet, da sie ihn nicht auf seinem üblichen Parkplatz oben am Strand gesehen hatte.

»Es ist sein letzter Tag. Er hat sich einen besseren Stellplatz gesucht, weil einer frei war«, erklärte Cade.

Er gab Hope den in schimmernde Folie gewickelten Hotdog. »Ich hätte dich fragen sollen, was du auf dein Brötchen willst. Ich habe geraten und Senf und Relish genommen.«

»Perfekt.«

Er nahm einen weiteren Hotdog aus der Tüte, wickelte ihn aus und zerlegte ihn dann in kleine Bissen, um Shadow damit zu füttern. Hätte er ihm den ganzen Hotdog gegeben, hätte Shadow diesen mit einem einzigen Bissen verschlungen.

Wie zu erwarten befand sich Shadow im Hundehimmel. Wiener waren nicht die beste Diät für ihn, aber heute würde eine Ausnahme sein. Nach allem, was er durchgemacht hatte, verdiente er es, ab und zu ein bisschen verwöhnt zu werden.

Hope hatte bereits ihren halben Hotdog verspeist, bevor Cade die Chance hatte, mit seiner eigenen Mahlzeit zu beginnen. Als die Sonne unterging und hinter dem Horizont zu versinken begann, aßen sie in kameradschaftlichem Schweigen, zufrieden damit, einfach nur nebeneinanderzusitzen.

Als sie fertig waren, sammelte Cade ihren Abfall zusammen und brachte ihn zu den Mülltonnen, bevor er zu ihr zurückkehrte. Als er sich wieder setzte, bemerkte Hope, dass Shadow ihn jetzt vollständig akzeptiert zu haben schien. Ihr treuer Gefährte legte sogar das Kinn auf Cades Schenkel, wie er es zuvor bei ihr getan hatte.

»Ich hoffe, das wird das Erste von vielen Dinnern sein.« Er sah sie an, als wäre dies eher eine Frage als eine Feststellung.

»Das wäre schön.«

Er streckte den Arm über Shadows Rücken und griff nach ihrer Hand. Sie verflochten ihre Finger miteinander. »Erzähl mir, was dich nach Oceanside geführt hat.«

Sie holte tief Luft und hielt ihn an. Gewisse Details ihres Lebens waren privat; Hunters Tod war eines davon. Der Schmerz über seinen Verlust gehörte ihr allein, sie hegte ihn und wollte kein Mitleid oder wohlgemeinte Worte. Über Hunter zu sprechen bewirkte, dass ihr klar wurde, wie allein sie war, was ihr oft die Tränen in die Augen trieb. Dies war ein Weg, von dem sie nicht bereit war, ihn mit Cade zu beschreiten, den sie gerade erst besser kennenlernte.

Unschlüssig, wo sie beginnen sollte, fing sie mit ihrer Kindheit an. »Meine Mutter hat meinen Bruder und mich verlassen, als wir Kleinkinder waren. Wir sind in Südkalifornien aufgewachsen, bei unseren Großeltern.«

»Das ist hart«, sagte er.

»Unsere Großeltern haben uns geliebt, so gut sie konnten. Ich bin sicher, zwei übermütige Kinder großzuziehen war nicht die Art, wie sie sich ihr Rentenalter vorgestellt haben.« Mehr als einmal hatte Hope ihren Groll darüber gespürt, dass sie nicht reisen und all das tun konnten, was sie sich vorgenommen hatten, weil sie mit ihr und Hunter belastet waren.

»Hunter, mein Zwillingsbruder, trat in die Army ein,

sobald er mit der Highschool fertig war. Meine Noten waren gut genug, um ein Stipendium für das College zu bekommen, und ich bin so bald wie möglich ausgezogen, um meine Großeltern von der Verantwortung zu befreien, sich um uns zu kümmern.« Hope hatte zwei Teilzeitjobs gehabt und sich noch auf ihr Studium konzentriert. Hunter hatte ihr finanziell geholfen, wenn es ihm möglich gewesen war.

»Warum hast du dich entschieden, Lehrerin zu werden?«

Er wusste nicht, dass sie zwei Diplome hatte, und jetzt war nicht der Zeitpunkt, ihn darauf hinzuweisen. »In Kalifornien herrschte damals Lehrermangel, und ich wusste, dass ich einen Job bekommen würde.«

Er nickte, als wollte er sie auffordern fortzufahren.

»Dann habe ich innerhalb kurzer Zeit meine beiden Großeltern verloren, was sehr traurig war. Grandma starb zuerst, an Brustkrebs. Ich hatte keine Ahnung, dass ältere Frauen anfälliger für diese Art von Krebs sind.«

»Und dein Großvater?«

»Er war ohne Grandma verloren; er starb ein Jahr später an gebrochenem Herzen. Auf seinem Totenschein stand als Ursache Herzversagen. Aber ich kannte den wahren Grund. Ich war wieder zu ihm gezogen, um ihn zu unterstützen. Er war verloren und wütend auf die Welt und hatte keinen Lebenswillen mehr.«

Cade drückte sanft ihre Hand. »Das beantwortet einen Teil meiner Frage. Da Hunter beim Militär und deine beiden Großeltern tot waren, hattest du keinen Grund mehr, in Kalifornien zu bleiben.«

»Genau. Ich habe fast mein ganzes Leben in der

Gegend von Los Angeles verbracht und wollte gerne einmal in einer kleineren Stadt leben. Also habe ich mich in mehreren Kleinstädten in Washington um einen Job als Lehrerin beworben.« Oceanside war nicht ihre erste Wahl gewesen. Wie sich herausgestellt hatte, aber die beste. »Und was ist mit dir?«, fragte sie, um das Gespräch von sich abzulenken.

Cade lehnte sich zurück, streckte die Beine aus und schlug die Knöchel übereinander. »In Tacoma aufgewachsen, Abschluss an der Pacific Lutheran University«, zählte er die Fakten auf. »Danach hatte ich ein paar Probleme mit meinen Eltern, besonders mit meinem Vater.« Er zögerte, als wäre er unschlüssig, ob er fortfahren sollte. »Mein Dad verlangte, dass ich karrieremäßig in seine Fußstapfen trete. Ich rebellierte. Das kam bei Mom und Dad nicht gut an. Seitdem sind wir praktisch entfremdet.«

Wie schlimm, eine Familie zu haben und dann den Kontakt abzubrechen. »Das tut mir leid, Cade.« Sie war seinetwegen aufrichtig traurig.

»Dir muss nichts leidtun. Du hast ja nichts getan.«

»Das weiß ich. Es tut mir leid, dass du keine gute Beziehung zu deiner Familie hast.« Da sie ganz allein auf der Welt war, hätte Hope alles dafür gegeben, ihre leiblichen Eltern zu kennen. Tatsache war, dass sie nur noch flüchtige Erinnerungen an ihre Mutter hatte. Soweit sie wusste, war ihr Vater nie ein Teil ihres Lebens gewesen. Gesprächsfetzen ihrer Großeltern zufolge, war ihre Mutter ein hoffnungsloser Fall. Hope war nicht sicher, was das hieß, vermutete aber, dass es irgendetwas mit Drogen zu tun hatte. Von dem Tag an, wo Hope und Hunter im Haus ihrer Großeltern untergekommen waren, hatte sie kein einziges Wort mehr von ihrer Mutter gehört. Hope hatte keine Ahnung, ob die Frau, die sie geboren hatte, noch lebte oder tot war, und musste davon ausgehen, dass Letzteres der Fall war. Ihrer Großmutter zufolge war es wahrscheinlich, dass Hopes Mutter nicht wusste, wer ihr und Hunters Vater war.

»Ich wünschte auch, es wäre anders«, gestand Cade. »Das Problem ist, dass mein Dad und ich zu stur sind, um zuzugeben, dass wir uns geirrt haben.«

»Du kannst nicht zurück?« Es gab doch sicher einen Weg, aufeinander zuzugehen.

»Wenn ich mich mit meinem Vater in Verbindung setze, wird er davon ausgehen, dass ich meinen Irrtum eingestehe, und wird an seinen Plänen für mein Leben festhalten. Das wird nicht passieren. Ich bin nicht aus dem Holz geschnitzt, aus dem man Anwälte formt.«

»Was ist mit deiner Mutter? Kann sie helfen?«

Cade straffte sich. »Ich habe lange gebraucht, um ihr zu verzeihen, dass sie nicht zu mir gehalten hat, als ich ihre Unterstützung am dringendsten gebraucht hätte. Erst kürzlich habe ich begriffen, in was für einer schwierigen Lage sie war – zwischen mir und meinem Dad gefangen.« Er zögerte und senkte den Kopf. »Ich habe sie vor nicht allzu langer Zeit gesehen.« Seine Stimme klang leise und unsicher. »Ich sollte dir wahrscheinlich sagen …«

»Dass du auf Bewährung bist?«

Sein Kopf fuhr mit einem Ruck hoch. »Das weißt du?«

»Mellie, Prestons Frau, hat es mir erzählt.«

Sein Gesicht spiegelte seinen Schock wider. »Und du bist trotzdem bereit, Zeit mit mir zu verbringen?«

Sie nickte. »Ich habe gesehen, wie du mit den Tieren im Tierheim umgehst. Was mich betrifft, hast du dich bewährt. Du hast dich überschlagen, um mir zu helfen, als es ein Leichtes gewesen wäre, einfach weiterzufahren. Ich halte dich nicht für einen gefährlichen Menschen, Cade. Ich vertraue dir.«

»Weißt du denn überhaupt, was ich mir habe zuschulden kommen lassen?«

»Nein, und das muss ich auch gar nicht wissen, es sei denn, du willst es mir sagen.«

Er seufzte und schloss die Augen, bevor er weitersprach. »Ich war betrunken und habe mich in eine Kneipenschlägerei verwickeln lassen. Es war nicht meine Sternstunde. Ich verdiente keine Milde; die Richterin hatte Mitleid mit mir, hat mir die Untersuchungshaft angerechnet und mir Bewährung gegeben – unter bestimmten Auflagen.«

»Gemeinnützige Arbeit?«

Er nickte. »Harry … ein Freund, schlug das Tierheim vor.«

Sie waren ein bisschen vom Thema abgekommen. »Du sagtest, du hättest kürzlich deine Mutter gesehen. Das ist doch ermutigend, findest du nicht?«

»Das wäre es, hätte die Begegnung nicht in einem Gerichtssaal stattgefunden.« Er stieß vernehmlich die Luft aus. »Ich habe es gehasst, dass ich das erste Mal, als ich nach über sechs Jahren Kontakt mit ihr hatte, vor einer Richterin stand. Und es war demütigend für mich, dass sie gesehen hat, wie tief ich gesunken bin.«

»Ach, Cade.« Hope verstärkte den Griff um seine Hand.

»Das Schlimmste war, dass sie es mit Sicherheit meinem Vater erzählt hat, und wie ich meinen Dad kenne, war das wahrscheinlich Wasser auf seine Mühlen.«

»Das kannst du doch nicht sicher wissen.«

»Du kennst meinen Vater nicht«, widersprach Cade. »In dem Moment, wo er erfahren hat, dass ich in die Army eingetreten bin, ist er ausgerastet. Er war überzeugt, ich hätte es nur getan, um ihm eins auszuwischen, und dass es der größte Fehler meines Lebens wäre.«

Cades Stimme klang jetzt vor Schmerz und Frust angespannt. Er hatte einen verletzlichen Teil von sich preisgegeben, von dem Hope sicher war, dass er nicht oft oder gar nicht darüber sprach.

Über die Landschaft und über sie hatte sich Dunkelheit gesenkt, und der Mond ging langsam über dem Horizont auf.

Cade entzog ihr seine Hand und legte sie auf Shadows Rücken. »Jetzt, wo du das Schlimmste weißt, würde ich es verstehen, wenn du nichts mehr mit mir zu tun haben willst.«

Hope dachte über seine Bemerkung nach, und obwohl sie vermutlich einige Bedenken haben sollte, verließ sie sich auf ihr Bauchgefühl. Sie hatte Cade von Anfang an gemocht und vertraute ihm.

»Ich möchte dich etwas fragen«, sagte sie.

»Okay.« Er klang angespannt.

»Hast du Samstagabend schon etwas vor?«

Sie spürte mehr, als sie es sah, dass sein Kopf zu ihr herumfuhr.

»Nein, warum?«

»Ich beaufsichtige den Ball der Highschool, und ich wüsste gern, ob du mich begleiten willst.«

10

Cade saß Harry gegenüber und hielt den Kopf gesenkt, während sich seine Gedanken wie ein Tornado in seinem Kopf überschlugen. Harry wartete darauf, dass Cade zu sprechen begann. Nachdem fünf angespannte Minuten der Sitzung verstrichen waren, war Cade schließlich imstande aufzublicken.

Der stets geduldige Harry schien damit zufrieden zu sein abzuwarten.

»Ich habe mit Hope gesprochen«, murmelte Cade.

Harry ermutigte ihn mit einem Nicken, fortzufahren.

Cade war erschrocken gewesen, als Hope davon gesprochen hatte, den Schulball zu beaufsichtigen. Er hatte nicht gewusst, was er sagen sollte. »Sie hat mich gebeten, mit ihr tanzen zu gehen«, stieß er hervor, als hätte sie ihn aufgefordert, von der Tacoma-Narrows-Brücke zu springen oder nach Hawaii zu schwimmen. »Du und ich wissen beide, dass das unmöglich ist. Ich kann nicht tanzen. Es könnte sogar ein Problem werden, über längere Zeit stehen zu müssen.«

»Was für eine Art Tanzveranstaltung ist das denn?«

»Der Schulball. Sie ist eine der Aufsichten, und sie möchte, dass ich sie begleite – als würde ich da nicht auffallen wie eine Vogelscheuche in der Mitte eines Kornfelds.«

»Als Aufsicht zu fungieren heißt nicht zwingend, dass du auf die Tanzfläche musst.«

»Mir ist klar, dass wir nicht zu Ballkönig und Ballkönigin gewählt werden.« Seine Stimme strafte seinen Sarkasmus Lügen. »Aber Hope wird irgendwann erwarten, dass ich mit ihr tanze.«

»Kommt mir so vor, als würdest du alles Mögliche voraussetzen.«

»Ich kann nicht tanzen«, beharrte Cade, der sich mehr über sich selbst als über Harry zu ärgern begann. »Wir wissen beide, dass diese Art von körperlicher Aktivität für mich mit meiner… Einschränkung schwierig sein würde.« Cade war so weit, dass er sein Bein und alle Probleme, die es ihm bereitete, zu hassen begann. Der Schmerz war eine permanente Erinnerung an jenen verhängnisvollen Tag und die Hilflosigkeit, die er empfunden hatte, als er hatte mit ansehen müssen, wie seine Freunde starben. Er sollte an das Glück denken, das er gehabt hatte, an die bloße Tatsache, dass er noch am Leben war. Wenn ihm das nicht gelang, fühlte er sich schuldig und versank in einem tiefen schwarzen Loch, das ihn zu verschlingen drohte.

»Weißt du denn genau, welche Rolle du da spielen sollst?« Harry schien immer die richtigen Fragen zu stellen. Er stürzte sich gnadenlos auf ein Problem wie ein Falke auf seine Beute.

Cade dachte an ihr kurzes Gespräch zurück, seit Hope den Ball erwähnt hatte, erkannte seinen Irrtum und zögerte mit der Antwort. »Nein.«

»Dann scheint es mir, dass du schon wieder etwas als gegeben voraussetzt.«

Cade fühlte sich in die Enge getrieben. Er wollte mit Hope tanzen. Nicht unbedingt tanzen, aber sie eng an sich gedrückt halten. Die ganze Nacht hatte er sich herumgewälzt und mit den Bettdecken gekämpft und sie hin und her gezerrt, während er sich vorgestellt hatte, wie es wäre, Hope in den Armen zu halten. Im Halbschlaf hatte er gemeint, den Duft ihres Parfüms riechen und den tröstlichen Druck ihres an ihn geschmiegten Körpers spüren zu können. Er wünschte sich das mehr als irgendetwas anderes. Doch dann waren seine Gedanken zu seiner körperlichen Beeinträchtigung und der Scham gewandert, die er empfinden würde, wenn sein Bein unter ihm nachgäbe. So etwas war schon früher passiert und würde wieder passieren. Es kam gar nicht infrage, dass er sich in eine derart peinliche Situation brachte. So gerne er Hope auch in den Armen halten wollte, er konnte das Risiko nicht eingehen.

Und trotzdem …

Ihr Gespräch von gestern war ein Wendepunkt für ihn gewesen. Es hatte sich überwältigend angefühlt, neben ihr zu sitzen, mit ihr zusammen Hotdogs zu essen und den späten Nachmittag zu genießen, als hätte er keine einzige Sorge auf der Welt. Es war Jahre her, seit er einen so befreienden Moment erlebt hatte. Bis … bis sie die Tanzveranstaltung erwähnt hatte.

Aufgrund des neuen Verständnisses zwischen ihnen hatte Cade ihr eine empfindsame Seite von sich offenbart, die bislang nur Luke und Jeremy gekannt hatten. Harry hatte bezüglich seines familiären Hintergrunds nie viel nachgehakt, und Cade hatte seine Eltern in den Gruppensitzungen auch nicht erwähnt. Aus irgendeinem unerklärlichen Grund hatte ihn etwas dazu getrieben, Hope von ihnen zu erzählen.

»Hast du eingewilligt, sie zu begleiten?«, fragte Harry.

Genau das war das Problem. »Ich … ich habe weder Ja noch Nein gesagt. Es kam mir aber so vor, als wäre sie davon ausgegangen, dass ich einverstanden wäre, denn sie hat immer weitergeredet und mir Einzelheiten über den Abend erzählt. Irgendwann muss ihr klar geworden sein, dass ich nicht gesagt habe, ich würde mitkommen, und sie wurde still. Harry, ich weiß nicht, was ich tun soll.« Er hätte am liebsten das Gesicht in den Händen vergraben. Er war wieder genau da wie zuvor, als er ihre Einladung zum Dinner abgelehnt hatte. Obwohl er sich stark zu ihr hingezogen fühlte, hatte er das zurückgewiesen, was er sich am meisten wünschte. Und nun tat er dasselbe wieder.

Seine Zeit am Strand mit Hope war perfekt gewesen, bis sie den Schulball zur Sprache gebracht hatte. Er hatte vorgehabt, sie zu küssen, aber sobald sie davon angefangen hatte, dass er sie zu dieser Veranstaltung begleiten solle, war er förmlich erstarrt. Es stand außer Frage, dass er einen Rat benötigte. Er brauchte Hilfe, um herauszufinden, warum er Hope immer wieder abwies, obgleich er sich danach sehnte, sie zu einem Teil seines Lebens zu machen.

»Sie war bereit, dich ohne eine konkrete Antwort gehen zu lassen?«

»Sie sagte, egal wie ich mich entscheide, sie würde es akzeptieren.«

»Und hast du dich entschieden?«

Cade war von dem Moment an, als sie sich getrennt

hatten, ins Grübeln geraten. »Ich habe ununterbrochen nachgedacht. Und ich bin dankbar dafür, dass unsere Sitzung gerade heute stattfindet, damit du mir helfen kannst, eine Lösung für dieses Problem zu finden, und mir sagst, was das Beste wäre.«

Harry lachte leise. »Glaubst du wirklich, ich würde dir sagen, was du tun oder lassen sollst? Da musst du alleine durch, Cade.«

Da musste er alleine durch. Harry hatte recht. Es war an ihm, in dieser Sache seinen Frieden zu finden. Ein Teil von ihm lechzte danach, mit Hope zusammen zu sein, egal wann oder bei welcher Gelegenheit. Doch von dem Moment an, als er sie kennengelernt hatte, hatte das Wissen um seine körperliche Eingeschränktheit ihn dazu bewogen, auf Abstand zu gehen.

Sein Bein führte hin und wieder ein Eigenleben. Eine falsche Bewegung, und ihn durchzuckte ein so heftiger Schmerz, dass er all seine Kraft brauchte, um nicht laut aufzuschreien. Obgleich er zugeben musste, dass die Physiotherapie Wirkung zeigte, war er noch nicht so weit, dass er Hope über eine Tanzfläche wirbeln könnte.

»Wie lange willst du denn warten, bis du ihr eine Antwort gibst?«

Die Zeit schwand schnell dahin. Jedes Ticken der Uhr erinnerte ihn daran, dass er eine Entscheidung treffen musste. Sie hatten sich in dem Einverständnis getrennt, dass er ihr irgendwann vor Samstagabend, wenn der Ball stattfinden sollte, Bescheid gab.

Obwohl Cade selbst relativ neu in Oceanside war, lebte er lange genug hier, um zu wissen, dass die Highschool-Footballspiele große Ereignisse waren. Bei jedem

Heimspiel waren die Tribünen voll von Schülern, Eltern, Fans und Unterstützern aus der Gemeinde. Freitagabendlicher Football versprach in einer Kleinstadt gute Unterhaltung, und Oceanside bildete da keine Ausnahme. Die Spieler wurden wie Royals behandelt, und Geschäfte schmückten ihre Auslagen bei jedem Spiel mit den Fahnen mit dem Adlerlogo von Oceanside.

Als Kompromiss beschloss Cade, mit Hope zu dem Spiel zu gehen, selbst wenn das hieß, dass er auf die Tribüne würde klettern müssen. Stufen konnten eine schmerzhafte Herausforderung darstellen. Sein ganzes Gewicht auf sein verletztes Bein zu legen verursachte ihm in der Regel Höllenqualen. Um diese abzumildern, erklomm er meist langsam eine Stufe nach der anderen und zog damit unerwünschte Aufmerksamkeit auf sich. Den mitleidigen Blicken standhalten zu müssen, während die halbe Stadtbevölkerung ihn anstarrte, jagte ihm einen Schauer über den Rücken.

Schweigen breitete sich im Raum aus, während Cade in Gedanken versunken war.

Harry riss ihn aus seinen Grübeleien. »Hast du nicht kürzlich erwähnt, dass Hope einen Zusammenstoß mit dem Quarterback des Teams hatte?«

Bei der Erinnerung daran wurde Cades gesamter Körper steif. In diesem Augenblick hatte er seine Antwort. Wenn Hope ohne Begleitung zu dem Ball ging, konnte sie sich zur Zielscheibe machen. Cade kannte nicht alle Einzelheiten von dem, was passiert war oder aus welchem Grund es passiert war, aber er wusste genug. Er hatte selbst seine Hausaufgaben gemacht. Er hatte darum gebeten, die Videoaufzeichnungen des Parkplatzes vom Lebensmittelladen zu sehen. Die Kameras waren alt und überholt und die Bilder zu verschwommen, um irgendjemanden klar identifizieren zu können, zeigten aber deutlich, dass der Reifen gezielt aufgeschlitzt worden war.

Cade hegte einen Verdacht. Wer auch immer dafür verantwortlich war, wirkte jung, wahrscheinlich ein Teenager.

»Ich muss zu diesem Ball gehen«, sagte er mit neu gewonnener Entschlossenheit.

»Du bist nicht dazu verpflichtet, Cade. Es ist nicht dein Problem.«

»Hope ist mein Problem.«

Harry schlug die Beine übereinander. »Was ist, wenn sie am Ende des Abends mit dir tanzen will?«

Wie immer konnte er sich darauf verlassen, dass Harry ihn zwang, sich dem unangenehmsten Aspekt der Sache zu stellen. Alles, was er tun konnte, war, ehrlich zu sein. »Ich weiß es nicht. Ich schätze, das entscheide ich, wenn es so weit ist.«

Harrys Gesicht war ein einziges großes Lächeln.

»Das freut dich?«

»Ja«, erklärte Harry. »Denn du konzentrierst dich nicht nur auf dich oder auf deine körperlichen Einschränkungen. Deine Sorge um Hope ist stärker als deine Angst, und das ist ein Schritt in die richtige Richtung.«

»Wenn du meinst«, knurrte Cade.

Fünfzehn Minuten später verließ er Harrys Büro und registrierte, dass seine Schritte leichter waren. Jetzt, wo er wusste, was er tun würde, fühlte er sich gut. Bei ihrer ersten Sitzung hatte Cade sich gegen jegliche Art von Therapie gesträubt. Inzwischen war er dankbar für Harry, der der Erste war, der ihm sagte, er solle sich zusammenreißen, und es so klingen ließ, als wäre es Cades eigener Vorschlag. Der Mann hatte wirklich eine besondere Gabe.

Bei dieser Tanzveranstaltung ging es nicht um ihn und seine Behinderung. Sein Fokus lag auf der Frau, die seine Aufmerksamkeit fesselte. An ihrer Seite zu sein, sie vor etwaigen Schwierigkeiten zu schützen, das war es, was zählte. Für ihre Sicherheit zu sorgen war jede Peinlichkeit wert, die ihm womöglich bevorstand.

Statt Hope eine Stunde vor Anpfiff des Spiels zu treffen, machte sich Cade auf den Weg zu ihrem Cottage.

Ihre Augen verrieten Überraschung, als sie die Tür öffnete. Shadow stand neben ihr und bellte nicht mal, als er sah, dass es Cade war. Anscheinend akzeptierte der Hund ihn, und dazu hatte es nur eines einzigen Hotdogs bedurft.

»Komm rein«, sagte Hope. Ein gespannter Ausdruck trat in ihre Augen, als sie darauf wartete, dass er eine Erklärung für seinen Besuch abgab.

Als Cade ins Haus trat, konnte er einen Moment lang den Blick nicht von ihr losreißen. Sie war bereits für das Spiel gekleidet, enge Jeans und ein Sweatshirt mit dem Adlerlogo. Sie war schön. Ihr Schweigen erinnerte ihn daran, dass sie keine Ahnung hatte, weshalb er vorbeigekommen war.

»Ich habe beschlossen, dein Begleiter für den Ball zu sein«, sagte er. »Wenn du willst, gehe ich mit dir auch zu dem Spiel.«

Ihr Gesicht verzog sich zu einem breiten Lächeln. »Darüber würde ich mich sehr freuen, und danke. Die Vorstellung, allein zu der Tanzveranstaltung zu gehen, hat mir nicht sonderlich gefallen.«

»Aber du solltest wissen, dass ich gewisse körperliche Einschränkungen habe, und wenn dir das unangenehm ist …«

»Stopp«, unterbrach sie ihn abrupt und streckte die Hand aus, um sie um seinen Unterarm zu schließen. »Mach dich nicht lächerlich. Ich weiß, dass du eine Beinverletzung hast. Es stört mich nicht, und es sollte dich auch nicht stören. Und jetzt genug davon.«

Cade konnte nicht widerstehen. Noch bevor sie verstummt war, zog er sie in die Arme und küsste sie. Aus einem Impuls heraus und aus schierer Erleichterung, dass sie ihn verstand und ihn mit all seinen Mängeln und Unzulänglichkeiten akzeptierte. Er überrumpelte sie, weil ihr Mund geschlossen war, aber schon im nächsten Moment öffnete sie ihn. Ihre Arme schlangen sich um seinen Hals, und sie schmiegte sich an ihn, saugte an seiner Unterlippe und überließ sich ihm. Er war nicht sicher, wie lange der Kuss dauerte. Nicht lang genug. Hope ein Mal zu schmecken, ließ ihn sich nach mehr sehnen.

Als sie die Augen aufschlug, blickte Hope mit dem süßesten Lächeln zu ihm auf. »Das war schön.«

Er konnte ihr das nur mit einem Nicken bestätigen. Dann schluckte er. »Sehr schön.«

»Der Abend heute wird Spaß machen«, versicherte sie ihm. »Wir gehen uns das Spiel anschauen und feuern zusammen mit der halben Stadt unser Team an.

Und Samstagabend treffen wir uns dann zum Schulball.«

Die Anspannung zwischen seinen Schulterblättern verflog, und Cade atmete auf. Er konnte das schaffen. Hope brauchte ihn, und er würde sie nicht enttäuschen.

Als sie bei dem Footballfeld ankamen, war es schwierig, einen freien Parkplatz zu finden. Dieses Spiel war ein großes Ereignis. Oceanside spielte gegen seinen stärksten Rivalen, die Montesano Bulldogs. Die Oceanside Eagles waren bislang ungeschlagen. Obwohl es noch früh in der Saison war, wurde von ihnen erwartet, es bis zu den staatlichen Finals zu schaffen. Letztes Jahr waren sowohl dem Football- als auch dem Basketballteam der Meisterschaftstitel für die A-Klassifikation des Staates Washington verliehen worden. Mit einer Schülerzahl von ungefähr dreihundert spielten sie gegen andere Schulen mit weit mehr Schülern, unter denen regelmäßig Talente rekrutiert wurden.

Viel wurde dem Coach, Wade Simmons, zugutegehalten. Was Oceanside betraf, hatte der Mann einen Ruf, als könnte er über Wasser wandeln. Cade machte den Leuten keinen Vorwurf daraus. Der Coach inspirierte und ermutigte sein Team mit einer starken Arbeitsmoral. Fast jeden Nachmittag, wenn Cade an der Highschool vorbeikam, sah er die Schüler auf dem Feld trainieren. Der Coach war streng, aber gerecht, und Oceanside liebte ihn für die Art, wie er die jungen Männer auch abseits des Spielfelds formte.

Hope schlang den Arm um Cades Ellbogen, als sie sich dem Feld näherten. Ihre Augen leuchteten vor

Aufregung. »Willa ist hier«, verkündete sie. »Mit ihrem Mann und Dr. Annie.«

Cade kannte Willa, hatte ihren Mann Sean O'Malley jedoch noch nicht kennengelernt. Er war ein bekannter Fotograf, dessen Bilder bei National Geographic erschienen. Es kam ihm merkwürdig vor, dass ein erfolgreicher Profi wie Sean sich entschlossen hatte, in einer Stadt wie Oceanside zu leben. Jedem das Seine.

Abgesehen vom Krankenhaus und dem Physiotherapeuten, mit dem er in Aberdeen arbeitete, hatte Cade keine medizinische Versorgung gebraucht, daher war er auch Dr. Annie bisher nicht begegnet. Ihren Mann Keaton kannte er vom Tierheim her. Wenn er sich recht erinnerte, war es Keaton gewesen, der Shadow in die Einrichtung gebracht hatte. Seit Cade dort arbeitete, war Keaton ein paarmal vorbeigekommen. Der Mann war auf den ersten Blick einschüchternd, bis Cade ein wenig länger mit ihm zusammen gewesen war. Er hatte eine breite Brust, maß fast zwei Meter, mit Händen, die doppelt so groß schienen wie die anderer Leute, und sein Herz, anderen zu helfen, war wohl ebenso groß, wie es sein Körper war.

Hope winkte Willa zu, die sie sofort einlud, sich zu ihr und Sean zu gesellen. Natürlich saßen sie auf halber Höhe der Tribüne. Cade erstarrte prompt, da er wusste, dass der Aufstieg beschwerlich sein würde.

Statt vorwärtszustürmen, blieb Hope geduldig an seiner Seite, nahm eine Stufe nach der anderen mit ihm, als wäre er derjenige, der ihr die Treppe hinaufhalf.

Auf halber Strecke blieb sie stehen, als sie einen ihrer Schüler erspähte. »Hi, Spencer«, sagte sie.

Der Junge blickte auf und sah dann weg. Obwohl die Tribüne gerammelt voll war, war zu beiden Seiten von Spencer noch Platz. Offenbar zeigten ihm seine Schulkameraden die kalte Schulter, und niemand wollte neben ihm sitzen.

»Wo ist Callie?«, fragte Hope. »Sollte sie nicht hier bei dir sein?«

Etliche andere Schüler starrten in seine Richtung. »Sie ist beim Tanzteam«, erklärte Spencer.

»Richtig«, sagte Hope, als hätte sie sich an diese Information erinnern sollen.

Sobald sie saßen und alle sich begrüßt hatten, erkundigte sich Cade nach Spencer.

»Er ist der junge Mann, von dem ich gesprochen habe. Scott Penders Freundin ist diejenige, die Spencer zum Schulball begleitet.«

»Nicht seine Ex-Freundin?«, fragte Cade.

Hope zögerte. »Da bin ich mir nicht sicher. Sie scheinen eine On-off-Beziehung zu führen, also muss ich davon ausgehen, dass jetzt gerade Off-Zeit ist.«

Wenn nicht, könnte das bei dem Ball Ärger geben, dachte Cade. Obwohl er Spencer nicht persönlich kannte, empfand Cade Mitgefühl für den Jungen. »Du hast ihn schon erwähnt, aber nicht mit Namen, soweit ich mich erinnere. Er ist derjenige, der den Deal mit Callie ausgehandelt hat, oder?«

»Richtig. Sie hatte irgendein Computerproblem, das er für sie lösen sollte.«

Cade wollte die Fakten klar im Kopf haben. »Womit Spencer einverstanden war, wenn sie einwilligte, beim Ball sein Date zu sein?«

»Genau.«

Er wüsste nur zu gern, was das Mädchen gewollt hatte, und vermutete, dass es Hope ebenso ging. »Weißt du, worum genau sie ihn gebeten hat?«

Hopes Arm, der immer noch um seinen lag, spannte sich an. »Das ist das Problem, er hat es mir nicht erzählt. Spencer schafft es immer, das Thema zu wechseln. Ich fürchte, er hat sich da in etwas verstrickt, das ihm über den Kopf wächst.«

Cade ließ die Worte in sich einsickern, fragte sich, was der arme Junge bereit war, für das Mädchen zu tun, nur weil er wegen eines hübschen Gesichts den Kopf verloren hatte. Demnach zu urteilen, was Hope gesagt hatte, schien Callie nicht viel an Spencer zu liegen, und die möglichen Konsequenzen für ihren früheren Freund kümmerten sie auch nicht.

»Ich mache mir Sorgen«, fügte Hope hinzu. »Aber im Augenblick gibt es nichts, was ich tun kann.«

»Du kannst nicht dir die Schuld an der Sache geben.«

»Das tue ich aber. Ich hätte Spencer nie so beraten dürfen, wie ich es getan habe. Er erzählte mir, ihre Eltern wären gute Freunde, und die Kinder waren es früher auch. Alles, was Spencer wirklich wollte, war, dass es wieder so würde wie damals. Sie könnten Freunde mit der Hoffnung auf mehr sein. Er wollte eine Chance, Callie wissen zu lassen, wie sehr er sie mag. Spencer ist so ein toller Junge.« Mit gedämpfter Stimme fuhr sie fort: »Ich weiß, ich sollte keine Lieblinge haben, aber bei Spencer kann ich nicht anders. Ja, er ist intelligent, aber er arbeitet hart. Ihm fliegt nicht einfach alles zu. Er ist nicht so wie die anderen, er ist reif für sein Alter, arbeitet Teilzeit mit seinem Dad, und er hat Manieren und Respekt gegenüber seinen Mitmenschen. Du würdest nicht glauben, wie selten das heutzutage und in diesem Alter ist.«

»Du hast Angst, Callie könnte ihn benutzen.«

»Ich habe keinen Zweifel daran. Sie ist hübsch und beliebt und scheint vollkommen egozentrisch zu sein. Ich bin überzeugt, sie hat dafür gesorgt, dass jeder in der Schule weiß, dass sie zu diesem Date mit Spencer quasi gezwungen wurde.«

»Ich bin überrascht, dass er das Ganze durchzieht.«

»Ich ehrlich gesagt auch.«

Cade konnte sich vorstellen, wie viel Überwindung es Spencer gekostet hatte, Callie auch nur zu fragen, ob sie mit ihm zu dem Ball gehen würde.

»Gibt es immer noch Schikanen?«

Sie stieß einen tiefen Seufzer aus. »Wenn ja, dann erzählt Spencer es mir nicht.«

»Aber du hast so einen Verdacht.«

Hope nickte. »Ja. Eines Tages war Spencers Rucksack verschwunden. Der Inhalt wurde im Klo im Toilettenraum gefunden. Ich habe ihn danach gefragt, und er hat sich geweigert zu antworten. Dann gab es Gerede über irgendeinen Post in den sozialen Medien, eine wenig schmeichelhafte Karikatur von Spencer. Seitdem ist er die Zielscheibe von Witzen. Ich muss die Art bewundern, wie er den Spott ignoriert.«

»Und Callie hat danebengestanden und nichts gesagt?« Cade hatte das Mädchen zwar nicht kennengelernt, aber er mochte sie schon jetzt nicht.

»Offensichtlich. Es sind auch noch andere Dinge passiert, Getuschel und Gelächter auf dem Gang, immer wenn Spencer da ist. Er hat sich nie beklagt oder etwas gemeldet. Ich glaube nicht, dass das Lehrpersonal auch nur die Hälfte von dem weiß, was da vor sich geht.«

»Armer Junge.« Spencer hatte Cades volles Mitgefühl.

Die Band begann den Schulsong zu spielen, und donnernder Applaus brandete auf, als die Oceanside Eagles aus dem Umkleideraum kamen und auf das Feld rannten.

Alle auf den Tribünen sprangen auf und bejubelten das, was ein gutes Spiel gegen einen würdigen Gegner zu werden versprach. Trotz ihres ungebrochenen Rekords war Oceanside nicht der Favorit gegen den Rivalen Montesano Bulldogs.

Cade hatte den Eindruck, dass Spencer ebenfalls kein Favorit für den Sieg war.

11

Spencer parkte vor Callies Haus. Zwar hatte sie eingewilligt, ihn zu dem Schulball zu begleiten, sich aber ansonsten alle Mühe gegeben, dafür zu sorgen, dass er es bereute, ihr je seine Hilfe angeboten zu haben. Es war schwer zu glauben, dass sie einmal Freunde gewesen waren. Was auch immer sie verbunden hatte, als sie jünger gewesen waren, es war vorbei, und er war nur zu vernarrt in sie gewesen, um sich mit der Wahrheit abzufinden.

Seitdem sich herumgesprochen hatte, dass sie sein Date war, hatten sich Hohn und Spott über ihm entladen. In den Tagen vor dem Ball kam er sich wie ein Ausgestoßener vor. Er würde ewig dankbar für Joel und Brian sein, seine echten Freunde, die zu ihm gehalten hatten. Aber keiner von ihnen nahm an dem Ball teil, also würde Spencer allein auf sich gestellt sein.

Bevor er den dummen Fehler begangen hatte, Callie einzuladen, war er so verblendet gewesen, dass er nicht hinter die Fassade aus Schönheit und Charme hatte schauen können. Seitdem waren ihm die Augen geöffnet worden, und er hatte ein klares Bild von Callies Charakter gewonnen. Sie war nicht mehr annähernd so, wie sie einst gewesen war. Weil er sich viel darauf einbildete, ein Mensch zu sein, der sein Wort hielt, hatte er seinen Teil der Abmachung erfüllt.

Ihre große Bitte hing mit ihrem Zwillingsbruder Ben zusammen. Während der letzten paar Monate seit Schulbeginn hatte sie eine beunruhigende Veränderung in seinem Verhalten bemerkt. Entschlossen, die Ursache herauszufinden, hatte Callie es sich zur Mission gemacht, so viel über mögliche Beweggründe in Erfahrung zu bringen wie nur möglich.

Dann hatte sie eine Tüte mit Tabletten in seinem Rucksack entdeckt. Ben hatte sie in seinem Zimmer erwischt, wie sie seine Sachen durchsucht hatte, und war fuchsteufelswild geworden. Was Callie jedoch nicht davon abgehalten hatte weiterzuforschen. Sie war fest entschlossen, den Verantwortlichen zu entlarven, und sie hegte einen Verdacht. Alles, was sie benötigte, war eine Bestätigung. Um die zu bekommen, hatte sie Spencer um Hilfe gebeten.

Callie brauchte Spencer, um sich zwecks Beweisfindung in Bens Computer zu hacken. Sie war überzeugt, dass er entweder dort oder in Bens Telefon eine Spur finden würde. Sie hatte sich für diesen Weg entschieden, weil sich Ben von ihr und allen anderen abschottete. Spencer hatte sein Bestes getan, aber nichts erreicht. Deswegen hatte Callie das Gefühl, er hätte sie im Stich gelassen.

Spencer nahm sich zusammen, stieg aus dem Auto und ging zu Callies Vordertür. Der Ball war mit Sicherheit ihre beste Gelegenheit, seine Demütigung vollständig zu machen.

Spencer war entschlossen, das nicht zuzulassen.

Er trat einen Schritt zurück, nachdem er geklingelt hatte, und wartete. Ihr Vater öffnete die Tür und sah

Spencer an, bevor sich ein breites Lächeln auf seinem Gesicht ausbreitete. »Spencer!« Er schlug ihm hart auf den Rücken. »Callie hat nicht erwähnt, dass du ihr Date für den Ball bist.«

Das war keine große Überraschung.

»Es ist schon eine Weile her, seit wir deine Mom und deinen Dad gesehen haben. Wie geht es ihnen?«

»Gut.« Er ging nicht weiter darauf ein.

»Das letzte Mal, als ich mit deinem Dad gesprochen habe, hat er mir erzählt, ihr zwei würdet an seinem alten Auto arbeiten. Wie läuft es denn?«

»Wir sind fertig.«

Bill Rhodes' Blick wanderte von Spencer zu dem auf der Straße geparkten Wagen. Seine Augen weiteten sich anerkennend.

»Das ist der 1965er Dodge Dart?«, fragte er. »Wow, ich kann es kaum glauben. Ihr habt eine Menge Arbeit reingesteckt.«

»Allerdings.« Der Wagen war Spencers kostbarster Besitz, vor allem, nachdem er und sein Dad so viel Zeit in ihn investiert hatten.

»Dieser Dart war das erste Auto deines Dads.«

»Jetzt gehört es mir. Wir haben den Motor komplett überholt.« Er verschwieg, dass es Monate gedauert hatte, all die Ersatzteile zu beschaffen, damit er wieder so schnurrte wie früher.

»Hättest du etwas dagegen, wenn ich ihn mir einmal ansehe?« Noch während Callies Vater die Frage stellte, war er schon die Stufen heruntergekommen.

»Überhaupt nicht.« Spencers verkrampfte Schultern lockerten sich ein wenig. Er folgte Mr. Rhodes zum

Bordstein, freute sich, dass dieser verstand, wie besonders dieses Auto für ihn war.

Bill Rhodes schritt um den Wagen herum, nickte ein paarmal und verlieh seiner Bewunderung Ausdruck. »Was für ein Prachtstück. Vergiss nicht, deinem Dad auszurichten, wie beeindruckt ich bin.«

»Das mache ich.« Spencer war nicht imstande, den Stolz in seiner Stimme zu unterdrücken.

Bill drehte sich zu Spencer um und strahlte ihn an. »Es wurde allmählich Zeit, dass meine Tochter zur Vernunft kommt. Es macht mich stolz, dass sie dich datet.«

»Wir daten nicht.« Spencer wollte jegliche Missverständnisse ausräumen, bevor die Angelegenheit eskalierte und ihre Eltern mit hineingezogen wurden.

»Ich hoffe, dass sich das nach heute Abend ändert«, sagte Bill. »Ganz im Vertrauen … Ich bin überhaupt nicht begeistert davon, dass Callie sich mit diesem Footballspieler trifft, nach dem sie so verrückt ist. Der Junge hat mehr Muskeln als Hirn.«

Bill war schon immer ein guter Menschenkenner gewesen.

»Komm mit ins Haus, und ich sehe nach, ob Callie fertig ist.«

Spencer folgte ihm in den Eingangsbereich. Sein letzter Besuch lag schon etliche Jahre zurück, und es gab einige Veränderungen. Das Sofa war neu, der Teppich ebenfalls. Callie war nirgendwo zu sehen, und er fragte sich, ob sie bis zur letzten Minute trödeln würde, um so wenig Zeit wie nur möglich mit ihm verbringen zu müssen.

Als Callie sich nach ein paar Minuten immer noch

nicht blicken ließ, ging Claire, ihre Mutter, nach oben, um sie zu holen. Weitere fünf Minuten vergingen, bevor Callie wie eine königliche Hoheit hocherhobenen Hauptes die Treppe hinunterkam. Sie vermied es, Blickkontakt mit Spencer aufzunehmen, was ihm nur recht war.

Je eher dieser Abend vorüber war, desto besser für alle.

Als er ihr einen verstohlenen Seitenblick zuwarf, traf ihn ihre Schönheit erneut wie ein Schlag, und er musste sich nach allem, was er ihretwegen durchgemacht hatte, daran erinnern, dass dies nur oberflächlich war. Das Mädchen, das er gekannt hatte, war längst verschwunden. Als sie am Fuß der Treppe angekommen war, überreichte Spencer ihr den obligatorischen kleinen Blumenstrauß zum Anstecken.

»Weiße Rosen«, sagte Claire mit einem bedeutungsschweren Seufzen. »Mein Freund hat mir zu meinem ersten großen Highschoolball auch einen Strauß weißer Rosen geschenkt.«

Callie verdrehte die Augen.

Spencer registrierte, dass sie kein Knopflochsträußchen für ihn hatte. Das war nicht weiter verwunderlich.

»Fotos«, beharrte ihre Mutter mit mädchenhafter Aufregung. »Ich will Fotos.« Bevor Spencer oder Callie Einwände erheben konnten, hob sie ihr Telefon und machte ein paar Bilder.

»Jetzt noch eines von ihnen am Auto«, fügte Bill hinzu und folgte ihnen aus dem Haus.

Sie wurden weitere fünf Minuten aufgehalten, während Claire Rhodes ein Foto nach dem anderen von dem Paar vor dem Dodge Dart machte.

Callies Eltern standen, die Arme umeinandergelegt, auf dem Rasen, als Spencer den Motor anließ und losfuhr.

Das Schweigen im Auto war so dick wie Reifengummi. Keiner sprach ein Wort, bis Spencer vor der Turnhalle der Schule parkte. Es war Zeit, das Schweigen zu brechen und das Ganze so schnell hinter sich zu bringen, wie er konnte.

»Ich weiß, du bist nicht glücklich darüber, dass ich dein Date für diesen Ball bin, Callie. Daran hast du ja von Anfang an keinen Zweifel gelassen. Als ich dich zum Dinner einladen wollte, hast du glattweg abgelehnt und mich daran erinnert, dass du nur mit dem Tanz einverstanden warst. Schön. Ich habe meinen Teil der Abmachung erfüllt, jetzt erfüllst du deinen.«

Sie saß wie eine steinerne Statue neben ihm. »Du hast mich manipuliert, damit ich dich begleite«, erinnerte sie ihn.

»Nein, das habe ich nicht. Wir hatten einen Deal. Glaub mir, wenn ich sage, dass ich fast nichts in meinem Leben je so bedauert habe. Und du hast dir ja alle Mühe gegeben, um dazu beizutragen.«

Sie drehte sich um und funkelte ihn böse an. »Es hilft auch nicht, dass du das, wovon du behauptet hast, es zu können, nicht geschafft hast.«

»Ich habe gesagt«, stellte er klar, wobei er versuchte, den Ärger in seiner Stimme unter Kontrolle zu halten, »ich würde mein Bestes tun, und das habe ich auch. Unter weiß Gott welchen Risiken habe ich mich in Bens Telefon und E-Mail-Accounts gehackt und nichts gefunden. Du warst diejenige, die anscheinend gedacht hat, ich würde dort auf versteckte Informationen stoßen.«

»Er hütet sein Telefon und seinen Laptop wie den Heiligen Gral. Was sollte ich denn sonst tun?«

»Falls du das noch weißt … Ich habe dir von Anfang an gesagt, kein Drogendealer wäre dämlich genug, Spuren im Internet zu hinterlassen.«

Sie gab keine Antwort, hielt die Arme verschränkt und die Nase so hoch, dass sie in einem Regenguss ertrinken würde.

Spencer holte tief Luft, bevor er weitersprach. »Ich wollte mich trotzdem bei dir bedanken.«

»Oh?«

»Du hast mich eine Lektion gelehrt, die ich so schnell nicht vergessen werde.«

»Keine Leute zu manipulieren«, sagte sie mit einem selbstgefälligen Grinsen.

Er zögerte. »Genau da irrst du dich. Du warst einverstanden. Du hättest ablehnen können, weißt du? Glaub mir, so einen Fehler werde ich nicht noch mal machen. Aber was ich wirklich gelernt habe, hat mit dir zu tun.«

»Wirklich?« Sie sah ihn an und dann schnell wieder weg.

»Ich fand dich schön. Ich konnte den Blick nicht von dir losreißen.«

Ein leises Lächeln umspielte ihre zusammengepressten Lippen.

»Und es war nicht nur dein Aussehen. In meinen Augen konntest du nichts falsch machen. Nur bist du eindeutig nicht mehr das Mädchen, an das ich mich erinnere. Das, wozu du geworden bist, erkenne ich kaum wieder. Du bist ein Fake.«

»Wie meinst du das denn?«, fragte sie herausfordernd

und drehte sich um, um ihn erneut anzublicken. Ihre Augen hatten sich zu schmalen Schlitzen verengt.

»Du bist selbstsüchtig, bösartig und verwöhnt.«

Ihr Mund klaffte auf. »Ich werde nicht hier sitzen und mich beleidigen lassen.«

Spencer war fertig mit Callie. Das Letzte, was er wollte, war, mit ihr zu diesem Ball zu gehen. Es wäre einfacher gewesen, die ganze Sache abzublasen, aber das ließ sein Stolz nicht zu. »Was mich betrifft, verdienen du und Scott Pender einander.«

Callie stieg aus dem Wagen und knallte die Tür mit unnötiger Wucht zu. »Wenn du dir einbildest, es macht mir Spaß, dein Date zu sein, dann hast du dich gründlich geirrt.«

Diesmal war Spencer schon aus dem Wagen heraus und hielt sie auf. »Oh nein, das tust du nicht. Ich habe meinen Teil der Abmachung erfüllt und dafür bezahlt. Also erfüllst du jetzt besser deinen.«

»Sonst?«, forderte sie ihn heraus, als hätte er ihr nichts entgegenzusetzen.

»Wie du bereits weißt, bin ich ein guter Hacker, und meine Freunde sind es auch.« Fast hoffte er, sie würde Widerstand leisten und ihm den perfekten Vorwand liefern, ihr das Leben so zur Hölle zu machen, wie sie es mit ihm getan hatte.

Sie hatte die Arme um ihre Mitte geschlungen. »Nicht, dass deine Hackerfähigkeiten mir irgendwie weitergeholfen hätten.«

»Weil es nichts zu finden gab.«

»Ben schweigt sich aus«, beharrte sie. »Glaubst du denn, ich hätte es nicht versucht? Was meinen Bruder betrifft, könnte ich genauso gut gegen eine Wand reden. Es hätte vielleicht geholfen, wenn du dir Mühe gegeben hättest.«

»Ich?«

»Ja, du. Ben vertraut dir. Oder hat es zumindest früher getan. Das Mindeste, was du hättest tun können, war, ihn zu fragen.«

Spencer schüttelte den Kopf. »Ist das dein Ernst? Glaubst du wirklich, Ben würde sich mir anvertrauen, wenn er sich weigert, mit seiner eigenen Schwester zu reden? Seinem Zwilling?«

»Ich dachte, du könntest helfen. Oh Mann, ich habe mich dermaßen geirrt.«

»Ich verstehe nicht, warum du dich mit dem Problem nicht an deine Eltern wendest.« Bill und Claire waren gute Menschen, die alles tun würden, was nötig war, um ihrem Sohn zu helfen.

»Das kann ich nicht. Ben würde es mir nie verzeihen. Er würde aus dem Footballteam genommen werden und jede Chance verlieren, ein Stipendium für das College zu kriegen.«

»Wenn er auf Drogen ist, befindet er sich in einer Abwärtsspirale, so sieht es aus. Komm schon, Callie, wenn du Ben ernsthaft helfen willst, musst du deine Familie einbeziehen.«

»Noch nicht. Ehrlich, Spencer, das Ganze macht mich fix und fertig. Ich kann vor lauter Angst vor dem, in was Ben sich reingeritten hat, schon nicht mehr schlafen. Ich habe keine Ahnung, wovon er die Drogen bezahlt. Er hat keinen Job, und ich fürchte, er klaut, um seine Sucht zu finanzieren.«

Spencer hörte die Sorge aus ihrer Stimme heraus. »Bist du sicher, dass es eine Sucht ist?«

Sie nickte kläglich. »Ich erkenne ihn kaum noch wieder, und meine Eltern sind total ahnungslos. Ben steht früh auf, kommt nach dem Training spät nach Hause und verzieht sich dann in sein Zimmer. Ich bin anscheinend die Einzige, der die Veränderung auffällt. Dann habe ich diese Drogen gefunden und hatte meine Antwort.«

»Wie wäre es, wenn du seine Freunde fragst?«

»Ich habe es bei Scott versucht, aber der spricht im Moment nicht mit mir.«

»Weil du mit mir zu dem Schulball gehst?«

Callie ließ den Kopf sinken. »Ich weiß es nicht. Es interessiert mich auch nicht. Ich habe nichts dagegen, mit dir zu tanzen, Spence, aber wirklich … jeden Tanz?«

Keine Chance, dass er einen Rückzieher machte. »Yup. Nach dem, was ich durchgemacht habe, beanspruche ich jeden einzelnen Tanz.«

»Obwohl du mich hasst?« Ihre Augen flatterten vor Bedauern.

»Ich habe nicht gesagt, dass ich dich hasse.« Er wünschte fast, er könnte es.

»Doch, das hast du.«

»Nein«, stellte er klar. »Ich habe nur gesagt, du bist nicht mehr das Mädchen, an das ich mich erinnere; das, was früher mit mir gelacht und mich geneckt hat. Wir waren einmal Freunde, Callie. Gute Freunde, und ich dachte … Na ja, es ist egal, was ich dachte. Du hast dich verändert, und ehrlich gesagt finde ich diese Veränderung nicht gerade positiv.«

»Mir liegt etwas an meinem Bruder, und ich habe gehofft, du wärst imstande, ihm zu helfen.«

»Du hast mich benutzt, Callie, und fairerweise muss ich sagen, dass ich dich vermutlich auch benutzt habe.«

»Wir haben uns gegenseitig benutzt«, stimmte sie zu.

»Ich für meinen Teil entschuldige mich dafür. Wie gesagt, ich habe meine … Lektion gelernt.«

»Für mich war es auch kein Zuckerschlecken, weißt du«, gab sie zurück.

Das war zu viel. »Bitte, Callie, erzähl mir, wie du gelitten hast. Ich bin ganz Ohr.«

Beschämt ließ sie den Kopf hängen.

Sie hatte den Anstand, nichts zu sagen.

»Ich frage mich, was für eine Geschichte du erfunden hast, um zu erklären, warum du einverstanden warst, mein Date zu werden.«

»Ich weiß, du hast dir alle Mühe gegeben, mir zu helfen, Spencer. Du hast recht, ich habe dich benutzt. Ich hätte wegen Ben wahrscheinlich doch besser zu meinen Eltern gehen sollen, anstatt dich um Hilfe zu bitten. Als du dann wolltest, dass ich mit dir zu dem Ball gehe, dachte ich, die Leute würden denken … Ich weiß nicht, was sie denken würden.«

»Du wolltest nicht, dass irgendjemand glaubt, du würdest dich zu mir hingezogen fühlen. Zu dem komischen Kauz. Glaub mir, die Botschaft ist angekommen.«

»Es tut mir leid«, flüsterte sie.

»Na, das ist ja schon mal ein Fortschritt. Wir verstehen uns. Und jetzt lass uns tanzen gehen und unser Bestes tun, um Spaß zu haben.« Er wartete, hoffte, sie würde verstehen, warum das wichtig war.

Callie blickte zu ihm auf, in ihren Rehaugen stand eine Bitte. »Wärst du nach allem, was passiert ist, trotzdem noch bereit, mir dabei zu helfen, dass ich herausfinde, wer meinen Bruder mit Drogen versorgt?«

Er zögerte, fand es auch jetzt noch schwierig, ihr etwas abzuschlagen.

»Er war einmal dein Freund, und wenn er je einen Freund gebraucht hat, dann jetzt«, sagte sie mit flehenden Augen.

Spencer hatte Mühe, seine Stimme dazu zu bringen, ihm zu gehorchen. Es verstand sich von selbst, dass Ben ihm nicht zuhören und ihm wahrscheinlich jede Anstrengung übel nehmen würde, auf ihn einzuwirken. »Ich werde darüber nachdenken.«

Sie schluckte und umarmte ihn impulsiv. »Ich wusste, dass ich auf dich zählen kann.«

»Callie, hör zu. Selbst wenn ich einverstanden bin, muss dir klar sein, dass ich keine Wunder vollbringen kann. Bist du sicher, dass du deine Eltern nicht in diese Geschichte einweihen willst?«

»Ich kann nicht. Noch nicht. Ich werde es tun, wenn es sein muss, aber nicht jetzt.«

Spencer verstand ihr Zögern. Sie dachte an all die Folgen, die das für Ben nach sich ziehen würde.

»Ich muss herausbekommen, wer ihm die Drogen besorgt.« Callie wirkte nachdenklich, als würde sie im Geist sämtliche Möglichkeiten durchgehen.

»Komm, Callie, dir muss doch klar sein, dass nichts Ben von diesem Weg abbringen wird, wenn er süchtig ist. Er wird ganz einfach einen anderen Dealer finden. Von denen gibt es da draußen ja genug.«

»Das wird er nicht«, beharrte sie. »Das werde ich nicht zulassen.«

»Und wie genau willst du ihn daran hindern?«

»Darüber habe ich noch nicht nachgedacht. Ich hoffe, dass die Schule eingreifen wird, wenn der Schuldige, wer auch immer es ist, endlich entlarvt wird.«

»Was ist mit Miss Goodwin?«

»Was soll mit ihr sein?«

»Rede mit ihr. Erklär ihr die Situation.«

Callie schüttelte automatisch den Kopf. »Das geht nicht. Sie wird sich verpflichtet fühlen, der Schulbehörde Bericht zu erstatten, und das wäre noch schlimmer, als es meinen Eltern zu sagen. Mom und Dad würden mir nie verzeihen, dass ich nicht zuerst zu ihnen gekommen bin.«

Sie hatte recht. Trotzdem, wenn Ben süchtig war, würde er seine Drogengeschäfte anderswohin verlegen. Callies einzige Hoffnung bestand darin, ihre Eltern einzuweihen, damit sie Ben die Hilfe verschafften, die er brauchte.

»Du bist dir sicher, dass es ein anderer Schüler ist?«

»Anders kann es nicht sein. Ich meine, Bens ganzes Leben spielt sich in der Schule ab. Er hat keinen Job, all seine Freunde sind hier, und es ist ihm ernst damit, ein Footballstipendium zu bekommen. Die Talentscouts haben dieses Jahr ein Auge auf ihn. Ich will ihm doch nur helfen.«

Spencer verstand ihr Dilemma.

»Mir tut das alles sehr leid, Spence, wirklich. Ich werde heute Abend dein Date sein. Dein wirkliches Date.«

»Mir tut es auch leid«, sagte er, und das stimmte.

Sie machten sich auf den Weg zur Turnhalle, wobei Callie sich bei ihm einhakte. Er hörte die laute Musik, noch bevor sie das Gebäude betraten. Nachdem sie ihre digitalen Eintrittskarten vorgezeigt hatten, gingen sie hinein. Es schien, dass sich alle, die in der Nähe der Tür standen, umdrehten, um sie beide anzustarren. Zu seiner Freude bestand Callie nur aus Lächeln.

»Hey, LeAnn und Steve«, rief sie und winkte. »Schön, euch zu sehen.«

Andere in der Gruppe hoben grüßend die Hände, dabei beobachteten sie Callie und ihn konzentriert.

»Komm, Spencer, lass uns tanzen.« Sie nahm seine Hand und führte ihn auf die polierte Tanzfläche. Der Song war eine Ballade, und sie schlang die Arme um seinen Hals und lächelte zu ihm hoch.

»Weißt du was?«, meinte sie. »Nach dem rauen Anfang dieses Abends hätte ich nicht erwartet, mich zu amüsieren.«

»Heißt das, du tust es?«

Sie lächelte wieder. »Erstaunlicherweise ja. Ich hoffe, du auch.«

Callie lag in seinen Armen, wie er es sich immer erträumt hatte. »Ich kann mich nicht beklagen«, meinte er und grinste sie an.

»Ich mich auch nicht«, flüsterte sie.

12

Hope konnte die Anspannung spüren, die sich in Cade aufbaute, als sie das Schulgebäude betraten, um an dem Ball teilzunehmen. Sie wusste, dass er Bedenken hatte, sie zu begleiten. Dass er es trotzdem tat, bewirkte, dass sie ihn umso mehr schätzte. Ihr war klar, dass diese Tanzveranstaltung weit außerhalb seiner Komfortzone lag. Ihr war auch klar, dass er es für sie tat, aus dem schlichten Grund, weil sie ihn darum gebeten hatte.

Zuzusehen, wie Cade aus seinem Schneckenhaus kam, Schritt für Schritt, hatte sie gefreut und ermutigt. Wie er hatte auch Hope einen Schutzwall um ihr Herz gelegt, aus Angst, erneut verlassen zu werden, so wie ihre Mutter es getan hatte und später dann Hunter, wenn auch nicht aus freien Stücken. Sie hatte damit zu kämpfen, sich dem Leben alleine, ohne irgendwelche Familienbande zu stellen.

Die Turnhalle füllte sich allmählich. Ihre Kollegin Lois Greenley war eingeteilt worden, um den QR-Code derjenigen zu checken, die für den Ball bezahlt hatten. Der DJ hatte mit der Playlist begonnen, und ein paar mutige Seelen waren schon auf der Tanzfläche. Selbst auf der anderen Seite des Raumes war die Musik laut genug, um in den Ohren wehzutun. Es war lange her, seit Hope zuletzt bei einer Highschool-Tanzveranstaltung gewesen war, und sie hatte vergessen, wie ohrenbetäubend laut die Musik sein konnte.

Cade zögerte, als träfe ihn das Gedröhne ebenfalls unverhofft. Bei der Lautstärke war es nahezu unmöglich, den Wortlaut eines der Songs zu entschlüsseln. Nach allem, was Hope von den neueren Hits in den Charts wusste, war es wahrscheinlich besser, wenn die Texte unverständlich blieben. Sobald mehr Paare die Tanzfläche bevölkerten, wurde der ärgste Lärm etwas gedämpft.

»Du erklärst mir besser, was die Aufgaben einer Aufsicht sind?« Cade beugte sich zu ihr, um die Frage zu stellen.

Darüber hatte sich Hope selbst schlaumachen müssen. Während ihrer Zeit in Kalifornien hatte sie Fünftklässler unterrichtet. Das höchste Maß an außerschulischen Aktivitäten waren Wandertage gewesen, also war das hier auch für sie eine neue Erfahrung. Es half, dass sie eine Liste bekommen hatte, die sie mit den anderen Aufsichten abarbeiten würde. Lois Greenley und sie kamen beide von der Schule, die übrigen vom Elternvorstand.

»Unser erster Job besteht darin, den Getränketisch zu bemannen«, teilte Hope Cade mit.

»Den ganzen Abend lang?«

»Nein, nur die erste Stunde. Wir wechseln uns bezüglich der Aufgaben mit den anderen Aufsichten ab.«

»Was sonst noch?«

»Wir müssen den Eingang überwachen, um sicherzugehen, dass niemand geht und dann wieder hereinwill. Wenn wir jeden vom Parkplatz auf den Ball zurückkehren lassen, kommt nichts Gutes dabei heraus.«

»Sie dürfen weder etwas zu essen noch zu trinken mitbringen, oder?«

»Richtig. Lois überwacht den Einlass. Sie hat scharfe Augen und lässt keine Schmuggelware durchgehen. Wir übernehmen diese Aufgabe später, aber bis dahin dürfte die Mehrheit der Kids schon da sein. Ein paar Nachzügler werden allerdings einen großen Auftritt hinlegen wollen.« Hope hatte darum gebeten, diese Aufgabe später am Abend übernehmen zu dürfen, damit Cade die Gelegenheit hatte, sich zu setzen.

»Sonst noch etwas?«

»Vor Ende des Abends werden wir als Springer unterwegs sein müssen.«

»Was ist das denn?« Er klang skeptisch.

»Wir gehen durch den Raum und sorgen dafür, dass alle Spaß haben. Und wir werden die Toiletten überprüfen müssen. Ich die der Mädchen und du die der Jungen.«

»Okay. Haben wir noch andere Pflichten? Muss ich zum Beispiel tanzen?«

»Nein, das bleibt dir erspart. Das Tanzen ist den Teenagern vorbehalten, nicht uns.«

»Das war dann alles?«

»Ja«, bestätigte sie lächelnd, weil sie seine Erleichterung spürte. »Ich habe dir doch gesagt, dass es halb so schlimm ist.«

»Schlimm genug«, murmelte er.

»Komm jetzt, Soldat, Zeit, uns am Tisch mit den Erfrischungen einzufinden.«

Als sie sich einen Weg zurück zum hinteren Teil des Raumes bahnten, registrierte Hope, dass alles vorbereitet war, sodass sie bloß zu übernehmen brauchten. Da es noch früh war, herrschte nur ein geringes Interesse an ihrem Stand.

Ein Mal blickte sie auf, sah Spencer und Callie tanzen und wusste nicht recht, was sie davon halten sollte.

»Stimmt etwas nicht?«, fragte Cade.

Unsicher und voller Misstrauen stieß Hope den Atem aus. »Da vorn ist Spencer. Der Junge, von dem ich dir erzählt habe, erinnerst du dich?«

»Woran ich mich erinnere, ist, dass du seinetwegen Ärger mit einem platten Reifen hattest.« Cade blickte zur Tanzfläche hinüber und runzelte die Stirn.

Hope empfand das Bedürfnis, den Jungen zu verteidigen. »Das war nicht Spencers Schuld.«

Cade fuhr fort, die tanzenden Paare zu beobachten. Für Hope sah es so aus, als hätten die beiden den Spaß ihres Lebens. Callie hatte die Arme um Spencers Hals geschlungen und schien nur Augen für ihn zu haben. Immer wieder presste sie den Kopf an seine Schulter, und er legte die Arme fester um ihre Taille. Wenn Hope es nicht besser wüsste, würde sie denken, die beiden wären wirklich ein Paar.

Diese plötzliche Verhaltensänderung widersprach allem, was sie von Callie und der Art wusste, wie sie Spencer behandelte. Von dem Moment an, wo Spencer sie gebeten hatte, ihn zu dem Ball zu begleiten, hatte sie alles getan, um ihm aus dem Weg zu gehen. Er hätte genauso gut unsichtbar sein können. Und so hatte nicht bloß Callie, sondern fast jeder an der Schule reagiert. Seine Freunde hatten zu ihm gehalten, das wusste sie, aber dabei handelte es sich nur um einige wenige Schüler.

»Das kommt unerwartet«, flüsterte Hope mehr zu sich als zu Cade.

»Wie meinst du das?«, fragte er. »Es sieht doch so aus, als würden sie sich prächtig amüsieren.«

»Callie hat dafür gesorgt, dass er es bedauert, sie zu dem Ball eingeladen zu haben. Sie hat alles Erdenkliche getan, um ihm aus dem Weg zu gehen, hat ihn ignoriert, und die meisten der anderen Schüler sind ihrem Beispiel gefolgt. Irgendetwas hat sich geändert, und ich weiß nicht, was.«

»So wie ich das sehe, scheint das Spencer nicht zu stören.«

Hope stimmte ihm in diesem Punkt zu. Spencer schien in Callies Aufmerksamkeit förmlich zu baden, und das machte ihr Sorgen. Der Junge war so vernarrt in seine Kindheitsfreundin, dass er tatsächlich glauben mochte, Callie würde es ernst meinen. Deren plötzlicher Sinneswandel war verdächtig, gelinde gesagt, und das gefiel Hope überhaupt nicht.

»Wenn Spencer so clever ist, wie du sagst, wird er ziemlich bald Lunte riechen.«

Hopes Gedanken überschlugen sich, sie hörte Cade kaum zu. »Callie führt irgendetwas im Schilde. Ich muss herausfinden, was es ist.«

»Hope.« Cade drückte sachte ihre Hand. »Lass den Jungen doch den Abend genießen.«

Cade hatte recht, sie sollte die Dinge auf sich beruhen lassen. Wenn Spencer sich von sich aus an sie wandte, konnte sie das Problem mit ihm besprechen. Im Moment blieb ihr nichts anderes übrig, als das Paar im Auge zu behalten und zu hoffen, dass nichts den Abend störte. Als ihr Blick über die Tanzenden schweifte, erspähte sie Scott Pender, der sein Date stehen ließ, zum Rand der Tanzfläche ging und Callie und Spencer anstarrte. Sein Gesicht verfinsterte sich wie eine Gewitterwolke.

»Oje«, flüsterte sie besorgt.

»Was ist los?«, fragte Cade alarmiert.

Ehe sie es ihm erklären konnte, kam Scott auf Callie und Spencer zu. Hope stellte sich näher an den Tanzflächenrand, um notfalls eingreifen zu können.

Scott stieß Spencer zur Seite und packte Callie um die Taille. Spencer stand ein Stück abseits, als wäre er unschlüssig, was er tun sollte. Inzwischen hatten einige der in der Nähe tanzenden Paare innegehalten, um die Auseinandersetzung zu verfolgen.

Callie machte sich von Scott los und griff nach Spencers Hand. »Ich habe kein Interesse daran, mit dir zu tanzen«, sagte sie, dabei musterte sie Scott böse. »Heute Abend ist Spencer mein Date.«

»Dir liegt doch gar nichts an ihm«, höhnte Scott herausfordernd. »Was glaubst du eigentlich, wem du etwas vormachen kannst?«

»Du hast keine Ahnung, an wem mir etwas liegt, also behalt deine Meinung für dich.«

Scott drehte sich um, um Spencer anzustarren. »Du bist ein noch größerer Idiot, als ich dachte.«

Spencer blieb stumm.

Gerade als die Situation zu eskalieren drohte, trat Coach Simmons auf die Tanzfläche, und das reichte aus, um die Lage zu entspannen. Scott warf einen Blick auf den Coach, lachte, als wäre alles nur ein großer Scherz, und schlug Spencer hart auf den Rücken. Dann ging er ohne ein weiteres Wort zur anderen Seite der Tanzfläche, wo sein Date wartete und nicht allzu erfreut wirkte.

Hope atmete erleichtert aus. Sie war nicht sicher, was sie getan hätte, wenn Scott handgreiflich geworden wäre.

Es war eine Erleichterung, als Scott zu seinem Date zurückkehrte. Coach Simmons musste ihre Sorge bemerkt haben, denn ein paar Minuten später kam er auf Hope und Cade zu.

»Freut mich, Sie zu sehen, Miss Goodwin.«

»Gleichfalls, Coach.«

Er sah Cade an, und Hope übernahm die Vorstellung. Die beiden Männer schüttelten sich die Hände.

»Ich bin froh, dass Sie eben eingegriffen haben«, sagte Hope zu ihm.

»Scott ist ein guter Junge, talentiert und könnte Großes leisten. Wenn er denn lernt, einen kühlen Kopf zu bewahren.«

Cade rückte näher an Hope heran und legte ihr einen Arm um die Taille. »Ist Ihnen klar, dass Hope kürzlich einen Zusammenstoß mit ihm hatte?«

Der Coach zeigte sich sofort besorgt. »Ich weiß, dass sie ihn dabei ertappt hat, wie er den Brown-Jungen schikanierte. Ist da noch etwas, wovon ich nichts weiß?«

»Ihr Auto wurde beschädigt.«

Die Augen von Coach Simmons wurden schmal. »Was ist passiert?«

Hope verspürte den Drang, sich einzumischen. »Cade, bitte. Es ist nicht fair, Scott zu beschuldigen, wenn wir keine Beweise haben, dass er es war.«

»Bitte«, beharrte der Coach. »Ich will es wissen.«

Als Cade ihm die Einzelheiten schilderte, wurde deutlich, dass der Coach den Zwischenfall ernst nahm. Ganz sicher war er nicht glücklich darüber. Als Cade mit seinem Bericht über den Reifen und die Kamerabilder, die er ausgewertet hatte, fertig war, war das Gesicht des Coaches hart und entschlossen.

»Wenn irgendetwas, und ich meine irgendetwas, noch ein Mal mit einem meiner Jungs vorkommt, muss ich das wissen.«

»Natürlich.«

»Ich werde mich persönlich darum kümmern«, fügte er hinzu.

»In Ordnung«, stimmte Hope widerstrebend zu. Sie verstand, dass der Coach sein Team schützen wollte, indem er die Angelegenheit selbst in die Hand nahm. Auf einen Spieler in einer Schlüsselposition wegen disziplinärer Probleme verzichten zu müssen, konnte bedeuten, die Chance auf die Staats-Championship zu verlieren.

Sie standen noch einige weitere Minuten zusammen, dann nickte der Coach Cade zu und ging zu einer der Aufsichten aus der Elternschaft hinüber.

Der Rest des Balles verlief ohne Zwischenfälle. Am Ende des Abends war Hope erschöpft. Sie hatte keine körperliche Arbeit verrichtet, also kam es ihr dumm vor zu gähnen.

Zusammen mit den anderen Aufsichtspersonen half sie noch beim Aufräumen. Cade war eine große Hilfe. Sie blieben bei Lois, als sie die Turnhalle abschloss, nachdem der DJ seine Geräte eingepackt hatte und gegangen war.

»Alles in allem war der Abend nicht so schlimm,

oder?«, fragte sie Cade, als sie im Dunkeln zu dem fast leeren Parkplatz gingen.

»Ich gebe zu, dass ich tatsächlich Spaß hatte.« Er hatte den Arm um sie gelegt, und sie konnte das Lächeln in seiner Stimme hören.

»Das freut mich.«

»Was sollte mir denn nicht gefallen? Ich konnte den Abend mit dir verbringen, oder?«, meinte er.

»Und ich war nicht allein bei dem Ball.« Hope hatte zuletzt so viel Zeit alleine verbracht, dass es guttat, eine Verbindung zu einem anderen Menschen zu spüren, selbst wenn dieses Band fragil und noch relativ neu war.

Cade fuhr Hope zum Cottage zurück. Obwohl es nach Mitternacht und sie müde war, wollte sie nicht, dass der Abend endete.

»Komm noch ein paar Minuten mit rein«, sagte sie, als sie bei ihr angekommen waren.

Cade zögerte. »Bist du sicher?«

»Ich bitte dich nicht, die Nacht hier zu verbringen, Cade. Dazu sind wir beide noch nicht bereit. Ich muss Shadow rauslassen, und ich dachte, ich koche eine Kanne Kamillentee, und wir entspannen uns eine Minute.«

»Gut.« Jetzt zauderte er nicht, und das ermutigte sie. Zuvor hatte er immer Zeit gebraucht, um über jede Einladung nachzudenken, als müsste er die Folgen des Zusammenseins mit ihr und dessen Bedeutung abschätzen.

Kaum hatte sie die Tür aufgeschlossen, war Shadow da, um sie zu begrüßen, und lief dann nach draußen, um sein Geschäft zu verrichten.

»Ich hasse es, ihn den ganzen Tag einzusperren«, sagte Hope. Das war das Einzige, was sie bedauerte, seit sie

Shadow zu sich geholt hatte. »Mellie war so nett, ihn zweimal am Tag ins Freie zu lassen, während ich in der Schule bin.«

»Hattest du nicht etwas von einer Hundeklappe gesagt?«

»Ja, aber ich muss jemanden finden, der sie einbaut.«

»Das mache ich«, erbot sich Cade mit einem Eifer, der sie überraschte.

»Ich habe es nicht erwähnt, damit du das anbietest, Cade.« Sie wollte nicht, dass er sich verpflichtet fühlte.

»Ich weiß. Aber ich würde es wirklich gerne machen. Es ist genau die Art von Arbeit, die mir Spaß macht.«

Seine Begeisterung kam unerwartet und ihr sehr gelegen, da es ihr half, ein Problem zu lösen. »Ich würde mich freuen, aber ich kann dich doch nicht umsonst arbeiten lassen.«

»Warum nicht? Wenn ich einen Gefallen brauche, würdest du ihn ablehnen?«

Sie lachte leise. »Das kommt auf den Gefallen an.«

Er tat die Frage mit einer Handbewegung ab. »Ich komme morgen Nachmittag vorbei, und wenn ich schon mal hier bin, repariere ich auch das Verandageländer.«

Dieses Geländer war noch immer in schlechtem Zustand. Hope hatte nicht gewagt, es zu belasten, weil sie fürchtete, es könnte komplett zusammenbrechen. »Preston hat schon seit einiger Zeit vor, sich darum zu kümmern, aber er hat im Tierheim und mit seiner Familie genug zu tun. Ich wollte ihm nicht damit in den Ohren liegen.«

Der Kessel auf dem Herd pfiff, und Hope füllte die Teekanne, die einst ihrer Großmutter gehört hatte. Sie hatte ein paar Erinnerungsstücke an ihre Großeltern aufbewahrt und hütete jedes wie einen Schatz. Sie waren ihre einzige Verbindung zur Vergangenheit.

»Preston hat wirklich genug zu tun, vor allem, wenn ich das problemlos reparieren kann.«

Sie saßen an ihrem kleinen Küchentisch, und Hope goss den Tee ein. Er war zu heiß, um ihn gleich zu trinken. Cade streckte den Arm über den Tisch und griff nach ihrer Hand.

»Danke«, flüsterte er.

Sie lächelte. »Du bedankst dich bei mir dafür, dass ich dich zu einem Schulball geschleppt habe?«

»Ich danke dir für alles. Als wir uns kennengelernt haben, war ich in keiner guten Verfassung.«

»Bist du das denn jetzt?«, fragte sie.

Er antwortete nicht gleich. »Noch nicht ganz, aber ich bin auf einem guten Weg.«

Hope spürte, dass das auch für sie zutraf. Wie Cade musste sie noch ein ziemliches Wegstück zurücklegen, aber sie machte Fortschritte.

13

Hope schien nicht zu Hause zu sein, als Cade am späten Sonntagvormittag vorbeikam. Er klopfte ein paarmal, bevor ihm klar wurde, dass sie tatsächlich nicht da war. Auf der anderen Seite der Tür konnte er Shadow bellen hören. Er überprüfte, ob sie die Tür abgeschlossen hatte, und natürlich hatte Hope sie nicht gesichert. Sie war eindeutig zu vertrauensselig.

Cade sprach ruhig auf Shadow ein, damit er merkte, dass er es war, und stieß dann vorsichtig die Tür auf. Sowie der Spalt groß genug war, schoss der Hund heraus. Es war eine Erleichterung, dass Shadow Cade oft genug gesehen hatte, um zu wissen, dass er keine Bedrohung darstellte, ob Hope nun dabei war oder nicht.

Shadow lief sofort in den Garten, um sein Geschäft zu erledigen, und legte sich dann ins Gras, um zu beobachten, wie Cade sich daranmachte, das Geländer zu überprüfen. Wie er vermutet hatte, war das Holz morsch und musste ersetzt werden.

Als er es von der Veranda löste, trat Preston aus dem Haus. »Das wollte ich schon seit Wochen in Ordnung bringen«, rief er, als er näher kam. »Hope ist nicht der Typ Mensch, der sich beschwert, also war es einfach, es schleifen zu lassen.«

»Keine Sorge, mir machen solche Arbeiten Spaß.

Aber es sieht aus, als würde es mehr als nur ein paar Nägel brauchen, um das zu reparieren. Holzfäule.«

»Das habe ich mir schon gedacht. Ich habe schon vor einiger Zeit neues Holz gekauft. Es lagert in der Garage.«

»Prima, das erspart mir den Weg zum Baumarkt.«

Gemeinsam gingen sie zu Prestons Garage, und Preston räumte ein paar Gegenstände zur Seite, um an das aufgestapelte Holz an der Wand zu kommen. Zusammen karrten sie das, was sie benötigten, zum Cottage.

»Die ganze Veranda könnte einen Anstrich vertragen«, sagte Preston, »aber das wird warten müssen, bis das Wetter besser ist.«

Cade war so auf seine Aufgabe konzentriert, dass er den sich verdunkelnden Himmel gar nicht bemerkt hatte.

»Hör zu, ich weiß, dass du das hier tust, um Hope einen Gefallen zu tun, aber es fällt in meinen Verantwortungsbereich«, meinte Preston. »Ich würde dich gerne bezahlen.«

»Nicht nötig.« Cade wischte das Angebot rasch beiseite. Er tat das nicht wegen des Geldes, er hatte sich auf das Projekt gefreut. Seit er sich erinnern konnte, hatte er es geliebt, Dinge auseinanderzunehmen, herauszufinden, wie sie funktionierten, und sie dann wieder zusammenzusetzen. Er war geschickt mit den Händen und gut darin, Probleme zu finden und zu lösen. Sein Vater hatte diese Seite von ihm nicht verstanden. Cade hatte das Gefühl, er hatte ihn überhaupt nie verstanden.

Preston achtete nicht auf seine Worte. »Ich werde dir zahlen, was deine Zeit meiner Meinung nach wert ist, und ich werde keine Widerrede dulden. Fair ist fair.«

»Okay«, willigte Cade widerstrebend ein. »Aber du bezahlst mich nicht dafür, dass ich die Hundeklappe einbaue.«

»Einverstanden.« Preston nickte und akzeptierte den Deal.

Sie unterhielten sich noch ein paar Minuten, bevor Preston zum Haus zurückkehrte.

Cade hatte das verrottete Geländer entfernt, als er bemerkte, dass Shadow aufsprang. »Was ist los, Junge?«, fragte er.

Die Worte waren kaum heraus, als Hopes Auto um die Ecke bog und auf ihrem Stellplatz neben dem Cottage parkte. Cade hatte sich gefragt, wo sie hingegangen war; er war enttäuscht gewesen, als er angekommen und sie nicht zu Hause gewesen war. Sie wusste, dass er kam, und er war leicht verärgert, dass sie trotzdem fortgegangen war.

Hope lächelte strahlend, als sie aus dem Auto stieg. Cade registrierte, dass sie eine Bibel in der Hand hielt, was ihm seine Antwort lieferte. Sie war in der Kirche gewesen. Es war etliche Jahre her, seit seine Gestalt eine Kirchentür verdunkelt hatte. Als er ein Kind gewesen war, hatte seine Mutter pflichtbewusst den Gottesdienst besucht und ihn zur Sonntagsschule geschleift. Er erinnerte sich, eine Bibel gewonnen zu haben, weil er alle sechsundsechzig Bücher hatte aufsagen können, aus denen sich die Heilige Schrift zusammensetzte. Er vermutete, dass sie noch irgendwo in seinem alten Schlafzimmerschrank lag. Sein Vater hatte sich nie für Glaube und Religion interessiert, also kam es nicht überraschend, dass seine Mutter allein in die Kirche ging.

»Cade«, sagte Hope. »Ich wollte eigentlich zurück sein, bevor du kommst. Ich habe dich doch nicht zu lange warten lassen, oder?«

»Gar nicht.« Seine leichte Verärgerung löste sich prompt in Luft auf. »Ich habe schon mal angefangen, und Preston hat alles besorgt, was ich brauche.«

Sie blieb noch ein paar Minuten draußen und streichelte Shadows Kopf, als er zu ihr kam und sich neben sie stellte. »Brauchst du sonst noch etwas?«, fragte sie.

»Nein«, erwiderte er mit einem lockeren Lächeln. »Alles unter Kontrolle.«

»Okay. Ich ziehe mich jetzt um und mache uns etwas zum Lunch.« Sie stieg die wenigen Stufen hoch, und der treue Shadow folgte ihr. Ihm kam der Gedanke, dass das Tierheim ihn treffend benannt hatte. Hopes Hund war zu ihrem Schatten geworden und folgte ihr, wohin auch immer sie ging.

Jetzt, da er alles zusammenhatte, machte Cade sich an die Arbeit. Gerade als er damit fertig war, das Holz auszumessen und zuzuschneiden, um die Teile festnageln zu können, spürte er die ersten Regentropfen. Davon ließ er sich jedoch nicht abhalten, sondern fuhr fort, das neue Geländer anzubringen.

Ein paar Minuten später erschien Hope in Jeans und einem karierten Hemd mit roter Weste in der Tür. Die schwarzen Slacks und den Wollblazer hatte sie abgelegt. Die mühelose Verwandlung von einer modebewussten, weltgewandten Frau zu einem bodenständigen Landmädchen erregte seine Aufmerksamkeit. Ihm gefielen beide Versionen.

»Komm aus dem Regen, Soldat, Lunch ist fertig.«

Cade grinste und gesellte sich zu Hope und Shadow in das Cottage. Der Tisch war bereits gedeckt. Sie hatte getoastete Käsesandwiches auf einem Teller angerichtet und tischte dampfende Schalen Tomatensuppe auf.

Cade wusch sich die Hände und setzte sich. Ihm lief das Wasser im Munde zusammen. Er war hungriger, als ihm bewusst gewesen war. Viel zu oft ernährte er sich von etwas zum Mitnehmen oder Fertiggerichten. Er musste zugeben, dass diese Diät nicht die beste war.

»Ich konnte dich pfeifen hören«, sagte sie.

Das war neu für ihn. »Ich habe gepfiffen?«

Sie zögerte kurz. »Die Melodie klang irgendwie bekannt, aber ich konnte sie nicht einordnen.«

Cade erinnerte sich nicht daran, das getan zu haben. Er hatte nicht mehr gepfiffen, seit er ein Teenager war. Ein typischer Rückfall in die Kindheit. Dann fiel ihm ein, dass er immer gepfiffen hatte, wenn er glücklich gewesen war, und dass es einen Song gab, den er geliebt hatte.

»Es könnte ein alter Song von Roger Whittaker sein. Ich habe immer ›The Last Farewell‹ gepfiffen, aber das ist lange her.«

»Das ist das Lied! Ich mag es so. Es ist so romantisch … der Seemann, der in den Krieg zieht.«

»Glaub mir, am Krieg ist nichts Romantisches«, meinte er, sie erinnern zu müssen.

Sie nahm ihm gegenüber Platz. »Das ist mir besser bekannt, als du ahnst.«

Er war nicht sicher, was sie damit meinte, und obgleich er kurz versucht war, stellte er ihr keine Fragen. Anscheinend hatten sie beide ihre Geheimnisse. Sie bohrte bei seinen nicht nach, und er weigerte sich, sie bezüglich ihrer zu bedrängen. Und mit einem Bruder, der momentan beim Militär diente, wusste sie natürlich über das Grauen des Krieges Bescheid.

Sein Telefon klingelte, gerade als sie ihren Lunch beendeten. Als er es checkte, sah er, dass der Anrufer Silas aus ihrer Therapiegruppe war.

»Cade hier«, meldete er sich.

»Hey.« Silas klang munter und fröhlich. »Hast du die Dinge mit dieser Frau, die du erwähnt hast, geklärt?«

»Ja, ich schätze schon.«

Silas hakte bei seiner Antwort nicht nach. »Ich habe selbst jemanden kennengelernt.«

»Gute Sache, Mann.«

»Wir treffen uns später gegen fünf im The Logger. Ich wollte wissen, ob du und deine Freundin dazustoßen wollt.«

Cade berichtigte ihn nicht, indem er erklärte, dass Hope nicht offiziell seine Freundin war. Aber ihm wurde bewusst, dass ihm die Idee, so mit ihr in Verbindung gebracht zu werden, durchaus gefiel. Zu diesem Zeitpunkt waren sie nur ein paarmal zusammen gewesen, trotzdem fühlte er sich in ihrer Gegenwart wohler, als es seit Langem bei irgendjemandem der Fall gewesen war.

Cade war klar, dass dies ein großer Schritt für Silas war, vor allem, seit seine Verlobte ihn fallen gelassen hatte. Da er seine Aufregung heraushörte und wusste, dass sein Freund Angst hatte, verstand Cade, was Silas wirklich wollte. Rückhalt. Wenn dieses Date schiefging, brauchte er jemanden, der die Situation aus eigener Erfahrung kannte.

Bevor er zusagte, musste Cade die Einladung mit Hope klären. »Gib mir fünf Minuten, dann rufe ich dich zurück.«

»Klar.«

Cade hängte ein und sah Hope an. »Das war ein Freund von mir«, sagte er. »Er hat uns eingeladen, heute Nachmittag ein Bier mit ihm zu trinken. Hättest du Interesse?« Da er aus der Übung war, war ihm die Frage ein bisschen unangenehm.

»Sicher, das klingt nach Spaß.«

»Okay, ich schicke ihm eine Nachricht.« Bevor er aufhörte zu tippen, empfand er das Bedürfnis, Hope von Silas zu erzählen. Er hob den Kopf und suchte ihren Blick, unschlüssig, wie viel er preisgeben sollte. Wobei der Zeitpunkt genauso gut war wie irgendein anderer.

»Was ist denn?«

»Es gibt da etwas, was du wissen solltest, bevor du Silas triffst.«

»Okay.« Sie hielt seinem Blick stand, wartete ab.

Cade holte tief Luft. »Silas und ich sind zusammen in einer Therapiegruppe.«

»Das ist gut.« Sie ließ es klingen wie eine Kleinigkeit, die es für sie vielleicht sogar war. Er hatte Hope gegenüber weder seine Therapie und den Umstand, dass er sie brauchte, noch die gerichtliche Auflage diesbezüglich erwähnt. Es ihr zu erzählen fiel ihm schwerer, als es sollte.

»Silas ist durch die Hölle und zurück gegangen. Er hat bei einer Explosion schwere Verbrennungen erlitten. Sein Gesicht ist teilweise vernarbt, und das schreckt einige Leute ab. Ich dachte, du solltest das wissen, damit dich sein Anblick nicht abstößt, wenn du ihn zum ersten Mal siehst.«

»Cade, wirklich«, erwiderte sie mit einem kleinen Schnauben. »Ich bin nicht der Mensch, der mit so etwas Probleme hat. Du magst und vertraust Silas?«

»Ja.«

»Dann reicht mir das aus.«

Erleichtert schickte Cade einen Text, um Silas mitzuteilen, dass sie ihn wie geplant um fünf treffen würden.

Obwohl es regnete, machte Cade das Geländer fertig und baute die Hundeklappe ein. Dann fuhr er zu seinem kleinen Apartment zurück, um zu duschen und sich umzuziehen, bevor er Hope abholte.

Da er meinte, noch ein paar Einzelheiten wissen zu müssen, rief Cade seinen Freund an.

»Du änderst doch deine Meinung nicht, oder?«, fragte Silas als Erstes.

Cade konnte die Anspannung in seiner Stimme hören.

»Ganz und gar nicht, wir freuen uns drauf. Ich möchte nur ein bisschen mehr über die Frau wissen, die du kennengelernt hast.«

»Zum Beispiel?«

»Wie habt ihr euch getroffen?«

Silas antwortete nicht sofort. »Technisch gesehen haben wir das nicht. Wir haben uns online kennengelernt.«

Das klang nicht gut. Kein Wunder, dass Silas Rückendeckung wollte.

»Jada hat vorgeschlagen, dass wir uns auf einen Kaffee treffen, aber ich hasse das Zeug. Ich glaube nicht, dass sie gerne Bier trinkt, aber sie mag Wein. Ich dachte mir, wenn sie beschwipst ist, kann sie mein hässliches Gesicht vielleicht ignorieren.«

Cade brachte das Thema vorsichtig zur Sprache, fürchtete sich vor der Antwort. Er hatte ein früheres Foto von Silas gesehen, und er war ein attraktiver Mann gewesen. »Hast du Jada ein Foto geschickt?«

»Natürlich.«

»Vorher oder hinterher?«

»Hinterher. Sie weiß, dass sie mit mir keinen Traumprinzen bekommt«, sagte er mit einem kurzen, verkrampften Lachen. »Ich habe ihr allerdings versichert, dass ich ein feiner Kerl bin.«

»Das bist du, mein Freund, das bist du.«

»Ich weiß es zu schätzen, dass du das tust, Cade. Ich muss dir gestehen, dass das die erste Frau ist, mit der ich mich treffe, seit Yvonne mir einen Tritt in den Hintern gegeben hat. Ich bin nervös.«

Cade war seinetwegen ebenfalls nervös. Von ihren Therapiesitzungen her wusste er nur zu gut, welchen emotionalen Schaden Yvonne bei seinem Freund angerichtet hatte, als sie die Hochzeit abgesagt hatte. Silas hatte seit seinem Selbstmordversuch große Fortschritte gemacht, aber er blieb verwundbar, wie sie alle.

Um fünf holte Cade Hope ab, die wieder ihre schwarzen Slacks und den Blazer trug, womit sie für das The Logger wahrscheinlich ein bisschen overdressed war. Der Plan sah vor, dass sie, wenn alles gut lief, alle vier nach einem gemeinsamen Bier oder in Jadas Fall einem Wein zum Dinner ausgingen. Cade und Silas beschlossen, erst mal abzuwarten, bevor sie diesen Vorschlag machten.

Cade schwieg, als sie in die Stadt fuhren.

»Jetzt pfeifst du nicht«, bemerkte Hope, als er einen Parkplatz auf der Straße vor dem Pub fand. The Logger gab es schon lange, es diente als Treffpunkt der Stadt und war seit den Sechzigerjahren, als der Holzhandel geblüht hatte, ein fester und profitabler Bestandteil der Gemeinde. Damals war die lokale Wirtschaft von den üppigen Wäldern des Pazifischen Nordwestens abhängig. Heutzutage war Oceanside eine Touristenstadt, die sich hatte neu erfinden müssen, nachdem etliche Holzplätze und Sägemühlen aufgegeben worden waren.

»Ich mache mir Sorgen wegen Silas«, sagte er, um sein Schweigen zu erklären. »Ich kann nur hoffen, dass Jada, was ihn betrifft, auf die Realität vorbereitet ist. Er behauptet, sie wüsste von seinen Narben, aber ein Bild ist eine Sache, ihn von Angesicht zu Angesicht zu sehen, eine ganz andere.«

»Es wird schon gut gehen«, meinte Hope. Sie war eine Optimistin. Cade nicht so sehr.

Silas saß am Tisch und blickte auf, als Cade und Hope hereinkamen. Cade stellte sie einander vor, und Hope blinzelte nicht einmal, als sie sich die Hände schüttelten. Silas hatte zwei Finger durch das Feuer verloren, und seine Hände waren ebenfalls böse vernarbt. Von ihrer Reaktion beruhigt, hätte Cade sie am liebsten umarmt.

Cade bestellte für jeden ein Budweiser. »Bist du okay?«, fragte er seinen Freund.

»Ich glaube nicht, dass sie kommt.« Silas sah zum dritten Mal während der letzten Minute auf die Uhr.

»Ist sie denn zu spät?«, fragte Hope.

Silas nickte.

»Wie viel?«

»Eine Minute«, gestand Silas.

Sowohl Cade als auch Hope lachten. Silas jedoch fand seine Antwort gar nicht komisch.

Er schien Probleme zu haben, still zu sitzen. Er schlug die Beine übereinander, stellte sie wieder nebeneinander, schredderte die Papierserviette und knabberte an seinem Mundwinkel. »Ich hätte wissen müssen, dass das keine gute Idee ist.«

Die Tür wurde geöffnet, und alle drei blickten auf, als eine umwerfende, hochgewachsene Frau in den Pub trat. Sie sah sich um, entdeckte sie, hielt inne und lächelte. Cade schielte zu Silas und registrierte, dass sein Freund sich merklich entspannte.

Ohne zu zögern, kam Jada direkt auf ihren Tisch zu. Sie lächelte, als sie Silas ansah. »Wie du sagtest, habe ich kein Problem, dich in einer Menge zu finden.«

»Ich habe dir ja erzählt, dass ich auffalle wie ein bunter Hund.« Er stand auf und rückte ihr einen Stuhl zurecht. »Das sind meine Freunde.«

Als Jada die Hand ausstreckte, sah Cade die Brandnarben an ihrem Arm. In diesem Moment wusste er, dass für Silas alles gut werden würde.

Und für ihn selbst vielleicht auch.

14

Als Spencer auf den Schulparkplatz einbog, sah er, dass Callie draußen herumtrödelte. Der Überhang schützte sie vor dem Regen. Wegen des schlechten Wetters hatten sich fast alle in das Gebäude verzogen. Callie hatte die Arme um ihre Bücher gelegt und presste sie eng an sich. Sie schien auf jemanden zu warten.

Er hoffte, dass es nicht Scott war. Bei dem Schulball schien sie ziemlich entschlossen gewesen zu sein, mit dem Footballspieler nichts mehr zu tun haben zu wollen. Aber die Dinge änderten sich. Scott wollte Callie. Sein Ego würde nicht zulassen, dass sie ihn sitzen ließ, schon gar nicht, nachdem sie ihn öffentlich zurückgewiesen hatte.

Und da war noch etwas. Spencer glaubte nicht, dass Scott ihn ungeschoren davonkommen lassen würde. Die Art, wie der Footballstar ihn bei dem Tanz angestarrt hatte, hatte ihm verraten, dass Scott noch längst nicht fertig mit ihm war.

Spencer stieg aus seinem Wagen und ging schnurstracks auf die Schule zu. Seine Füße platschten durch die Pfützen, als er auf die Tür zueilte. Callie öffnete sie für ihn und folgte ihm zu seiner Überraschung ins Innere.

Er hatte keine Ahnung, worum es hier ging. Er hatte zwar eingewilligt, ihr in Bezug auf Ben zu helfen, aber dennoch Bedenken gehabt. Sie hatte seinen besten Rat ignoriert, zu ihren Eltern zu gehen. Letztendlich konnte Spencer nicht mehr tun, als er bereits versucht hatte. Er würde ihr sagen, dass er, so gerne er es auch täte, ihr nicht helfen konnte.

»Spencer, warte«, rief Callie, die hinter ihm hertrottete.

Er blieb bei seinem Spind stehen.

Callie wirkte unsicher, was ihr nicht ähnlichsah. Obwohl es schön gewesen war, sie in den Armen zu halten, war er sich des Umstands nur allzu bewusst, dass alles nur eine Fassade war.

»Hör zu, ich weiß, was du willst.«

Ihre Züge entspannten sich sofort.

»Tatsache ist, dass ich alles für dich getan habe, was ich konnte.«

»Du könntest mit Ben reden. Vielleicht hört er auf dich.«

»Callie, du verstehst nicht. Ben wird auf keinen Fall auf mich hören. Er würde es mir schon übel nehmen, wenn ich es nur versuche. Wäre ich überzeugt davon, es könnte etwas bringen, würde ich es versuchen.« Es half nicht gerade, dass Ben und Scott ständig zusammen waren. Sie waren nicht nur beste Freunde, sondern auch Teamkameraden.

»Ich weiß nicht, was ich tun soll.« Callies Schultern sackten nach unten.

»Wende dich an deine Eltern.« Spencer verstand ihr Widerstreben nicht. Sie würden es bald genug herausfinden, und wenn sie es taten, würden sie sich aufregen, weil Callie Bescheid gewusst und nichts gesagt hatte.

»Das kann ich nicht, Spence. Nicht, bevor ich selbst nicht alles getan habe, was in meiner Macht steht.«

»Dann gibt es dazu nichts mehr zu sagen.« Sie waren einmal Freunde gewesen, aber das war lange her. Der einzige Grund, aus dem sie ihm jetzt Aufmerksamkeit schenkte, bestand darin, dass sie etwas von ihm wollte.

»Ich hatte Samstagabend viel Spaß«, schnurrte sie zuckersüß, als reichte das aus, um ihn dazu zu bewegen zu tun, was sie wollte.

Er nahm die Sachen aus seinem Spind, die er brauchte; entschlossen, in sein Klassenzimmer zu gehen.

»Du nicht?«, wollte sie wissen.

»Es war nett«, sagte er, als er die Spindtür schloss und sich auf den Weg machte. »Und ich gebe zu, dass es dir bewundernswert gut gelungen ist, so zu tun, als würdest du mich mögen.«

»Ich mag dich.«

Die Beweislage besagte etwas anderes. Vor dem Schulball hatte sie kaum mit ihm gesprochen, und wenn, dann nur, wenn sie etwas von ihm wollte. Wie jetzt. Ihm war schleierhaft, was sie sich eigentlich vorstellte. Es war ja nicht so, als hätte er einen Zauberstab, der Ben zu der Einsicht bringen würde, dass er alles aufs Spiel setzte. Er konnte auch nicht mit Ben unter vier Augen sprechen. Nicht, wenn ihr Zwilling zu der Gruppe von Jungs gehörte, die ihn schikaniert hatte.

»Aber du hast doch gesagt …« Sie folgte ihm beharrlich.

»Ich habe dir nichts versprochen«, erinnerte er sie.

Genau in diesem Moment erklang die Glocke, die zum ersten Kurs des Morgens läutete. Das war Spencers

Fluchtmöglichkeit. Er wusste, dass Callies Englischkurs auf der anderen Seite des Gebäudes stattfand, und wenn sie sich nicht beeilte, würde sie sich einen Verweis wegen Zuspätkommens einhandeln. Früher im Jahr hatte er es sich zum Ziel gesetzt herauszufinden, wo all ihre Kurse abgehalten wurden, damit er in der Hoffnung, sie würde Notiz von ihm nehmen, in der Nähe sein konnte. Er schämte sich dafür, wie dumm es von ihm gewesen war, sich einzubilden, alles könnte je wieder so werden wie früher.

»Wir reden später«, sagte sie zu ihm, als sie den vollen Gang entlanglief und sich einen Weg zwischen den Schülerinnen und Schülern hindurch bahnte, die ebenfalls zu ihren Klassenräumen hasteten.

Muss nicht sein, wollte er ihr hinterherrufen, widerstand dem Drang aber.

In der Cafeteria fanden weniger als zweihundert Leute Platz, deshalb waren die Lunchzeiten aufgeteilt. Spencer und Callie hatten jeweils die erste Lunchzeit. Spencer holte sein Tablett und gesellte sich wie immer zu Joel und Brian, seinen besten Freunden. Sie saßen für gewöhnlich alleine am Tisch. Die beliebten Mädchen scharten sich um einen Tisch auf der anderen Seite der Cafeteria, so weit von den Nerds entfernt wie möglich. Die Sportstars saßen nah bei den Mädchen, was einen Sinn ergab. Dazwischen waren all die anderen – diejenigen, die nicht cool genug waren, um besonders beliebt zu sein.

Als Callie ihr Tablett zu ihrem Tisch herübertrug, starrten Spencers Freunde ihn an, als wüssten sie nicht, was sie denken sollten.

»Was will sie denn hier?«, fragte Joel vernehmlich flüsternd.

»Keine Ahnung«, erwiderte Spencer, obwohl er es wusste. Sie wollte das Gespräch vom Morgen fortsetzen.

Callie stellte das Tablett auf den Tisch und strahlte Spencer und seine Freunde an.

»Hey, Jungs«, sagte sie, als säße sie jeden Tag mit ihnen beim Lunch zusammen.

Bevor Spencer ihr zu verstehen geben konnte, dass es vielleicht keine so gute Idee war, sich zu ihnen zu setzen, nahm Callie auch schon Platz. Sie beugte sich vor, als hätte sie den ganzen Morgen auf diese Minute gewartet, was zweifellos der Fall war.

»Du wirkst hier auf mich ein bisschen verloren«, sagte er in der Hoffnung, Callie würde den Wink mit dem Zaunpfahl verstehen.

»Überhaupt nicht«, antwortete sie, als würde die Bemerkung sie ein bisschen kränken. »Wie ich schon sagte, habe ich auf dem Ball viel Spaß gehabt.«

»Den hatten wir beide«, meinte Spencer. Das war der Eindruck, den er hinterlassen wollte, und der einzige Grund, warum er den Schulball besucht hatte. Obwohl er im Nachhinein bezweifelte, dass jemand ihre Show wirklich geglaubt hatte.

Eines musste man Callie lassen: Sie wusste, wie man Aufmerksamkeit bekam. Erst bei dem Tanz und dann jetzt. Anscheinend verfolgte jeder in der Cafeteria ihren Wortwechsel. Spencer spähte zu dem Sportlertisch hinüber und bemerkte, dass Scott böse in ihre Richtung blickte. Das war kein gutes Zeichen. Je eher Callie ging, desto besser wäre es für ihn und seine Freunde.

»Mein Dad hat gar nicht aufgehört, von deinem Auto zu schwärmen«, sagte sie, als sie nach ihrem Sandwich griff. »Er hat deinen Dad angerufen, und die beiden haben eine gute halbe Stunde telefoniert.«

Spencer hatte von dem Anruf gehört. Anscheinend hatten ihre Eltern beschlossen, sich später im Monat zu treffen.

»Dad findet es toll, dass wir zwei daten. Er hat Scott nie besonders leiden können.«

Spencer ließ ihr die Bemerkung übers Daten durchgehen. Sie dateten nicht, und er hatte auch nicht die Absicht, dass es je dazu käme. Es war einmal sein Traum gewesen, aber jetzt nicht mehr.

Joel beugte sich näher zu Spencer und flüsterte laut und deutlich: »Was will sie?«

Wirklich, konnte Callie leichter zu durchschauen sein?

»Wer sagt denn, dass ich irgendetwas will?«, fragte sie, als ob die Vermutung sie verletzen würde.

»Erfahrung«, erwiderte Brian, bevor Spencer antworten konnte.

Callie lächelte seinen beiden Freunden ermutigend zu, bevor sie genüsslich verkündete: »Spencer und ich haben eine Abmachung.«

»Nein, die haben wir nicht«, berichtigte er sie. Er vermied es, sie daran zu erinnern, dass er in nichts eingewilligt hatte.

»Doch, Spencer, die haben wir«, sagte sie mit Nachdruck, als sie ihr Sandwich wieder auf den Teller legte. »Weißt du nicht mehr? Die, von der wir vor dem Tanz gesprochen haben.«

Er schüttelte langsam den Kopf. »Ich habe dir gesagt, was du als Nächstes tun musst.«

Sie zog einen entzückenden Flunsch. »Du weißt, dass ich das nicht kann, und du weißt auch, warum.«

»Sorry, Callie, aber wie dem auch sei, ich bin da raus.« Spencer begriff, dass er mit schonungsloser Offenheit sprechen musste, wenn sie die Botschaft verstehen sollte.

Callie runzelte die Stirn. »Aber es ist wichtig. Du kannst mich nicht einfach so abwimmeln. Ich bin auf dem Ball für dich eingetreten, und jetzt machen mir Scott und seine Freunde das Leben schwer. Ich habe es getan, damit du mir hilfst herauszufinden, wer auch immer in … du weißt schon, mit drinhängt.« Sie senkte die Stimme, als fürchtete sie, belauscht zu werden.

»Ich hab dir doch gleich gesagt, dass sie irgendetwas will«, sagte Joel mit mehr als nur einem Anflug von Selbstgerechtigkeit.

»Wir haben schon vorher nichts gefunden, und das hätten wir, wenn da etwas gewesen wäre«, warf Brian ein.

»Du hast deine Freunde eingeweiht?« Callies Blick schoss zu Spencer.

»Nun … ja. Du hast doch wohl nicht geglaubt, ich würde diese Suche alleine durchführen, oder?«

Sie sah Brian und Joel an. »Also wisst ihr zwei über Ben Bescheid?«

Beide nickten wie Marionetten.

Brian richtete seine Aufmerksamkeit wieder auf Spencer. »Du wirst ihr doch wohl nicht helfen?«, fragte er, als wäre Spencer verrückt, sich auf diese Sache einzulassen.

Die Frage hatte sich für ihn erledigt. »Sie hat meine Antwort.«

»Spencer, bitte.« Callies Augen umwölkten sich mit, wie er annahm, Krokodilstränen. Er hasste es, so skeptisch zu sein; doch Callie war es gewohnt, zu bekommen, was sie wollte.

»Ich würde bestimmt nicht die Abschlussrede halten können, wenn ich auf den Kopf fallen würde«, erinnerte Spencer sie.

Seine Antwort schien sie zu schocken, als hätte sie bisher überhaupt nicht an die Folgen gedacht, die es für ihn haben würde, wenn er sich in diese Angelegenheit hineinziehen ließe. Wenn jemand aus der Schule mit Drogen dealte und er anfing herumzuschnüffeln, auf wen meinte Callie wohl, würden sie dann Jagd machen? Er konnte sich ebenso gut eine Zielscheibe auf die Brust malen.

»Spencer fällt auf dein Wimperngeklimper nicht herein«, sagte Brian zu ihr. Seine Freunde blickten sie über den Tisch hinweg finster an.

»Du hast deine Antwort«, bestätigte Joel, der Vernünftigere der beiden. »Spencer ist nicht interessiert.«

Callie wirkte verblüfft, als könnte sie es einfach nicht begreifen, dass irgendjemand, vor allem Spencer oder seine Freunde, ihr etwas abschlugen.

Auf der anderen Seite der Cafeteria brach ein Tumult aus, als Scott und Ben von ihren Stühlen aufsprangen, sodass diese krachend zu Boden fielen. Die beiden standen sich gegenüber und funkelten einander drohend an. Jeder der Anwesenden verlagerte seine Aufmerksamkeit von Callie zur anderen Seite des Raumes.

Mr. Sullivan, die Lunchaufsicht, eilte herbei, um die beiden zu trennen, und schob sich zwischen sie, während sie fortfuhren, sich böse anzustarren. Nach ein paar Minuten hoben sie ihre Stühle auf und setzten sich wieder.

»Das war meine Schuld«, flüsterte Callie und senkte den Kopf. Diesmal sah sie so aus, als wären die Tränen in ihren Augen echt.

»Wie meinst du das?«, fragte Spencer. Trotz seiner Entschlossenheit, sich nicht um ihre Angelegenheiten zu kümmern, konnte er nicht anders.

»Ben verteidigt mich.«

»Gegen Scott?«

»Ich habe es dir doch schon gesagt«, platzte sie heraus. »Scott ist sauer, und wenn Scott wütend ist, bedeutet das nichts Gutes. Er hatte schon immer ein aufbrausendes Temperament, und seit der Coach ihn zum Quarterback gemacht hat, ist es noch schlimmer geworden. Als wäre es sein gutes Recht, den König zu spielen. Was ihn angeht, sollen alle anderen tun, was er will.«

»Zum Beispiel du?«, fragte Joel.

»Ganz genau«, erwiderte sie und seufzte tief. »Ich habe Scott bei dem Tanz bloßgestellt, und jetzt hört er nicht auf, vor meinem Bruder schlecht über mich zu reden.«

Seine beiden Freunde drehten die Köpfe zu Spencer, warteten auf eine Erklärung.

Dieser würde den Ball am liebsten vergessen – ihn sich aus dem Kopf schlagen, denn wenn er das nicht tat, würde er am Ende doch noch erwägen, Callie zu helfen, und davor musste er sich hüten.

»Scott wollte mit Callie tanzen«, berichtete er Joel und Brian. »Und sie hat ganz offen gesagt, das wollte sie lieber mit mir tun.«

Callie schien das für die goldene Gelegenheit zu halten, ihre Aufrichtigkeit zu beweisen. »Ich habe Spencer jeden Tanz versprochen, und ich habe mich an meinen Teil der Abmachung gehalten.«

Spencer wollte nichts davon hören. »Der einzige Deal, auf den ich mich eingelassen habe, bestand darin, die Accounts deines Bruders zu hacken, und das habe ich getan. Es ist nicht meine Schuld, dass da nichts war.«

»Yeah, gar nichts«, sagte Brian und fügte nicht ohne Stolz hinzu: »Glaub mir, wenn da irgendetwas gewesen wäre, hätten Joel und ich es gefunden.«

Spencer wollte sichergehen, dass sie verstand. »Ich sag's gern noch mal. Es war ein Fehler, dich zu bitten, mit mir zu dem Schulball zu gehen. Wir waren einmal Freunde, und ich hoffte, das wieder aufleben zu lassen.« Er hatte mehr gewollt, aber eingesehen, dass das unmöglich war. Sie waren jetzt andere Menschen.

»Wir haben beide Fehler gemacht«, stimmte Callie zu. »Das Problem ist, dass du der Einzige bist, dem ich vertrauen kann. Ich brauche wirklich deine Hilfe.«

Es kostete ihn alle Willenskraft, die er aufbringen konnte, sie zurückzuweisen. »Tut mir leid, Callie. Ich habe meinen Teil erfüllt, und weiter will ich nicht gehen.«

Callie ließ seine Worte einen Moment sacken, bevor sie sich an Joel und Brian wandte. »Was ist mit euch beiden? Wärt ihr bereit, mir zu helfen, meinen Bruder zu retten?« Sie ließ es so klingen, als wäre sie Johanna von

Orleans, die verzweifelt jemanden brauchte, der an ihrer Seite kämpfte.

Die Frage hing in der Luft wie einer dieser Sperrballone, die während des Zweiten Weltkriegs schützend über London geschwebt hatten. Spencer hatte in Miss Goodwins Geschichtskurs davon gelesen und war fasziniert gewesen.

»Ich weiß nicht.« Brian blickte zu Joel, wie um zu sehen, ob diesen das Angebot reizte.

Spencer wusste, dass Brian ebenfalls eine Schwäche für Callie hatte.

»Auf gar keinen Fall.« Joel schüttelte nachdrücklich den Kopf. »Ich habe mitgekriegt, was Spencer passiert ist, nachdem er mit dir gemeinsame Sache gemacht hat. Ich habe kein Interesse.«

Sie richtete ihre Aufmerksamkeit auf Brian. »Was ist mit dir?«

»Joel hat recht.« Er schüttelte den Kopf. »Kommt nicht infrage.«

»Aber…« Callie blickte von einem zum anderen, als würde sie damit rechnen, dass sie ihre Meinung änderten.

»Ich bin sicher, dass das mit Scott nur eine vorübergehende Krise ist«, sagte Spencer, als er bemerkte, wie ihr Blick zur anderen Seite der Cafeteria wanderte. »Wenn es dir einen oder zwei Tage leidtut und du angekrochen kommst, nimmt er dich sicher zurück.«

Callie schluckte hart. »Wer sagt denn, dass ich wieder mit Scott gehen will?«

»Das macht doch Sinn, ihr zwei wart über ein Jahr zusammen.«

Callie schüttelte den Kopf, als fände sie die Vorstellung abstoßend. »Mir liegt nichts mehr an ihm. Er ist schon lange nicht mehr derselbe. Es ist vorbei, und er weiß es.«

Sie nahm ihr Sandwich, stand vom Tisch auf und ging zu ihren Freundinnen hinüber. Sie rückten zur Seite, um ihr Platz zu machen.

»Es ist besser so«, sagte Joel.

»Yeah«, stimmte Brian zu, beugte sich dann vor und stützte die Ellbogen auf den Tisch. »Hat sie wirklich jeden Tanz mit dir getanzt?«

Spencer nickte.

»Was solltest du denn dieses Mal für sie tun?«, fragte Brian, als wäre er nicht ganz überzeugt, dass Spencer die richtige Entscheidung getroffen hatte.

»Sie will, dass ich herausfinde, wer hier dealt. Als hätte ich Zauberkräfte oder so.«

»Könnte mehr als nur einer sein. Jeder weiß, dass, wer Drogen will, sie auch bekommen kann.« Keiner von ihnen hatte je welche genommen, und sie kannten auch keinen Schüler der Oceanside High, der mit solchen Dingen zu tun hatte.

Der Preis war zu hoch. Die Schule war eine drogenfreie Zone, und der Besitz zog den sofortigen Ausschluss nach sich.

»Selbst wenn sie es herausfindet, wird das Ben nicht aufhalten, wenn er süchtig ist«, meinte Joel. »Callie ist auf dem Holzweg. Ich meine, was würde sie denn tun, wenn sie wüsste, wer es ist?«

»Ganz genau«, sagte Spencer. Es wäre vergebliche Mühe. Sie sollte wirklich zu ihren Eltern gehen, wie er es ihr geraten hatte. Sie würden wissen, wie man Ben helfen konnte.

Bis zu einem gewissen Grad konnte Spencer verstehen, warum sie das nicht getan hatte. Sie hatte recht, die Talentscouts am College hatten Ben als Kandidaten für ein Stipendium im Blick, und wenn sich herumsprach, dass er Drogen nahm, konnte er jegliche Hoffnung darauf vergessen. Und ein akademisches Stipendium kam nicht infrage, weil Ben sich unglücklicherweise nicht dafür qualifizieren konnte.

»Bist du trotzdem in Versuchung?« Joel richtete die Frage an Spencer.

Er erinnerte sich, wie sein Kopf von den drei größten Mitgliedern des Footballteams in eine Toilettenschüssel gestoßen und dort festgehalten worden war. Auf eine Wiederholung legte er keinen Wert.

»Nicht einmal annähernd.« Aber das war eine Übertreibung. Er konnte nicht verhindern, dass Callies Tränen ihn rührten, obwohl ihm klar war, dass er sich in noch größere Schwierigkeiten bringen würde, wenn er nachgab.

An diesem Nachmittag trat Miss Goodwin aus dem Beraterbüro, als sie Spencer sah. Er war auf dem Weg in das Hauptbüro, als sie ihn abfing.

»Ist alles okay?«, fragte sie.

»Wie meinen Sie das?«

Sie verschränkte die Arme vor der Brust. »Ich habe dich heute mit Callie beim Lunch sitzen sehen.«

»Es ist alles in Ordnung«, versicherte er ihr.

Sie zögerte, als erwartete sie, dass er sich näher über

sein Gespräch mit Callie ausließ. Obgleich er gern ihren Rat bezüglich der Drogen hören würde, die Callie bei Ben gefunden hatte, durfte er sie nicht ins Vertrauen ziehen. Sonst würde er Callie verraten und negative Folgen für Ben heraufbeschwören.

»Bist du da ganz sicher?«, bohrte sie nach.

Spencer nickte, hatte es eilig weiterzukommen und zögerte dann.

Miss Goodwin hatte Verdacht geschöpft, und das verhieß nichts Gutes.

»Es war wirklich keine große Sache. Wenn Sie es unbedingt wissen müssen, Callie brauchte ein bisschen Hilfe, um ein paar technische Aspekte des Computers zu verstehen. Ich konnte sie da beraten.«

Die Art, wie sie ihn musterte, verriet Spencer, dass sie ihm nicht glaubte.

»Ich hörte, dass Ben Rhodes und Scott heute beim Lunch aneinandergeraten sind. Hatte das irgendetwas mit dir und Callie zu tun?«

»Das müssen Sie sie fragen«, erwiderte Spencer, der nichts preisgeben wollte.

»Der Coach war nicht glücklich darüber.«

Spencer lachte leise. »Darauf möchte ich wetten.«

»Anscheinend haben sowohl Ben als auch Scott ein hitziges Temperament.«

Das wusste Spencer nur zu gut.

»Sie müssen sich keine Sorgen machen, Miss Goodwin, es ist alles gut.«

Sie wirkte erleichtert.

Als er die Schule verließ, bemerkte Spencer, dass Scott und Ben draußen auf der Laufbahn Runden drehten. Coach Simmons stand mit verschränkten Armen am Rand. Beide Jungen wirkten erschöpft.

Spencer hätte sein Grinsen nicht unterdrücken können, selbst wenn er es versucht hätte.

15

Irgendetwas hatte sich zwischen Hope und Cade nach ihrem Treffen mit Silas und Jada verändert. Nach einem lustigen gemeinsamen Abend und Dinner auswärts hatte Cade Hope nach Hause gefahren. Es war spät geworden, und sie mussten beide am nächsten Morgen früh zur Arbeit.

Auch wenn Hopes normale Schlafenszeit längst überschritten war, wollte sie den Abend noch nicht beenden und Cade anscheinend auch nicht. So saßen sie noch eine Weile in seinem Pick-up und unterhielten sich. Sie fühlte sich locker und ungezwungen, wenn sie mit ihm zusammen war. Die Veränderungen, die in den letzten Wochen mit ihm vorgegangen waren, konnte sie nicht übersehen. Es war, als würde sie dabei zuschauen, wie die Mauer, die er um sich herum errichtet hatte, Stein für Stein abbröckelte.

Als sie in seinem nur von schwachem Mondlicht erhellten Truck saßen, erzählte Cade von den Freunden, die er in seiner Therapiegruppe kennengelernt hatte.

»Ich wollte da nicht hingehen und war entschlossen, jede Minute zu hassen. Ich hatte nicht die Absicht, irgendetwas zu sagen, und habe bei den ersten paar Sitzungen kaum ein Wort gesprochen.«

»Was hat sich geändert?«

»Ich mich, schätze ich. Als ich den anderen zuhörte, wurde mir klar, dass sie alle durch die Hölle gegangen waren, genau wie ich. Der springende Punkt war, dass sie lernten, die Vergangenheit zu akzeptieren und nach vorne zu schauen. Aus irgendeinem Grund, den ich selbst nicht erklären kann, dachte ich, wenn ich nicht an diesem Tag festhalten würde, an den Erinnerungen … dann würde ich irgendwie meine Freunde verraten. Heute begreife ich, dass ich Jeremy und Luke loslassen muss. Ich kannte sie so gut … und ich denke, das ist es, was sie sich wünschen würden. Ich war derjenige, der sich an etwas geklammert hat, das ich nie würde ändern können.«

»Das heißt aber nicht, dass du deine Freunde vergessen wirst.«

»Nein, nie. Ich werde sie für den Rest meines Lebens bei mir tragen.«

Er lachte leise, was Hope zu der Frage führte, was er wohl dachte.

»Was ist?«, fragte sie.

»Ich habe mich nur gerade an etwas erinnert, was Harry gesagt hat. Er ist der Therapeut, der die Gruppe leitet. Er hat die Gabe, genau die richtigen Fragen zu stellen. Ich schwöre, dass er Gedanken lesen kann. Hast du jemals so jemanden kennengelernt?«

Hope schwieg einen langen Moment. So war es immer zwischen ihr und Hunter gewesen. Als hätten sie die Gedanken des anderen gekannt. Da sie bei den Großeltern gelebt hatten, die sie geliebt und ihnen gleichzeitig vieles verübelt hatten, war ihnen klar gewesen, dass sie immer füreinander da sein würden. Und dann war Hunter fort.

Nach einer unbehaglichen Stille flüsterte Hope: »Ich weiß, was du meinst.« Sie ging nicht näher darauf ein und war dankbar, dass Cade nicht nachbohrte. Es gab Dinge in ihrem Leben, die sie anderen nicht anvertrauen mochte. In Cades wahrscheinlich auch.

Ein kurzes kameradschaftliches Schweigen folgte, bevor Cade weitersprach. »Ich bin eine Enttäuschung für viele Menschen«, sagte er plötzlich. »Harry und die anderen haben mir geholfen zu erkennen, was für ein weiter Weg noch vor mir liegt.«

Hope vermutete, dass Cade von seiner Beziehung zu seiner Familie sprach, und sie wusste, dass sie ihn schwer belastete.

»Für mich bist du keine Enttäuschung.« Sie drückte tröstend seine Hand. »Tatsache ist, ich finde dich wundervoll. Ich möchte, dass du weißt, wie sehr unsere Freundschaft mir geholfen hat.«

Ihre Worte schienen ihn regelrecht zu erschüttern. Anscheinend wusste er nicht, was er antworten sollte. Nach ein paar Momenten sagte er nachdenklich: »Ich hätte nie gedacht …«

»Was gedacht?«, hakte sie nach.

»Dass ich einmal jemanden wie dich treffen würde.«

Da sie nicht sicher war, was er meinte, fragte sie: »Wie mich?«

»Jemanden, der so gut ist.«

Hope konnte nicht anders, sie musste lachen. »Ich bin gar nicht so gut, Cade. Bitte, was immer du tust, stell mich nicht auf ein Podest. Ich habe meine Fehler wie jeder andere auch.«

Sein Gesicht spiegelte im Mondlicht Zweifel wider.

»Ich schätze, was ich zu sagen versuche, ist, dass ich nicht damit gerechnet habe, jemanden kennenzulernen, der mich und meine … Probleme akzeptiert.«

»Wenn du dein Bein meinst …«

»Es ist mehr als nur mein Bein. Es ist mein Kopf. Ich kämpfe, versuche herauszufinden, wohin ich gehöre. Will in mein Leben zurückfinden und den Albträumen entkommen, die mich aus meiner Zeit in Afghanistan verfolgen.« Er hielt inne, als wöge er seine Worte sorgfältig ab. »Ich habe es mir in dem dunklen Loch gemütlich gemacht, das ich mir gegraben habe.«

»Ich weiß selbst, wie es ist, an einem dunklen Ort zu sein«, flüsterte sie. In Anbetracht des Umstands, dass Cade ihr diesen schmerzlichen Teil seiner selbst offenbart hatte, wusste Hope, dass sie ihm von ihrem Zwillingsbruder erzählen musste.

Seit sie begonnen hatten, sich zu treffen, hatte Cade Hunter ein paarmal erwähnt. Hope war es geschickt gelungen, seinen Fragen auszuweichen, und ihm schien das recht zu sein. Hope nahm an, es lag daran, dass er fürchtete, sie könnte ihn nach seinem eigenen Militärdienst fragen. Sie hatte das Gefühl, es wäre besser, solche Gespräche zu vermeiden.

»Als ich hierher gezogen bin, suchte ich ein geografisches Heilmittel«, gestand sie. »Ich dachte, ein Neuanfang würde helfen.«

»Gegen ein gebrochenes Herz?«, fragte er, schien zu glauben, der Schmerz, den sie mit sich herumtrug, rühre von dem Verlust eines Mannes her, den sie einst geliebt hatte.

»Nein … es hat mit meinem Bruder zu tun.«

»Hunter? Was ist mit ihm? Ist er okay?«

Ein Kloß bildete sich in ihrer Kehle. »Nein, er ist nicht okay.«

Obwohl es in seinem Truck unbequem und ein bisschen unangenehm war, legte Cade ihr den Arm um die Schultern.

»Hunter …« Sie brach ab und biss sich auf die Unterlippe. Sie konnte den Namen ihres Zwillings kaum aussprechen, ohne prompt von Verlust und Schmerz überwältigt zu werden.

»Erzähl es mir«, flüsterte er, als wollte er ihr helfen, jede Bürde, jede Last zu tragen, die für sie zu schwer war.

Ein Schluchzen entrang sich ihr.

»Hope, was ist Hunter zugestoßen?«

»Er ist tot, Cade. Er ist der Grund dafür, dass ich Kalifornien verlassen habe. Er ist vor fast zwei Jahren im Irak gestorben. Ich dachte, wenn ich wegziehe, wenn ich nicht mehr ständig mit Erinnerungen bombardiert werde, könnte ich nach vorne schauen. Das war nicht der Fall. Jeder Tag ist ein Kampf. Ich kann ihn nicht loslassen, weil ich Angst habe, wenn ich das tue, bin ich vollkommen allein, im leeren Raum. Ich habe keine Familie. Niemanden mehr.«

Seine Arme spannten sich an, und er vergrub das Gesicht auf ihrem Scheitel. »Ach, Baby, das tut mir so leid. Du bist nicht mehr alleine. Ich bin hier, und ich gehe nirgendwohin.«

Seine Worte fluteten über sie hinweg, gaben ihr einen Grund, in die Zukunft zu blicken und nicht an all dem festzuhalten, was sie verloren hatte. Sie weinte, ließ sich von der Wärme seiner Umarmung trösten und saugte seine Zärtlichkeit und seine sanfte Berührung in sich auf.

»Wir haben beide Verluste erlitten«, flüsterte Cade und beruhigte sie, indem er mit der Hand sachte ihren Rücken streichelte.

Wie lange sie so schweigend dasaßen und einander festhielten, konnte Hope nicht sagen. Als sie gähnte, meinte Cade: »Zeit für mich, nach Hause zu fahren.«

Obwohl sie ihn nicht gehen lassen wollte, wusste sie, dass es am besten so war. Für ihn und für sie. Cade, immer Gentleman, brachte sie zur Tür. Shadow hatte auf der Veranda gesessen und geduldig auf sie gewartet. Cade blieb lange genug stehen, um ihn liebevoll zu streicheln.

Bevor sie ins Haus ging, zog Cade sie in die Arme und küsste sie. Es war nicht das erste Mal, dass sie Küsse tauschten. Aber es fühlte sich anders an. Irgendwie hatte der geteilte Schmerz über einen Verlust in ihrem Leben die unsichtbaren Barrieren zwischen ihnen eingerissen. Sie klammerten sich aneinander, während Cade die Tränen von ihren Wangen küsste. Hope fand es schwierig, ihn nicht zum Bleiben zu bewegen.

»Ich hasse es, dich allein zu lassen«, sagte er leise. Er schien ihren Abend ebenso ungern zu beenden wie sie.

»Ich weiß.«

Sie trat mit Shadow an ihrer Seite ins Haus und blieb dann mit um sich geschlungenen Armen in der Tür stehen, um zuzusehen, wie Cade zu seinem Truck ging und davonfuhr.

Am nächsten Morgen fand Hope nach dem Aufwachen

eine Nachricht von Cade vor, die ihr ein Lächeln entlockte.

Keine Albträume für mich. Stattdessen habe ich von dir geträumt. Ich habe heute Nachmittag eine Therapiesitzung. Wann kommst du aus der Schule zurück?

Hope antwortete ihm rasch. *Ich bin froh, dass du über Hunter Bescheid weißt. Ich sollte gegen fünf wieder da sein. Ich muss nach dem Unterricht noch einiges erledigen.*

In Hopes Kopf summte ein von Cades Text ausgelöstes warmes Gefühl, als sie für ihren Morgenkaffee das Bean There betrat.

Willa begrüßte sie mit einem wissenden Lächeln. »Irgendetwas sagt mir, dass du heute besonders gute Laune hast.«

»Stimmt«, erwiderte Hope fröhlich, als sie mit ihrer Kreditkarte bezahlte.

»Das hat vermutlich mit dem gut aussehenden jungen Mann zu tun, mit dem ich dich beim Footballspiel gesehen habe?«

»Ich würde sagen, das trifft es ziemlich genau.« Hope hatte auf dem College ein paar Dates gehabt. Aber zwischen Schule und ihren Teilzeitjobs war ihr herzlich wenig Zeit für Beziehungen geblieben. Und nachdem sie die Nachricht vom Tod ihres Zwillings erhalten hatte, hatte es sich angefühlt, als wäre ihre ganze Welt implodiert. Sie war zu depressiv und melancholisch gewesen, um auch nur an Verabredungen zu denken. Wie es schien, hatte sie in Oceanside doch einen Neuanfang gefunden.

Und mit Cade.

»Ich erinnere mich, wie es war, als Sean und ich

angefangen haben, uns zu treffen«, sagte Willa. »Jeder Tag schien hell und sonnig zu sein, selbst wenn er bewölkt und regnerisch war.«

»Genauso geht es mir«, meinte Hope. Glück sprudelte in ihr hoch, während sie wartete, dass Willa ihren Kaffee zubereitete.

»Nachdem meine Schwester starb, war es lange dunkel«, erzählte Willa. »Ich werde ewig dankbar dafür sein, wie viel Geduld Sean mit mir hatte.«

»Du hattest recht, weißt du … Der Schmerz vergeht nie, aber man gelangt an einen Punkt, wo er erträglich ist.«

»Ich bin froh, dass du so weit gekommen bist«, sagte Willa.

Nur jemand, der einen verheerenden Verlust erlitten hatte, konnte verstehen, wie wichtig es war, eine Heimat zu finden, einen Ort, wohin man gehörte und geschätzt wurde.

»Eines solltest du wissen«, fuhr Willa fort. »Als Dr. Annie anfangs nach Oceanside kam, hatte sie kurz zuvor ihre gesamte Familie bei einem furchtbaren Erdrutsch verloren. Sie hat hier Liebe und eine Heimat gefunden, und das wirst du auch. Tatsächlich«, fügte sie hinzu, »klingt es, als hättest du einen guten Start. Ich kenne Cade nicht sehr gut, aber mir gefällt, was ich sehe.«

»Mir auch«, stimmte Hope zu.

Wie zuversichtlich Willa bezüglich Hopes Zukunft wirkte! Diese Zusicherung war genau das, was sie hören musste. »Danke«, flüsterte sie und drückte kurz Willas Hand, bevor sie ihren Latte nahm und sich auf den Weg zur Schule machte.

Hope liebte ihren Job. Dies war ihr erstes Jahr, wo sie Teenager unterrichtete, und die Kurse machten ihr Spaß. Im Computerkurs registrierte sie, dass Callie ihren gewohnten Platz verlassen und sich Spencer gegenübergesetzt hatte.

Sie war nicht sicher, was genau zwischen den beiden vorging, aber es sah so aus, als hätte sich ihre Dynamik geändert.

In ihrem Geschichtskurs, dem letzten des Tages, nahm Callie erneut ostentativ gegenüber von Spencer Platz. Hope beobachtete, wie sie Spencer eine Notiz zuschob. Er gab sie zurück, ohne sie zu öffnen oder zu lesen.

Als es klingelte, rannte ihre Klasse zur Tür hinaus. Sie sah, wie Callie ihre Sachen zusammenpackte und hinter Spencer herlief.

Obwohl sie dankbar war, dass Spencer, was Callie betraf, Rückgrat zeigte, konnte Hope nicht umhin, sich zu fragen, was für das Mädchen so wichtig war, dass es Spencer regelrecht verfolgte. Obgleich sie versucht hatte, Spencer dazu zu bringen, mit ihr zu reden, hatte er sie abblitzen lassen.

Da heute keiner ihrer Beratungstage war, packte Hope ihre eigenen Sachen zusammen. Sie hielt lange genug inne, um ihr Telefon zu checken und zu sehen, ob sie eine weitere Textnachricht von Cade bekommen hatte. Ihre Gedanken kreisten ständig um ihn.

Und tatsächlich wartete eine auf sie.

Ich komme nach der Therapie vorbei.

Klingt gut.

Hope lächelte in sich hinein, als sie das Gebäude verließ. Das Footballfeld kam in Sicht, und sie bemerkte, dass das Team trainierte. Sie hatten das letzte Spiel knapp gewonnen, und der Coach ließ die Spieler nicht zu optimistisch werden. Sie bewunderte sein Verhältnis zu ihnen und die Art, wie er sie wachsam im Auge behielt und darauf achtete, dass ihre schulischen Leistungen nicht litten und auch ihr Benehmen nicht zu wünschen übrig ließ.

Sie hatte ihr Auto fast erreicht, als Lois Greenley ihr etwas zurief.

»Hope, im Büro fragt jemand nach dir.«

»Nach mir? Mann oder Frau?« Sie glaubte nicht, dass Cade zur Schule kommen würde. Und wenn, dann nur, falls seine Therapiesitzung abgesagt worden wäre.

»Frau.«

Hope machte kehrt, ging zur Schule zurück und begab sich zum Empfang.

Eine elegant gekleidete Frau mittleren Alters erhob sich, als Hope näher kam. Das Erste, was ihr auffiel, war die Tausend-Dollar-Handtasche von Louis Vuitton. Der einzige Grund, weshalb sie sie erkannte, war, weil sie vor Kurzem eine Anzeige dieses Modells in einer Frauenzeitschrift gesehen und im Internet danach gesucht hatte. Der Preis überstieg bei Weitem alles, was sie sich leisten konnte.

»Ich hörte, Sie wollen mich sprechen«, sagte sie. Sie kannte die Frau nicht und war sicher, dass sie sich an sie erinnern würde, wenn sie sich kürzlich begegnet wären. Die Frau war kultiviert und attraktiv.

»Sie sind Miss Goodwin?«

»Ja.« Sie vermutete, dass es etwas mit einem ihrer Schüler zu tun hatte. Vielleicht eine Mutter. Die Frau wirkte für eine Großmutter entschieden zu jung. Sie blinzelte, schien sich nicht wohl in ihrer Haut zu fühlen.

»Wäre es möglich, dass wir unter vier Augen miteinander sprechen?«, fragte sie.

»Sicher.« Hope führte die Frau in den Raum, den sie für ihre Beratertätigkeit nutzte.

»Was kann ich für Sie tun?« Sie drehte sich um, um die Unbekannte anzusehen.

Diese fuhr fort, Hope zu mustern, als wäre sie unschlüssig, wo sie anfangen sollte. Einen langen Moment sagte sie nichts.

»Ich vermute, ich sollte mich erst einmal vorstellen«, begann sie und hob mit einer stolzen Geste das Kinn. »Ich bin Sara Lincoln.«

Hope brauchte nicht lange, um die Verbindung herzustellen. »Sie sind Cades Mutter.«

16

Hope saß Cades Mutter im Bean There gegenüber. Als der diensthabende Berater gekommen war und den Raum beansprucht hatte, hatte Hope vorgeschlagen, das Gespräch in dem Coffeeshop fortzusetzen. Sie bestellte Tee für sie beide. Willa war an diesem Nachmittag nicht da, sie war bei ihrem kleinen Kind und ihrem Mann Sean, der, wie Hope an diesem Morgen erfahren hatte, zu einer weiteren Fotoreise aufbrechen würde.

»Danke, dass Sie bereit sind, mit mir zu reden«, sagte Sara Lincoln, sowie sie ihren Tee entgegengenommen und einen freien Tisch gefunden hatten.

»Das ist doch selbstverständlich.« Hope hatte beschlossen, Cades Mutter die Gesprächsführung zu überlassen. Sie fand, dass es ihr nicht zustünde zu erwähnen, was sie bereits über die Situation wusste. Vertrauen war Cade sehr wichtig, und sie wollte keinesfalls etwas sagen oder tun, was dieses fragile Band zerreißen würde.

Sara, die in ihren Tee starrte, als teilten sich die Blätter und würden ihr ihre Zukunft enthüllen, blickte auf. »Wie geht es meinem Sohn?«, fragte sie in einem flehenden Tonfall. Sie schien nach Informationen regelrecht zu lechzen.

»Ihm geht es gut.« Hope hätte beinahe hinzugefügt, dass es ihm stetig besser ging, änderte aber rasch ihre

Meinung. Wenn seine Mutter mit Cade sprechen wollte, brauchte sie sich nur mit ihm in Verbindung zu setzen. Hope wusste nicht, was sie tun konnte, um das zu fördern, und zog es vor, nicht in die Sache hineingezogen zu werden.

Seine Mutter hielt den Blick gesenkt.

»Woher wussten Sie von Cade und mir?«, fragte Hope. Er hatte ihr gesagt, er hätte während der letzten sechs Jahre keinen Kontakt mehr zu seiner Familie gehabt. Sie konnte nicht umhin, sich zu fragen, ob seine Mutter sein Leben mit anderen Mitteln verfolgte.

»Das war ein glücklicher Zufall«, sagte Sara, die sich für das Thema zu erwärmen begann. »Ich habe vermutet, dass Cade in Oceanside lebt, weil er hier in Schwierigkeiten geraten ist.« Sie hielt inne und blickte dann betroffen auf. »Oje, Sie wussten doch von seiner … Verhaftung, oder?«

»Ja.« Hope ging nicht näher darauf ein.

Mit einem erleichterten Seufzer fuhr Sara fort: »Ich fahre in der Hoffnung, vielleicht einen Blick auf ihn zu erhaschen, immer wieder einmal nach Oceanside.«

»Sie haben ihn mit mir gesehen«, vermutete Hope.

»Ja. Er stand an einem dieser Foodtrucks in Strandnähe und hatte Hotdogs in der Hand. Es war so ein schöner Nachmittag. Ich saß in meinem Auto und habe gesehen, wie er zu der Stelle ging, wo Sie mit einem Hund saßen.«

Hope erinnerte sich gut an das, was sie als ihr erstes Date mit Cade betrachtete. Wee Willie's Wiener Wagon würde deshalb immer einen besonderen Platz in ihrem Herzen einnehmen. Jedes Mal, wenn sie an den

Namen dieses Trucks dachte, musste sie unwillkürlich lächeln.

»Er hat ...« Seine Mutter hatte Mühe, die richtigen Worte zu finden. »Besser ausgesehen«, sagte sie nach einem Moment.

Hope lächelte. Ihr gefiel der Gedanke, dass sie an Cades Fortschritten beteiligt war. Vielleicht war sie das auch, aber nur ein bisschen. Die größte Hilfe, die Cade erhalten hatte, kam von seiner Therapie und der Arbeit, die er deswegen verrichtete.

»Ich habe ihn schon vorher ein paarmal gesehen. Er wirkte immer so traurig und verschlossen. An diesem Tag hat er gelächelt, und ich war sicher, das lag an Ihnen. Ich bin ausgestiegen und auf einen Mann zugegangen, der an einem Wandgemälde arbeitete. Zuerst war ich etwas eingeschüchtert, weil er so ein Hüne war. Dann fragte ich ihn, ob er sich in der Gemeinde auskennt, und er sagte, er hätte fast sein gesamtes Leben hier verbracht.«

»Das klingt nach Keaton.«

»Ja, ich glaube, das war sein Name. Er hat viel Talent.«

»Oh ja«, stimmte Hope zu.

»Jedenfalls erzählte Keaton mir, er dächte, Sie wären die neue Highschoollehrerin in der Stadt. Er konnte sich nicht an Ihren Namen erinnern, also habe ich selbst ein paar Nachforschungen angestellt und Sie auf der Website der Schule gefunden.«

Jetzt, wo sie wusste, wie Sara sie ausfindig gemacht hatte, fühlte Hope sich verpflichtet zu fragen: »Sie haben sich viel Mühe gemacht, aber sollten Sie nicht mit Cade sprechen statt mit mir?«

Sara errötete peinlich berührt. »Ehrlich gesagt bin

ich nicht sicher, ob mein Sohn überhaupt etwas mit mir zu tun haben möchte. Ich habe vor einiger Zeit versucht, mit ihm zu reden, und er hat sich geweigert, Notiz von mir zu nehmen.«

»Im Gerichtssaal?« Cade hatte ihr von der Begegnung erzählt.

»Ja. Ich wollte ihn nicht in Verlegenheit bringen oder ihm Schuldgefühle einflößen. Ich war dort, um ihm zu verstehen zu geben, dass ich ihm beistehen will … dass ich für ihn da bin.«

Von ihrem Gespräch her wusste Hope, dass sich Cade zutiefst geschämt hatte, weil seine Mutter Zeugin eines der dunkelsten Momente seines Lebens geworden war.

»Wann haben Sie ihn denn vor diesem Tag bei Gericht das letzte Mal gesehen?«, fragte sie.

Sara sah aus, als würde sie gleich in Tränen ausbrechen. Sie nahm ein Papiertaschentuch aus ihrer Tasche und zerknüllte es in der Hand. »Vor sechs Jahren.«

»Sie haben ihn nach seiner Rückkehr aus Afghanistan nicht aufgesucht?« Er war schwer verletzt gewesen. Seine Familie war sicher informiert worden. Der Umstand, dass sie ihm da nicht zur Seite gestanden hatten, sprach für sich.

»Wir wussten nichts von seiner Verwundung«, verteidigte sich Sara rasch. »Ich hätte Himmel und Hölle in Bewegung gesetzt, um zu meinem Sohn zu kommen, wenn ich es auch nur geahnt hätte.«

Der vehementen Art nach zu urteilen, wie sie sprach, war Hope geneigt, ihr zu glauben.

»Sie müssen mich für eine furchtbare Mutter halten«, sagte Sara und betupfte sich die Augen mit dem

Taschentuch. »Ich habe Cade in so vieler Hinsicht im Stich gelassen. Kein Wunder, dass er nichts mit uns zu tun haben will.«

»Das stimmt so nicht, glaube ich.« So sehr sie Sara trösten und beruhigen wollte, sie musste sicher sein, dass Cade bereit war, unter den richtigen Umständen Frieden mit seiner Familie zu schließen. Cade hatte so wenig von seinen Eltern erzählt. Es war schmerzhaft für ihn gewesen, ihr das wenige zu offenbaren, was sie wusste. Daraus hatte sie geschlossen, dass das eigentliche Zerwürfnis zwischen ihm und seinem Vater bestand.

»Sein Vater und ich haben eingesehen, dass wir falsch gehandelt haben. Wir möchten, dass unser Sohn wieder Teil unseres Lebens ist. Er ist unser einziges Kind … Vielleicht wäre nicht alles so schiefgegangen, wenn ich mehr Kinder hätte bekommen können. Sehen Sie, mein Mann hat all seine Hoffnungen auf Cade gesetzt. Er hat nie in Betracht gezogen, dass unser Sohn nicht in seine Fußstapfen treten will. Als er erfuhr, dass Cade nicht die Absicht hat, Anwalt zu werden, hat das John innerlich beinahe zerstört.«

»Das tut mir so leid«, sagte Hope in einem tröstenden Ton.

Sara trank einen Schluck Tee und nutzte die Zeit, um ihre Fassung zurückzugewinnen.

»Weiß Ihr Mann, dass Sie hier sind?«

Sara schüttelte den Kopf. »Sein Stolz steht ihm im Weg. Er will, dass Cade den ersten Schritt in Richtung einer Versöhnung tut. Ich bin da anderer Meinung und hoffe, es gibt einen Weg, unseren Sohn wieder in unser Leben zu integrieren.«

»Wollen Sie damit sagen, Ihr Mann wäre nicht damit einverstanden, dass Sie hier sind?«

Sie zögerte, betrachtete ihren Tee, und einen Moment lang war Hope sich nicht sicher, ob sie die Frage beantworten würde. »Das kann ich nicht genau sagen«, flüsterte sie gepresst, als fiele es ihr schwer, die Worte laut auszusprechen. »Ich glaube, er wäre von mir enttäuscht, aber offen gestanden kümmert mich das nicht. Ich tue, was ich kann, um an Cade heranzukommen.«

Das Bild, das Cade von seinem Vater gezeichnet hatte, nahm in Hopes Kopf Gestalt an. Er schien ein störrischer, unbeugsamer Mann zu sein; stolzer, als gut für ihn war.

»John ist kein schlechter Mensch«, fügte Sara rasch hinzu. »Er liebt unseren Sohn, das weiß ich. Cades Entscheidung, nicht in seine Fußstapfen zu treten, war hart für ihn. Alle Lincoln-Männer bis zurück zu seinem Urgroßvater haben das Recht gewählt. Das ist Tradition. Es wird erwartet. Ich wusste das, und Cade wusste es auch.«

»Aber Cade will das nicht.« Hope empfand das Bedürfnis, ihn zu verteidigen.

»Das habe ich schon früh vermutet und versucht, John darauf vorzubereiten. Als Cade endlich klargestellt hat, dass er nicht die Absicht hat, Jura zu studieren, empfand John das als Zurückweisung seiner Person, Cades Erbe und unserer Familie. Er war überzeugt, dass Cade ihm eins auswischen wollte.«

»Glauben Sie das?«

»Nein. Niemals. Cade ist einfach nicht aus dem Holz geschnitzt, aus dem man Anwälte macht.«

Ihre Stimme zitterte bei diesen letzten Worten, als sie gegen die aufsteigenden Tränen ankämpfte.

Da sie sah, wie schwierig das alles für Sara war, drückte Hope der Frau sachte die Hand.

»Das Traurige ist, dass John und Cade sich in so vieler Hinsicht ähnlich sind. Sie sind beide stur und extrem stolz.«

»Und bezüglich ihrer Gefühle sehr zurückhaltend«, fügte Hope hinzu, die wusste, wie schwer es Cade fiel, sich ihr zu öffnen.

»Ja, oh ja«, stimmte Sara zu. »Sie neigen beide dazu, alles in sich hineinzufressen, und weigern sich, irgendeine Art von Schwäche zu zeigen.«

Einen Moment lang saßen sie schweigend da. Hope wusste, dass Cades Mutter nicht gekommen war, um ihr das Herz auszuschütten. Sie hatte die Fahrt auf sich genommen, weil sie etwas von Hope wollte. Irgendetwas, was sie nicht recht zu fragen wagte.

»Sie wollen meine Hilfe.« Hope schnitt das Thema an, bevor Sara eine Chance dazu hatte.

»Ja… bitte. Ich weiß, ich habe nicht das Recht, Ihnen das aufzubürden. Ich würde nicht fragen, wenn ich einen anderen Weg wüsste. Ich möchte gern, dass Sie, wenn es möglich ist, an meiner Stelle mit Cade sprechen.«

Hope schluckte hart, war unfähig, sofort zu antworten.

Saras Augen weiteten sich flehend. Sie waren denen von Cade so ähnlich, dass Hope es schwierig fand, den Blick abzuwenden.

»Würden Sie ihm sagen, wie sehr sein Vater und ich

ihn lieben und vermissen? Würden Sie ihn fragen, ob er bereit wäre, uns zu verzeihen?«

Oje, das war etwas, von dem Hope nicht meinte, es tun zu können. Automatisch schüttelte sie den Kopf, während sie fieberhaft nach einem Weg suchte, es Sara zu erklären. Sie und Cade trafen sich erst seit kurzer Zeit. Ihre Beziehung stand noch am Anfang.

»Ich kann mich da nicht einmischen, Sara. Das würde jegliches Vertrauen zwischen Cade und mir zerstören. Cade würde es als Verrat an unserer Beziehung empfinden, und das kann und will ich nicht zulassen.«

»Aber er mag Sie, und …«

»Warum sprechen Sie nicht selbst mit ihm«, riet sie.

»Das habe ich schon versucht, erinnern Sie sich?«

»Bitte, denken Sie darüber nach. Sie waren in diesem Gerichtssaal. Sie waren der letzte Mensch, den Cade in diesem Moment sehen wollte. Er war an einem Tiefpunkt angelangt, und es hat ihn gedemütigt, dass Sie Zeugin davon wurden.« Dann fragte sie, weil sie es wissen musste: »Wusste Ihr Mann von seiner Verhaftung?«

Sara nickte. »Ein Anwaltsfreund, eigentlich ein Konkurrent, hat ehrenamtlich für den Staat gearbeitet und Cades Namen auf der Liste der kürzlich Verhafteten gesehen. Er hat uns mit Genuss davon erzählt.«

Hope konnte sich die Reaktion von Cades Vater nur zu gut vorstellen. Die Verhaftung seines Sohnes musste ihn bis ins Mark getroffen haben. Vielleicht waren Cades Schwierigkeiten mit dem Gesetz genau das, was ihm die Augen geöffnet hatte.

»Es tut mir leid, Sara, wirklich leid, aber ich kann mich nicht in diese Situation verstricken lassen. Wenn es Heilung geben soll, dann müssen Sie drei selbst mit allem fertigwerden, ohne Einmischung meinerseits.«

»Ich verstehe«, erwiderte sie. Kummer schwang in ihren Worten mit. »Vermutlich habe ich mir zu viel erhofft.«

»Es tut mir wirklich aufrichtig leid.«

»Es war vermessen von mir zu fragen. Ich dachte … ich hoffte, dass Sie vielleicht eine Idee haben könnten, wie Cade am besten in die Familie zurückzubringen wäre.«

»Ich wünschte, ich hätte eine.« Das meinte sie ernst. Hope hätte alles dafür gegeben, ihre Mutter gekannt und einen Vater in ihrem Leben gehabt zu haben. Das war ihr nie vergönnt gewesen. Sie hoffte inständig, Cade möge einen Weg finden, die Differenzen mit seiner Familie beizulegen. Doch das musste von ihm selbst kommen und nicht durch irgendetwas, was sie sagte oder tat.

»Wäre es in Ordnung, wenn ich Sie ab und zu anrufe?« Saras Augen leuchteten vor Hoffnung auf. »Es würde mir unendlich viel bedeuten, wenn wir gelegentlich miteinander sprechen könnten.«

Sosehr sie es auch hasste, Cades Mutter zu enttäuschen, wollte Hope nichts hinter seinem Rücken tun. »Ich halte das für keine gute Idee.«

Saras Gesicht wurde lang.

»Ich wäre dazu bereit«, lenkte sie ein, »aber nur, wenn Cade Bescheid weiß. Und in diesem Fall glaube ich, dass er lieber selbst mit Ihnen reden würde.«

Sara wirkte nicht überzeugt. »Er ist genauso stur wie sein Vater, daher würde ich mich nicht darauf verlassen.«

»Es tut mir leid. Ich wünschte, ich könnte mehr tun.«

»Ich auch«, sagte Sara.

Sie tranken ihren Tee aus und verließen zusammen den Coffeeshop.

Eine Stunde, nachdem sie nach Hause gekommen war, hatte Hope erwartet, von Cade zu hören. Als er sich nicht meldete, schickte sie ihm eine Nachricht.

Wie ist die Sitzung gelaufen?

Gut.

Bislang waren seine Antworten nie so kurz und knapp gewesen.

Kannst du später vorbeikommen?, fragte sie.

Nein.

Ist alles in Ordnung?

Alles bestens.

Hopes Herzschlag beschleunigte sich. *Cade, was ist los?*

Sag du es mir.

Wie meinst du das?

Eine geschlagene Minute verging, bevor er antwortete.

Hattest du einen schönen Nachmittag?

Er wusste es. Er musste Hope und seine Mutter im Bean There gesehen haben. Sie hatte angenommen, er wäre bei seiner Therapiesitzung und nicht in der Stadt gewesen.

Hope wollte keine Diskussion per Textnachricht führen, also versuchte sie, ihn anzurufen. Er meldete sich nicht.

Es ist nicht so, wie du denkst! Lass es mich dir doch erklären.

Hope wartete auf eine Antwort und sah, dass der Text nicht durchgekommen war. Sie versuchte es noch mehrere Male und begriff dann, warum es nicht funktionierte.

Cade hatte sie geblockt.

17

Hope war wie vor den Kopf gestoßen. Ohne dass er sie auch nur ein Wort erklären zu lassen, hatte Cade sie geblockt. Sein Handeln machte sie wütend und frustrierte sie. Er war voreingenommen und absolut unfair. Am liebsten hätte sie mit dem Fuß aufgestampft und es ihm heimgezahlt. Das Beste, was ihr einfiel, war, seine Nummer ebenfalls zu blocken. Wenn sich Cade irgendwann entschuldigen wollte, würde er denselben Ärger empfinden wie sie.

Ihr kleiner Wutanfall dauerte nicht länger als fünf Minuten, bevor sie ihre Meinung änderte und die Nummer wieder freigab. Sie wollte mit Cade sprechen, ihm erklären, dass sie sein Vertrauen nicht missbraucht hatte. Vielleicht, so redete sie sich ein, würde er ja einsehen, dass er überreagiert hatte, und sich melden.

Nur dass er das nicht tat. Sie wartete darauf, glaubte fest daran, dass er seinen Fehler bereuen würde, und wurde bitter enttäuscht.

»Wenn es das ist, was er will, dann bitte«, sagte Hope zu Shadow, als sie sich geräuschvoll in der Küche zu schaffen machte.

Inzwischen war die Dinnerzeit längst vorbei, also bereitete sie sich aus ein paar Resten einen Salat zu. Dann stellte sie fest, dass sie nichts herunterbekam, und knallte ihre Gabel auf den Küchentisch, was Shadow erschreckte. In ihrem Magen hatte sich ein Knoten gebildet, und sie machte Cade für ihren Mangel an Appetit verantwortlich. Sie warf den Rest in den Müll und beschloss, dass, wenn der Prophet nicht zum Berg kam, der Berg zum Propheten gehen würde.

Obwohl sie noch nie in Cades Apartment gewesen war, wusste sie ungefähr, wo es lag. Wenn sie lange genug herumfuhr, würde sie seinen Truck davor parken sehen.

Sie nahm Shadow mit und fuhr los, dabei gab sie sich Mühe, ihren Ärger zu zügeln. Es verdross sie, dass er so wenig von ihr hielt und sie einfach aus seinem Leben entfernte, als würde alles, was sie geteilt hatten, nichts bedeuten.

Die ganze Zeit, während sie herumfuhr, kreisten ihre Gedanken um das, was sie ihm sagen wollte. Sie würde die Situation erklären, ihm versichern, dass er mit allem, was er angenommen hatte, falschlag. Als versöhnlicher Mensch, der sie war, würde sie seine Entschuldigung akzeptieren, und sie würden nach vorne schauen.

Cades Truck war nirgendwo zu sehen. Nach einer Stunde Umherfahren wurde ihr klar, dass sie ihre Zeit verschwendete. Cade hatte wahrscheinlich vermutet, dass sie die Dinge nicht auf sich beruhen lassen würde, und gab sich nun Mühe, ihr aus dem Weg zu gehen.

Da sie keine Möglichkeit hatte, sich mit ihm in Verbindung zu setzen, beschloss Hope, darüber zu schlafen, und betete, dass Cade am nächsten Morgen seine Meinung geändert hätte. Wenn sie nichts von ihm hörte, würde sie dann entscheiden, was und ob sie etwas tun würde. Sie konnte nur hoffen, dass Cade bereit wäre, ihr wenigstens zuzuhören.

Während sie im Geiste die verschiedenen Szenarien durchspielte, fand sie keinen Schlaf. Gefühlt stundenlang wälzte sie sich von einer Seite auf die andere. Ihre Gedanken wanderten von Cade zu ihren Kursen zu Spencer und Callie, hüpften von einem Thema zum anderen und wieder zurück.

»Komm schon«, murmelte sie, als sie auf ihr Kissen einschlug. »Schlaf jetzt.« Ihr Wecker würde früh läuten, und jedes Mal, wenn sie auf die Uhr blickte, rechnete sie aus, wie viele Stunden ihr noch blieben.

Nicht genug. Nicht annähernd genug.

Shadow, der ihre Stimmung spürte, beschloss, zusammengerollt im Wohnzimmer zu schlafen statt in dem flauschigen Körbchen, das sie ihm gekauft und im Schlafzimmer aufgestellt hatte. Anscheinend wusste sogar ihr treuer Gefährte, dass es besser war, sich von ihr fernzuhalten, wenn sie in dieser Stimmung war.

Irgendwann nach Mitternacht, als sie schon halb schlief, klingelte ihr Telefon. Es lud auf ihrem Nachtschränkchen auf, und Hope tastete blind danach.

Als sie auf das Display blickte, sah sie, dass der Anrufer Cade war. Sie überlegte kurz, ob sie die Voicemail anspringen lassen sollte. Das verdiente er, nachdem er ihr die Nacht ruiniert hatte. Es war seine Schuld, dass sie nicht schlafen konnte.

Trotzdem beschloss sie, den Anruf entgegenzunehmen. So gern sie ihn auf dieselbe Art kaltgestellt hätte wie er sie, sie brachte es nicht über sich.

Nach dem vierten Klingeln meldete sie sich. »Hallo?«

»Habe ich dich geweckt?« Die Stimme gehörte nicht Cade. Ohrenbetäubende und misstönende Musik spielte im Hintergrund und erschwerte es ihr, etwas zu verstehen.

»Wer ist denn da?«, fragte sie und dachte, es handele sich um einen üblen Streich. Nur dass es Cades Nummer war und die Stimme ihr vage bekannt vorkam.

»Silas.«

»Silas?«, wiederholte sie. Ihre Gedanken kamen schlagartig zum Stillstand. Sofort stieg Angst in ihr auf, und sie musste unbedingt wissen, warum Cades Freund sein Telefon hatte.

Bevor sie fragen konnte, sagte er: »Wir haben uns letzten Sonntag getroffen, erinnerst du dich?«

»Natürlich erinnere ich mich. Wo ist Cade? Ist er in Ordnung?«

Silas zögerte. »Äh … nicht wirklich.«

»Was stimmt denn nicht mit ihm?« Jetzt hellwach und besorgt, setzte sie sich im Bett auf. Silas würde nicht anrufen, wenn es nichts Ernstes wäre.

Cades Freund zögerte. »Hattet ihr zwei einen Streit, oder hat es ein Missverständnis oder so was gegeben?«

Ihr entging nicht, dass er ihre Frage nicht beantwortet hatte.

»Nicht ganz.« Cade hatte ihr keine Chance gegeben, ihren Standpunkt zu vertreten. Er hatte ihren Nachrichtenaustausch abrupt beendet, bevor sie überhaupt die Gelegenheit gehabt hatte, mit ihm zu reden.

»Nun, es ist etwas vorgefallen«, teilte Silas ihr mit. »Und ich vermute, es hängt mit dir zusammen.«

»Was ist denn los?«, fragte sie diesmal etwas eindringlicher. Sie presste das Telefon fester ans Ohr. Der Lärm im Hintergrund machte es ihr unmöglich, ihn klar und deutlich zu hören.

»Cade hat mich vor ein paar Stunden aus dieser Bar angerufen. Er wollte, dass ich ihm Gesellschaft leiste, sagte, er hätte den Spaß seines Lebens.«

Das war nicht das, was Hope hören wollte. Während sie sich Sorgen gemacht und sich geärgert hatte, war Cade in der Stadt unterwegs gewesen. Das perfekte Ende eines miserablen Tages.

»Wo ist er?«, erkundigte sie sich nicht allzu erfreut.

»In Aberdeen«, erwiderte Silas und nannte den Namen der Bar. Hope kannte sie nicht. Dem Hintergrundlärm nach zu urteilen, handelte es sich jedoch um ein gut besuchtes Etablissement.

Aberdeen lag dreißig bis vierzig Autominuten von Oceanside entfernt, je nach Verkehrsaufkommen, das vermutlich zu dieser nächtlichen Stunde nicht allzu hoch sein würde.

»Er hat getrunken«, fuhr Silas fort.

Das hatte sie bereits vermutet. »Ich nehme an, er ist betrunken.« Ihr Ärger wuchs mit jedem Informationsfetzen, den Silas ihr lieferte.

»Er könnte ein paar Bier getrunken haben, aber ich glaube nicht, dass er komplett hinüber ist.«

»Warum rufst du dann an?«

Silas antwortete prompt: »Weil er dich braucht, und je eher du hier bist, desto besser.«

»Du meinst, jetzt sofort?«

»Ja. Ich werde mein Bestes tun, um zu verhindern, dass er sich zum Narren macht, bis du hier bist.«

»Ich muss wissen, was da auf mich zukommt, Silas.«

Silas musste nach draußen gegangen sein, denn der Geräuschpegel sank merklich. »Ich weiß nicht, was sich zwischen euch abgespielt hat«, sagte er mit leiser Schärfe in der Stimme. »Ich kann dir nur sagen, dass Cade mental in schlechter Verfassung war, als er zu der Gruppe gestoßen ist. Alles wurde besser, seit er angefangen hat, sich mit dir zu treffen.«

Zwar war es erfreulich, das zu hören, aber es beantwortete nicht ihre Frage.

»Als er heute Abend angerufen hat, mag er ja behauptet haben, sich bestens zu amüsieren, aber ich weiß, dass das nicht stimmt. Ich konnte es an seiner Stimme hören. Als ich ihn gefragt habe, ob etwas passiert wäre, hat er sich geweigert zu antworten. Und als ich nachgebohrt habe, hat er eingehängt.«

Hope presste eine Hand aufs Herz, das wild zu hämmern begonnen hatte.

»Ich habe nicht so viel Scharfblick wie Harry«, fuhr Silas fort. »Aber ich bin clever genug, um zu wissen, dass etwas nicht stimmt.«

»Harry?«, fragte sie.

»Unser Therapeut. Wie ich schon sagte, ich mag kein Profi sein, aber ich erkenne einen Hilfeschrei, wenn ich einen höre.«

»Was für eine Situation hast du vorgefunden, als du dort ankamst?« Sie musste es wissen.

»Cade saß in einer Ecke mit …«

»Einer Frau«, beendete sie den Satz für ihn.

»Yeah. Mit einer Frau. Ich fragte nach dir und erntete einen Blick, der Milch hätte sauer werden lassen.«

Sie fühlte sich verpflichtet, etwas zu erklären. »Cade hat Probleme mit seiner Familie, tief verwurzelte, die bis in seine Kindheit zurückreichen. Seine Mutter hat mich aufgesucht, und Cade hat uns beide zusammen gesehen.«

»Das erklärt alles.«

Hope war sich da nicht so sicher. Es schienen noch weitere Faktoren mitzuspielen.

»Kommst du her und bringst ihn zur Vernunft?«, bat Silas. »Du musst das klären, was immer zwischen euch los ist, bevor er sich selbst zerstört.«

Hope biss sich auf die Unterlippe, und ihre Kehle schnürte sich zu, als sie überlegte, welchen Kurs sie am besten einschlagen sollte. »Ich glaube nicht, dass es helfen würde, wenn ich vorbeikomme.« Sie quetschte die Worte mühsam heraus. »Vor allem dann nicht, wenn Cade offensichtlich Trost bei jemand anderem gefunden hat.«

»Hope, hab ein Herz. Der Junge ist in einer schlimmen Verfassung.«

»Es tut mir leid, Silas. Wirklich. Ich kann Cade nicht retten. Er muss das, was er braucht, bei sich selbst finden. Ich bin nicht seine Erlöserin. Erstens hat er voreilige Schlüsse gezogen und sich geweigert, mir die Chance zu geben, alles zu erklären. Er hat meine Nummer zeitweilig geblockt und mich aus seinem Leben verbannt.«

»Kannst du denn wenigstens mit ihm sprechen?«, bat Silas.

»Wenn er dazu bereit ist, ja.«

»Ich meine jetzt.«

»Heute Nacht?«

»Ja, am Telefon. Nur einen Satz oder zwei. Irgendetwas, was ihn zur Vernunft bringt.«

»Als da wäre?«

»Ich weiß es nicht. Frauen scheinen immer das Richtige zu sagen und zu wissen. Ich kann nicht mehr ausrichten. Ich bin hier. Ich werde nicht zulassen, dass er etwas Dummes tut, wie eine Schlägerei anzuzetteln oder diese Frau mit nach Hause zu nehmen.«

Bei dem Bild von Cade mit einer anderen Frau schluckte sie hart. »Ich habe keine Ahnung, was ich deiner Meinung nach zu ihm sagen soll.«

»Denk nach, Hope.«

Silas verlangte das Unmögliche. »Er wird wahrscheinlich sofort einhängen.«

»Dann ist das seine Schuld.«

»Schon gut, schon gut. Gib ihm das Telefon, und ich lasse mir etwas einfallen.«

»Danke.« Die Erleichterung in seiner Stimme war nicht zu überhören.

Silas musste in die Bar zurückgekehrt sein, weil der Lärm wieder so laut war wie vorher. Sie wusste, dass Silas mit Cade sprach. Obwohl sie sich bemühte, den Wortwechsel zu verfolgen, gelang es ihr nicht.

»Wer ist da?« Diesmal war es Cades Stimme. Ganz eindeutig hatte Silas ihm nicht gesagt, dass sie am Telefon war.

»Hier ist Hope.«

»Hope«, fauchte er. »Ich habe dir nichts mehr zu sagen.«

»Das ist okay für mich, aber ich habe dir etwas zu sagen, ob dir das gefällt oder nicht.«

Er beendete das Gespräch nicht sofort, was ihr ein wenig Hoffnung gab. Sie betete, dass er ihr lange genug zuhören und sie verstehen würde.

»Als die beiden Offiziere kamen, um mir zu berichten, dass Hunter getötet worden war, hörte ich ruhig zu und nahm ihre Beileidsbekundungen entgegen. Dann, als sie weg waren, verwüstete ich mein Apartment und zerstörte die Dinge, die ich am meisten liebte. Bestrafte mich. Es war sinnlos. Am nächsten Tag habe ich es zutiefst bereut, und ich lebe bis heute mit dem Bedauern darüber, was ich in meiner Wut und meinem Kummer angerichtet habe.«

»Ist das alles?«, fragte er sarkastisch.

»Ja«, flüsterte sie. »Das ist alles, was ich zu sagen habe.«

»Wenn du glaubst, ich wäre deinetwegen auf einem Zerstörungsfeldzug, dann irrst du dich. Du hast mich getäuscht, Hope, und ich habe mich in dich verliebt, nur um zu erkennen, dass du wie alle anderen bist. Voller Falschheit. Ich habe dir vertraut.«

»Was du vergisst, Cade, ist, dass ich dir auch vertraut habe. Du hast nicht lange gebraucht, um dich anderweitig umzusehen, nicht wahr?«

»Dieses Gespräch ist beendet.«

»Ja, das ist es. Leb wohl, Cade.« Ihr Herz brach, als sie einhängte. Falls er noch etwas sagte, hörte sie es nicht.

18

Cade saß mit gesenktem Kopf in Harrys Büro und vermied jeglichen Blickkontakt. Keiner der beiden Männer sprach ein Wort. Fünf Minuten waren schweigend verstrichen, und Cade wusste, dass Harry geduldig warten würde, bis er, Cade, das Gespräch eröffnete, selbst wenn es die gesamte Therapiestunde dauern würde.

Er hielt den Blick auf den grauen Teppich gerichtet. Wow. Er war so oft in diesem Büro gewesen, ohne groß auf das Teppichmuster von weißen Schnörkeln auf grauem Untergrund zu achten. Es war einfacher, sich auf diesen Teppich zu konzentrieren, als auf das, was in seinem eigenen Leben geschah.

»Es war keine gute Woche«, sagte er endlich, als das Schweigen zu drückend wurde, um es zu ignorieren.

»Was hat die Woche denn so schlimm gemacht?«, fragte Harry. Er lehnte sich in seinem Sessel zurück und schlug die Beine übereinander.

»Hope.« Er ging nicht weiter darauf ein.

Harry wartete, wollte offensichtlich, dass Cade Einzelheiten lieferte. Ihm kam der Gedanke, dass der Therapeut vielleicht alles, was er über die Situation wissen musste, schon von Silas gehört hatte.

»Silas hat es dir erzählt, oder?« Cade war immer noch wütend auf ihn. Alles, was Hope betraf, ging Silas nichts an. Sie hatten sich in dieser Nacht gestritten, und Cade hatte Dinge gesagt, die er schon bereut hatte, als sie über seine Lippen gekommen waren. Innerhalb von zwölf Stunden hatte er sein Mädchen und seinen besten Freund verloren. Eine Tragödie, die glatt eines Shakespeare-Stücks würdig war.

»Ich habe nicht mit Silas gesprochen«, erwiderte Harry ruhig. Er notierte etwas auf dem Block auf seinem Schoß, als wäre diese Information irgendwie von Bedeutung.

»Er hat sich in etwas eingemischt, was ihn nichts angeht«, schnappte Cade, blickte von dem Teppich auf und begegnete Harrys Blick. Sein Therapeut musste verstehen, dass nicht nur Hope ihn verraten hatte, sondern auch der Mann, den er als seinen Freund bezeichnete.

»Was genau hat Silas denn getan?«

Cade weigerte sich, die Frage zu beantworten. Zorn brodelte dicht unter der Oberfläche, als er stumm die Ereignisse des Abends Revue passieren ließ.

»Du solltest wissen, dass ich heute nur aus dem einzigen Grund hier bin, weil das Gericht es so angeordnet hat.«

Es schockierte ihn, als Harry zu lachen begann.

»Das findest du lustig?« Harry steckte voller Überraschungen. Cade wurde aus dem Mann nicht schlau, so sehr er es auch versuchte. Harry verfügte über die Gabe, ihm Informationen zu entlocken, die er nie hatte preisgeben wollen. Cade vermutete, dass genau das Harry zu einem guten Therapeuten machte, selbst wenn er es irritierend fand.

»Nein, offen gestanden finde ich deine Ehrlichkeit erfrischend. Ich habe die ganze Zeit gedacht, du kommst, weil du meine Gesellschaft so anregend findest.«

Cade lachte humorlos auf, konnte aber ein leises Lächeln nicht zurückhalten. Harry schaffte es schon wieder, und Cade gefiel das nicht. Er wollte wütend bleiben. Wut war tröstlich.

»Es ist entweder meine schillernde Persönlichkeit oder vielleicht, nur vielleicht, dein tief verwurzeltes Bedürfnis nach Frieden. Seelenfrieden, Frieden von der Vergangenheit und Frieden, nach vorne zu schauen.«

Cade ließ seine Worte sacken. Obwohl er es hasste, das zuzugeben, aber Harry hatte recht. Er hatte gedacht, er hätte den Weg dorthin gefunden, als er angefangen hatte, sich mit Hope zu treffen. Wochenlang hatte er sie mit Shadow beobachtet. Er identifizierte sich mit dem aggressiven Hund. Er hatte ebenfalls nicht gewollt, dass ihm jemand nahekam. Er war zornig, feindselig gegenüber jedem gewesen, der versucht hatte, sich mit ihm anzufreunden. Dann war Hope in sein Leben getreten.

Er hatte ihren Mut bewundert, sich um einen verwilderten Hund zu kümmern, der eingeschläfert werden sollte, und ihn mit Geduld und Liebe zu zähmen. Jedoch war er von ihr getäuscht worden, getäuscht und verraten. Sie war nicht annähernd so, wie er vermutet hatte. Einmal mehr war er zum Narren gehalten worden.

Es war verheerend gewesen, sie zufällig im Gespräch mit seiner Mutter zu sehen. Ihr Verrat hatte sich angefühlt, als würde ihm ein Messer in die Brust gerammt werden.

»Ich habe sie mit meiner Mutter gesehen«, platzte

Cade heraus, unfähig, seine Wut und Verletztheit zu verbergen.

»Ich nehme an, du sprichst von Hope.«

Er nickte. »Ich habe ihr Dinge anvertraut, die ich noch nie jemandem erzählt habe, und sie hat sich gegen mich gewendet und mich mit dem verraten, was sie erfahren hat.«

»Du willst damit sagen, du hast mir etwas verheimlicht?« Harry schmollte, aber Cade wusste, dass das alles nur Show war.

Erneut machte sich Schweigen zwischen ihnen breit, während Harry geduldig darauf wartete, dass Cade fortfuhr.

Nach ein paar betretenen Momenten sprach Cade weiter. »Ich bin vor sechs Jahren von zu Hause fortgegangen und nicht mehr zurückgekehrt. Das letzte Mal habe ich meine Mutter im Gerichtssaal gesehen, kurz bevor ich verurteilt wurde.«

»Mit anderen Worten, du hast vor sechs Jahren beschlossen, dass du nichts mehr mit deiner Familie zu tun haben willst.«

»Es war eine Entscheidung auf Gegenseitigkeit.«

Harry legte den Kopf schief. »Wie es aussieht, teilt deine Mutter diese Gefühle nicht.«

Cade ballte die Fäuste. »Sie war da, um zu triumphieren.«

»Hat sie das gesagt? Hat sie die Gelegenheit genutzt, um dir klarzumachen, was für eine Enttäuschung du in ihren Augen bist? Oder irgendetwas, was dir diesen Eindruck vermittelt hat?«

Er ließ die Szene wieder im Kopf ablaufen und murmelte dann so leise, dass er sich selbst kaum hören konnte: »Wir haben nicht miteinander gesprochen … Sie hat es versucht, aber ich habe nicht zugehört.« Er hatte sich zu sehr geschämt. Sich gedemütigt gefühlt.

»Verstehe«, sagte Harry.

Ärger flammte in Cade auf. »Ich hasse es, wenn du das sagst. Was verstehst du? Du hast keine Ahnung, fällst Urteile, als hättest du die magische Gabe, Gedanken zu lesen. Nun, ich habe Neuigkeiten für dich. Du bist genauso falsch wie Hope und Silas.«

Seine Worte glichen Felsbrocken, die einen Hang hinunterrollten und die Landschaft zerstörten. Cade wusste, dass Harry nicht wütend werden würde. Er hatte schon mehrfach versucht, ihn zu provozieren.

Harry fuhr fort, als hätte Cade nichts gesagt: »Ich verstehe, dass deine Familie ein empfindliches Problem ist. Aber dem, was du gesagt hast, entnehme ich, dass du zwar deiner Familie entfremdet bleibst, deine Mutter aber anscheinend anders darüber denkt.«

»Das weißt du nicht«, erwiderte Cade herausfordernd. Einmal hatte er Verständnis für seine Mutter gehabt. Jetzt nicht mehr. Wäre sie ernsthaft daran interessiert, die Kluft zwischen ihnen zu überbrücken, hätte sie sich an ihn gewandt und nicht an Hope.

»Richtig«, stimmte Harry zu. »Aber ich frage mich, ob du das, was du gesehen hast, nicht in einem anderen Licht sehen solltest. Glaubst du ernsthaft, dass Hope ein Gespräch mit deiner Mutter gesucht hat? Oder ist es möglich, dass es genau umgekehrt war?«

»Wie sollte meine Mutter überhaupt von Hope wissen? Niemand in meiner Familie weiß irgendetwas von mir.« Dafür hatte Cade gesorgt. Als er dieses Band zerschnitten hatte, war es für ihn endgültig gewesen.

»Deine Mutter wusste, dass du in dem Gerichtssaal warst«, erinnerte Harry ihn. »Ich nehme an, dass nicht du derjenige warst, der es ihr gesagt hat.«

»Wohl kaum«, entgegnete er spöttisch. »Aber das bedeutet nicht, dass Hope keine Schuld trifft. Sie weiß, wie ich zu meinen Eltern stehe. Dass sie überhaupt mit meiner Mutter spricht, ist an sich schon ein Verrat.«

Harry schien seine Worte abzuwägen. »Du willst mir weismachen, dass du ernsthaft glaubst, Hope würde dich hintergehen, ausgiebige Nachforschungen anstellen, um deine Familie ausfindig zu machen, und ein Treffen arrangieren. Und nicht nur das, sondern auch noch das Risiko eingehen, deine Mutter in Oceanside zu treffen, wo die Möglichkeit besteht, dass du sie siehst.«

Cade tat Harrys Worte rasch ab. »Hope wusste, dass ich an diesem Nachmittag Gruppentherapie habe.«

»Nur dass es einen Wasserrohrbruch gab und die Sitzung in letzter Minute abgesagt wurde.«

»Ja«, bestätigte er. Harry hatte versucht, Zweifel bezüglich des Szenarios zu säen, und obwohl Cade gern geglaubt hätte, dass Hope unschuldig war, war er vom Gegenteil überzeugt. Dieser Zorn, diese Dunkelheit, mit der er die letzten drei Tage lebte, war vertraut, fast willkommen. Er hatte begonnen, dem Licht zu vertrauen, nur um erfahren zu müssen, dass man dem Licht eben doch nicht vertrauen konnte. Es war eine Illusion, so etwas wie eine Fata Morgana.

»Als du sie zur Rede stellen wolltest, wie lautete Hopes Erklärung?«

Das war die Frage, die Cade gefürchtet hatte. »Ich habe ihr keine Gelegenheit gegeben zu lügen.«

»Wirklich?« Harry maß ihn mit einem enttäuschten Blick, den Cade wohlweislich ignorierte.

»Du meinst, du hast auf dein Bauchgefühl gehört«, sagte der Therapeut, »und bist jetzt fertig mit ihr.«

»Ganz genau.« Cade legte keinen Wert darauf, sich irgendetwas von dem anzuhören, was Hope zu sagen hatte. Er wusste, was er gesehen hatte. Was ihn betraf, war dies das Ende. Er wollte nichts mehr mit ihr zu tun haben.

»Und da kam Silas ins Spiel.« Es war eher eine Feststellung als eine Frage.

»Er hat Hope angerufen.« Seine Kiefermuskeln spannten sich bei dem bloßen Gedanken an das an, was sein Freund getan hatte. Der letzte Mensch, den Cade jemals wieder sehen oder mit dem er sprechen wollte, war Hope, und Silas hatte ihn dazu gezwungen.

»Warum hat er das getan?«, fragte Harry. Er wirkte ehrlich neugierig.

Cade stieß lange und vernehmlich den Atem aus. »Das war mein Fehler. Ich habe Silas angerufen und ihn gebeten, mich bei Hooters zu treffen.«

»Hooters«, wiederholte Harry langsam. »Das war kurz nachdem du Hope mit deiner Mutter gesehen hast, richtig?«

»Ja, ich musste nachdenken, weißt du.« Viele Angehörige des Militärs besuchten diese Bar. Es war beruhigend, mit anderen Veteranen zusammen zu sein. Cade, der sich der Konsequenzen nur allzu bewusst gewesen war, hatte sich gehütet, sich zu betrinken. Er hatte keinen Streit gesucht. Hatte nichts anderes erhofft als mitfühlende Zuhörer. Er hatte Silas angerufen, weil er gedacht hatte, sein Freund hätte Verständnis für ihn. Doch er hatte nie die Chance dazu bekommen. Bevor Silas gekommen war, hatte eine Frau, an deren Namen sich Cade nicht mehr erinnern konnte, es sich zum Ziel gesetzt, all seine Bedürfnisse zu erfüllen. Er hatte nicht lange gebraucht, um ihr eigentliches Motiv zu erkennen. Sie hatte gewollt, dass Cade ihre Drinks bezahlte. Als Silas gekommen war, hatte Cade sich geschämt, weil er es nicht geschafft hatte, sie loszuwerden. Die Frau hatte mehr Arme als ein Oktopus und sich ihm förmlich an den Hals geworfen.

Irgendwann, er war nicht sicher, wann, hatte Silas sein Telefon genommen und Hope angerufen.

»Ich weiß nicht, was Silas sich gedacht hat«, sagte Cade. Er bereute fast alles von diesem Abend. Es war ein großer Fehler gewesen, sich an Silas zu wenden, und ein noch größerer, überhaupt ins Hooters zu gehen.

»Ich gebe zu, dass das nicht zu ihm passt«, meinte Harry nachdenklich. »Es sei denn, es herrschten besondere Umstände.«

»Zum Beispiel? Ich war nicht betrunken.«

»Was hat ihn denn deiner Meinung nach dazu veranlasst, sich mit Hope in Verbindung zu setzen?«

Cade wusste es und hatte das Thema nicht zur Sprache bringen wollen. »Ich habe da diese Frau kennengelernt.«

»Aha«, sagte Harry auf diese für ihn typische Art.

Cade wollte vor Frust stöhnen. »Es ist nicht so, wie du denkst.«

»Wer liest denn jetzt Gedanken?«, fragte Harry.

Cade ignorierte die Frage. »Ich konnte sie nicht loswerden. Sie hat sich auf meinen Schoß gepflanzt, mit den Händen in meinen Haaren gewühlt und meinen Hals geküsst, als wäre er die beste Schokolade der Welt.« Er hatte Bissspuren, die das bewiesen.

»Ich kenne diesen Typ.« Harry klang mitfühlend.

»Ja, und das Nächste, was ich weiß, ist, dass Silas kam. Wir versuchten zu reden, aber diese Frau ließ mich nicht in Ruhe.«

»Glaubst du, Silas hatte ein Problem mit deinem plötzlichen Zuneigungswechsel?«

Statt zu antworten, zuckte Cade die Achseln.

»Mir scheint, Silas wollte eher Informationen, als sich einzumischen«, sagte Harry und fügte dann hinzu: »Ich kann mich natürlich irren.«

»Vielleicht«, gab Cade bereitwillig zu. »Aber das ist noch nicht das Schlimmste. Er hat mir mein Telefon gegeben und gesagt, da wäre ein Gespräch für mich. Dabei hatte er Hope entblockt und sie selbst angerufen. Ich wollte nicht mit ihr reden, Silas wusste das genau.«

»Schon möglich«, stimmte Harry zu. »Meiner Erfahrung nach versuchen wir alle zu irgendeiner Zeit, Dinge in Ordnung zu bringen, die besser unangetastet bleiben.«

Daran bestand kein Zweifel. »Das war definitiv eine dieser Zeiten.«

Harry schlug die Beine übereinander und schwieg einen Moment, als grübelte er über all das nach, was Cade ihm erzählt hatte.

»Wenn es dir nichts ausmacht, dass ich frage … Ich wüsste zu gerne, was Hope zu sagen hatte.«

Cade schnaubte. »Sie war lächerlich.«

Harry zog die Brauen hoch. »Inwiefern?«

»Sie hat einen Bruder im Irak verloren. Er war ihr Zwilling … der Letzte ihrer Familie. Ich hatte diese Frau am Hals hängen, und Hope erzählte mir, sie hätte ihr Apartment zertrümmert, nachdem sie erfahren hatte, dass Hunter getötet worden war.«

Harry dachte einen Moment darüber nach. »Interessant. Wie hast du reagiert?«

Cade war nicht stolz auf das, was er gesagt hatte. »Ich meinte zu ihr, wenn sie sich einbilden würde, ich würde ihretwegen mein Leben zerstören, wäre sie schief gewickelt. Sie bedeutet mir nichts. Nicht mehr.«

»Gehe ich recht in der Annahme, dass du seitdem nicht mehr mit ihr gesprochen hast?«

»Da hast du verdammt recht.«

Harry nickte. »Und sie hat nicht versucht, sich mit dir in Verbindung zu setzen?«

»Ich habe ihre Nummer wieder geblockt.«

»Also weißt du nicht, ob sie versucht hat, dich zu erreichen, oder nicht?«

Zeit für die Wahrheit. »Sie hat es nicht getan. Ich habe die Nummer am nächsten Tag wieder freigegeben.«

Auch das schien Harry zu interessieren, aber er sagte nichts dazu, worüber Cade froh war. »Ich dachte, ich würde sie vielleicht zufällig im Tierheim sehen, weißt du«, gab er zu.

»Aber das hast du nicht?«

In den letzten Tagen hatte Cade ein Dutzend Mal Preston nach ihr fragen wollen. Er hatte es nicht getan, obwohl es ihm eine gewaltige Willenskraft abverlangt hatte. Er glaubte, dass sie seinetwegen wegblieb. Dass der Reifenladen direkt gegenüber vom Highschool-Parkplatz lag, machte es auch nicht besser. Er hatte gesehen, wie sie am Morgen nach ihrem Streit dort eingebogen war. Er schien ihr nicht entkommen zu können. Wut simmerte unter der Oberfläche. Wut auf Hope, ja, aber auch auf sich selbst. Er hielt nach ihr Ausschau und schien nicht damit aufhören zu können.

»Bist du sicher, dass du diese Beziehung beenden willst?«, fragte Harry.

»Ganz sicher.« Cade wusste, dass es sein Stolz war, der da sprach. Trotz seiner Entschlossenheit, Hope aus seinen Gedanken zu verbannen, hatte er auf ganzer Linie versagt. Trotz seiner Ernüchterung konnte er nicht aufhören, an sie zu denken. In dem einen Moment wollte er nichts mehr mit ihr zu tun haben, im nächsten vermisste er sie wie nichts sonst auf der Welt. Sie war rasch ein Teil seines Lebens geworden. Er sehnte sich nach Hope. Der Umstand, dass er schwach genug war, das Gefühl zu haben, sie zu brauchen, brachte ihn noch mehr zur Weißglut. Es war das Beste, wenn sie beide getrennte Wege gingen. Sie war eine Krücke für ihn geworden. Es war an der Zeit, ohne Hilfe zu gehen.

Als die Sitzung zu Ende war, hatte sich Cades Stimmung nicht aufgehellt, aber er war schon schlecht gelaunt gekommen. Er hatte noch etliche Sozialstunden abzuleisten, und das war der Grund, dass er von Harrys Büro zum Tierheim fuhr. Das redete er sich zumindest ein.

Preston kam zu ihm, nachdem Cade sich eingetragen

hatte, und gab ihm eine kurze Liste der anstehenden Arbeiten. Während Preston sprach, wanderte Cades Blick durch den ganzen Bereich und suchte nach Hope.

Natürlich nur, um ihr aus dem Weg zu gehen. Aus keinem anderen Grund.

»Suchst du Hope?«, fragte Preston, der zu spüren schien, dass er nicht Cades ungeteilte Aufmerksamkeit hatte.

Bevor er sich selbst daran hindern konnte, antwortete Cade, ließ die Worte allerdings so beiläufig wie möglich klingen.

»Ich habe sie schon eine Weile nicht mehr gesehen.«

»Ja, ich weiß. Sie hat mit den Zwischenklausuren zu tun.«

»Das erklärt es.«

»Wo wir gerade beim Thema sind, ich habe dich auch nicht mehr beim Cottage gesehen.«

»Yeah, ich war beschäftigt.«

Der Blick, den Preston ihm zuwarf, besagte, dass er sich nicht täuschen ließ. Irgendetwas stimmte nicht, und er wusste es. Im Gegensatz zu Silas hütete Preston sich, nachzubohren oder sich einzumischen, wo es nicht erwünscht war. Dafür war Cade dankbar.

Nachdem er eine Stunde im Tierheim gearbeitet hatte, fuhr Cade zu seinem Apartment. Als er am Cottage vorbeikam, bemerkte er, dass Hopes Auto an der üblichen Stelle parkte. Wie es aussah, war bei ihr alles in Ordnung. Er fand das beruhigend und ärgerte sich dann über sich selbst, weil er sich überhaupt Gedanken machte.

Das Letzte, was sie zu ihm gesagt hatte, waren Abschiedsworte gewesen. Sie schien sie ernst gemeint zu haben, was ihm recht war, denn er meinte es ebenfalls ernst.

19

Das Footballteam blieb ungeschlagen, was Scott, Ben und all ihre Freunde noch unerträglicher machte. Seit dem Schulball, wo er behandelt worden war, als litte er an einer ansteckenden Krankheit, war Spencer bei keinem Spiel mehr gewesen. Eine gute Sache war, dass Callie aufgehört hatte, ihm zuzusetzen. Sie hatte lange genug gebraucht, um die Botschaft zu verstehen.

»Gehst du zu dem Spiel?«, fragte Joel, als er sein Lunchtablett gegenüber von Spencer auf den Tisch stellte. Die Cafeteria summte vor Gesprächen über das bevorstehende Spiel an diesem Abend.

Spencer warf ihm einen Blick zu, der alles sagte.

»Hey, ich frag doch nur.«

»Gehst du?«, erkundigte sich Spencer bei seinem Freund. Das wäre eine Premiere für Joel.

»Vielleicht. Oceanside führt ja in der Liga. Niemand hat damit gerechnet, dass wir Montesano schlagen, und jetzt schenkt der ganze Staat uns Aufmerksamkeit. Ich habe gehört, einer der Fernsehsender von Seattle beabsichtigt herzukommen.«

Spencer war nicht interessiert.

»Komm schon, Mann, das ist eine große Sache.«

Scott und seine Freunde fieberten dem Spiel zweifellos entgegen. Wenn es stimmte, was Callie über Collegescouts gesagt hatte, die ihren Bruder für ein mögliches Stipendium im Blick hatten, dann waren das großartige Neuigkeiten. Spencer wünschte Ben alles Gute. Er hatte nichts gegen ihn, abgesehen von den Schwierigkeiten, die Callie wegen dessen Drogensucht in Spencers Leben gebracht hatte.

Brian war mitten in der Diskussion zu ihnen gestoßen.

»Ich überlege jedenfalls hinzugehen, und Brian auch«, verkündete Joel. »Du solltest mitkommen, Spence.«

»Ich werde drüber nachdenken.« Sein Entschluss stand bereits fest. Nichts konnte ihn weniger interessieren als die Frage, wie gut sich das Team schlug oder welchen Platz in der Tabelle sie einnahmen. In ein paar Monaten würde er seinen Abschluss machen und aufs College gehen.

Geschichte der USA bei Miss Goodwin war sein letzter Kurs für heute. Er hatte seit einigen Tagen eine leise Veränderung bei ihr bemerkt. Sie war nicht so sehr bei der Sache wie sonst, und sie lachte auch nicht so leicht. Er war sicher, dass sie irgendwelche schlechten Nachrichten bekommen hatte, und wünschte, er wüsste, wie er sie am besten aufmuntern könnte. Obwohl es ihn betroffen machte, war er nicht gut in solchen Dingen.

Seine Stimmung hellte sich auch nicht gerade auf, als Callie ihm aus dem Klassenzimmer folgte. Er versuchte, sie abzuschütteln, indem er geradewegs auf den Parkplatz zusteuerte. Zu seinem Unmut rannte Callie hinter ihm her.

»Hey, warte mal!«, rief sie. Schulbusse stießen Abgaswolken aus, als sie auf die Stellplätze einbogen und darauf warteten, Schüler einzuladen.

Da er begriff, dass er Callie nicht entkommen konnte, drehte sich Spencer zu ihr um.

Sie hielt ihre Handtasche eng an ihre Seite gepresst. Das Lächeln und der glückliche Gesichtsausdruck, den sie für gewöhnlich zur Schau trug, waren verschwunden. Ihre Stirn war gerunzelt.

Irgendetwas stimmte ganz eindeutig nicht. »Was ist denn los?«, fragte er.

»Ich habe herausgefunden, wer Ben die Drogen besorgt.«

Spencer holte tief Luft. »Wer?«

»Scott«, flüsterte sie, fast als fürchtete sie, belauscht zu werden, was angesichts des hektischen Treibens ringsum höchst unwahrscheinlich war.

Scott. Das kam ziemlich überraschend, aber Spencer hegte seine Zweifel. Scotts Vater war ein bekannter Anwalt, und die Familie hatte Geld.

»Und woher weißt du das?«, fragte Spencer.

Sie blickte sich nervös um und senkte die Stimme. »Ich habe gesehen, wie er meinem Bruder eine Tüte mit Pillen gegeben hat.«

»Bist du sicher, dass du das wirklich gesehen hast?«

Sie nickte. »Ganz deutlich. Ich war da. Und ich bin nicht dumm, ich weiß, was in dieser Plastiktüte war.«

»Hast du das irgendjemandem erzählt?«

»Noch nicht … Ich habe Scott zur Rede gestellt.«

»Und er hat natürlich alles abgestritten.« Spencer würde niemals damit rechnen, dass Scott mit der Wahrheit herausrückte.

Callie nickte, als hätte sie sich mehr davon erwartet.

»Was hast du gesagt?«, wollte er wissen.

»Als Erstes habe ich gedroht, dem Coach alles zu erzählen, und da hat Scott mich einfach ausgelacht. Er sagte, ich solle ruhig zu ihm gehen. Der Coach ist nicht blöd. Sein Team ist die Nummer eins im Staat, und er würde nichts tun, was die Chancen der Schule auf den Titel ruiniert.«

Spencer wusste, dass Scott recht hatte. Der Coach würde alles vertuschen, um die Chancen auf den Titel nicht zu gefährden. Vor allem, weil Gerüchte im Umlauf waren, dass er als Assistenztrainer für die Universität Washington im Gespräch war. Es ging auch nicht allein um den Coach. Ganz Oceanside war wegen des Teams in Aufregung. Die Stimmungswellen schlugen hoch. Jeder in der Stadt stand hinter ihnen. Da zu dieser Jahreszeit nur wenige Touristen vor Ort waren, verschafften die Erfolge des Teams der Gemeinde Vergnügen, auf das sie sich konzentrieren und das sie bejubeln konnten. Coach Simmons würde das auf keinen Fall aufs Spiel setzen.

Callie stiegen die Tränen in die Augen. »Hast du mich verstanden, Spencer? Scott hat mich ausgelacht.«

»Was hast du denn erwartet?«, fragte er nicht unfreundlich. »Du hast ihn zur Rede gestellt, und er hält sich für unantastbar, so wie das gesamte Team. Nichts kann ihm etwas anhaben.«

»Ich … ich habe etwas getan, was dir nicht gefallen wird«, gestand sie, ohne ihn anzusehen.

Spencers Schultern sanken herab, und er seufzte gereizt. »Was denn nun schon wieder?«

Callie starrte auf den Bürgersteig, als hätte sie all ihren Mut verloren. »Du musst bedenken, dass ich wütend und frustriert war. Scott hat sich benommen, als wäre das alles ein großer Witz. Er hat mich nicht ernst genommen. Mich behandelt wie eine Idiotin und gedacht, ich hätte nicht den Mut, es irgendwem zu erzählen.«

Dass sie mit nichts weniger gerechnet hatte als damit, war bezeichnend. Weil Callie hübsch und beliebt war, glaubte sie, sie könnte sagen, was sie wollte, ohne irgendwelche Folgen befürchten zu müssen.

»Was hast du getan?«, fragte Spencer. Sie war ihm nicht hinterhergelaufen, weil sie ihm erzählen wollte, dass sie wie eine Närrin dagestanden hatte.

»Es war mein letzter Ausweg. Ich musste etwas tun, sonst würden sie weitermachen wie bisher.«

»Callie.«

Sie biss sich auf die Unterlippe. »Ich habe erwogen, es meinen Eltern zu erzählen.«

»Warum hast du das nicht getan?«

»Wenn ich Mom und Dad sagen würde, dass Ben Drogen nimmt und Scott ihn damit versorgt, dann würden sie zu Scotts Eltern gehen. Ich meine, sie sind befreundet und so, also ist das eine logische Schlussfolgerung, oder?«

Spencer schwieg unschlüssig.

»Und wenn sie das täten, würde Scott behaupten, ich hätte das alles erfunden, weil …« Sie zögerte und sah ihn an.

»Weil Scott dich nicht mehr zurückhaben wollte, nachdem du mit mir zu dem Schulball gegangen bist«, mutmaßte er.

»Ich wollte gar nicht zu Scott zurück«, beharrte sie. »Ich war fertig mit ihm, als er mir gegenüber aggressiv wurde, nachdem ich mich geweigert hatte, mit ihm zu tanzen. Eigentlich war ich schon vor dem Ball mit ihm durch. Er ist nicht mehr so wie früher, er ist gemein und rachsüchtig.«

»Wegen der Drogen?«

»Ich glaube schon.«

»Hast du es deinen Eltern gesagt oder nicht?« Er konnte nur hoffen, dass sie es getan hatte.

»Nein. Meine Eltern mögen mir vertrauen, aber die von Scott nicht. Es ist zu einfach, die Augen vor der Wahrheit zu verschließen, wenn das hieße, sie müssten etwas unternehmen, das die Chancen ihres Sohnes auf dem Footballfeld beeinträchtigen würde. Sie lieben die Aufmerksamkeit.«

Callie hatte recht.

»Du hast etwas getan, das mich betrifft, nicht wahr?« Darauf lief das gesamte Gespräch hinaus.

Sie schluckte. »Ich habe Scott gesagt, dass ich nicht die Einzige bin, die Bescheid weiß.«

»Du hast ihm meinen Namen genannt?« Obwohl er fragte, kannte er die Antwort bereits. Erinnerungen an diesen demütigenden Instagram-Post schossen ihm durch den Kopf. Das war sogar noch schlimmer gewesen, als mit dem Gesicht in die Toilette getaucht zu werden. Die ganze Schule hatte es gesehen.

»Es tut mir leid, Spence.«

»Toll. Einfach toll.«

Man musste es Callie zugutehalten, dass sie ihr Verhalten aufrichtig zu bedauern schien. Ihr Handeln verriet ihm, dass da mehr dahintersteckte und sie es ihm verschwieg.

»Was noch?«

»Ich habe versucht, Scott zur Vernunft zu bringen. Wenn er nicht so unverschämt gewesen wäre, wäre ich einfach gegangen. Aber er war so ekelhaft, hat sich über mich lustig gemacht und mich beschimpft. Ich konnte ihn nicht ungeschoren davonkommen lassen.« Dieser Rückschlag musste eine harte Lektion für sie gewesen sein.

»Ben war nicht dabei?« Callies Bruder hatte sie früher verteidigt, und Spencer wusste, dass er es wieder tun würde, egal wie die Umstände wären.

»Nein. Ich hatte gehofft, weißt du, Scott würde auf vernünftige Argumente hören.«

Callies Fuß stieß gegen einen Kiesel, und sie kickte ihn mit der Schuhspitze herum. »Ich sagte ihm, du wärst ihm auf der Spur und entschlossen, alle nötigen Beweise zusammenzutragen, um damit zu Sheriff Terrance zu gehen.«

Spencer schloss die Augen und stöhnte.

»Ich weiß, ich hätte das nicht sagen sollen, aber mir ist kein anderer Weg eingefallen, um Scott zu zeigen, dass ich es ernst meine.«

»Du denkst, mich ans Messer zu liefern war deine einzige Option.« Flüchtig überlegte er, ob er das Schuljahr mit virtuellem Lernen beenden konnte. Er hatte genug Punkte, um seinen Abschluss zu machen. Es würde bedeuten, dass er sich ein paar Monate verstecken musste.

»Ich weiß, dass es dumm von mir war. Ich wollte es dir nicht sagen.«

»Erspar mir das bitte.« Jetzt war er wütend. Außer sich. Er biss sich auf die Zunge, um nichts zu sagen, was er später bereuen würde, fuhr herum und ließ sie mit über das Gesicht strömenden Tränen mitten auf dem Parkplatz stehen.

Es verstand sich von selbst, dass Spencer dem Footballspiel am Freitagabend fernblieb. Montagmorgen gab er vor, krank zu sein, und langweilte sich mittags zu Tode. Sosehr es ihn auch reizte, er konnte sich nicht für den Rest des Schuljahrs verstecken. Seine Eltern würden wissen wollen, warum, und er war noch nie ein guter Lügner gewesen.

Ein Dutzend Ideen gingen ihm durch den Kopf. Die beste war auch die direkteste. Er würde Scott aufsuchen und ihm sagen, dass Callie völlig falschlag. Er wusste nichts, und selbst wenn, ging es ihn nichts an.

Je länger er darüber nachdachte, desto stärker wurde der Drang. Er erwog, Scott eine E-Mail zu schicken. Er hatte die Adresse des Quarterbacks gefunden, als er sich in Bens Computer gehackt hatte. Obwohl die Idee gut schien, hielt Spencer es doch für besser, mit Scott unter vier Augen zu sprechen. Er würde auch dafür sorgen, dass viele Leute in der Nähe waren, was seine Chancen verringern würde, zu Brei geschlagen zu werden. Allerdings nicht so nah, dass jemand ihr Gespräch mit anhören konnte, was ihm nur wenige Möglichkeiten ließ.

Dienstagmorgen kehrte Spencer zur Schule zurück. Er hatte weder Joel noch Brian erzählt, was Callie getan hatte. Zwar konnte er ihre Unterstützung gebrauchen, aber er wollte seine Freunde nicht in diesen Schlamassel mit hineinziehen. Halbherzig hielt er nach Scott Ausschau und war fast dankbar dafür, dass er ihn nicht sah.

Er saß in seinem letzten Kurs des Tages, entschlossen, mit Scott zu reden, bevor er ging – als er draußen auf dem Schulparkplatz ein Geräusch hörte, das an einen Feuerwerkskörper erinnerte.

Als er aus dem Fenster blickte, schnappte er wegen des Anblicks, der sich ihm bot, entsetzt nach Luft. Sein Auto brannte lichterloh.

Unfähig, an etwas anderes zu denken, rannte Spencer aus dem Klassenzimmer.

Miss Goodwin rief ihm nach, stehen zu bleiben, und als er das nicht tat, eilte sie ihm hinterher.

Er zog seine Jacke aus und begann, auf die Flammen einzuschlagen, die seinen 1965er Dodge Dart umzüngelten, während Miss Goodwin versuchte, ihn davon abzuhalten.

20

Cade hörte von der Highschool her ein Geräusch, das an einen Kanonenschuss erinnerte. Er war damit beschäftigt, die Front eines Chevy-Trucks zu richten, und fuhr wegen des plötzlichen Knalls herum. Der Anblick, der sich ihm bot, ließ ihm das Blut in den Adern gefrieren.

Flammen züngelten aus einem Fahrzeug auf dem Schulparkplatz.

Zu seinem Entsetzen sah er Hope hinter einem Teenager herrennen, der direkt auf das brennende Auto zustürmte. Hope war knapp hinter ihm und brachte sich in unmittelbare Gefahr. Das konnte er nicht zulassen. Mit einer Kraft, die stärker war als sein Wille, und ohne Angst um sich selbst warf Cade den Schraubenschlüssel in seiner Hand weg und setzte ihr nach. Sein Herz pumpte aus Furcht vor dem, was passieren konnte, wenn das Auto explodierte wie ein Rennwagenkolben.

Als er über die Straße jagte, wobei sich sein verletztes Bein schneller bewegte, als er es für möglich gehalten hätte, sah er einen weiteren Teenager, ein Mädchen diesmal, das Hope und dem Jungen folgte. Der Junge zog seine Jacke aus und begann, damit auf die Flammen einzuschlagen. Seine Anstrengungen waren fruchtlos und setzten ihn und Hope einem sogar noch größeren Risiko aus.

Jeder konnte sehen, dass es sinnlos war, aber das hielt weder ihn noch Hope auf, die verzweifelt versuchte, den Teenager von dem brennenden Fahrzeug wegzuzerren.

Voller Angst, das Feuer würde den Benzintank erreichen, ihn explodieren lassen und Hope und die zwei Schüler töten, stürmte Cade trotz der Schmerzen in seinem Bein so schnell er konnte vorwärts. Ungeachtet möglicher Folgen für ihn konnte er nicht zulassen, dass Hope zu Schaden kam. Bilder von seinen in Flammen stehenden Freunden schossen ihm durch den Kopf. Nicht noch einmal. Nie wieder. Lieber würde er selbst sterben, als zuzusehen, wie noch jemand, den er liebte, einen so schrecklichen Tod erlitt.

Feuerwehrsirenen heulten in der Ferne, als er Hope erreichte. Von panischer Verzweiflung erfüllt, packte er sie um die Taille und zog sie zurück. Sie stolperte und wäre in ihrem Kampf darum, sich zu befreien, fast gestürzt, bevor sie erkannte, dass er es war.

»Hol Spencer«, schrie sie. »Hol ihn vom Feuer weg.«

Noch bevor sie den Satz zu Ende gebracht hatte, bekam Cade den Jungen zu fassen und zerrte ihn von dem brennenden Auto fort.

Inzwischen waren zwei weitere Mechaniker aus der Werkstatt dazugestoßen, und etliche Angehörige des Schulpersonals waren aus dem Gebäude gekommen. Sie traten hilflos ein Stück zurück; konnten nichts anderes tun, als zu beobachten, was sich vor ihren Augen abspielte.

In sicherer Entfernung von dem Auto sank Spencer auf den Bürgersteig und barg das Gesicht in den Händen. Callie beugte sich über ihn. Tränen schimmerten in ihren Augen.

Als er Hope ansah, wollte er sich nur vergewissern, dass sie unversehrt war. Er strich mit den Händen über ihr Gesicht und an ihren Armen herunter, als würde er nach Verletzungen suchen; brauchte die Gewissheit, dass mit ihr alles in Ordnung war.

»Hast du dich verbrannt?«, wollte er wissen.

»Ich ... ich glaube nicht.«

»Du hättest nie so nah an das Feuer herangehen dürfen.«

»Aber Spencer ... ich musste zu ihm.«

»Ich weiß, ich weiß.« Cade trat zurück, stützte die Hände auf die Knie und hielt inne, um Luft zu schöpfen. Seine Lungen brannten von der Anstrengung, zu Hope zu gelangen, und der Angst, die ihn fast verzehrt hatte.

»Bist du okay?«, fragte einer seiner Arbeitskollegen, kam zu ihm und blieb neben ihm stehen.

Cade konnte nur stumm nicken. Er zitterte am ganzen Körper, weniger aufgrund der Strapazen als vielmehr wegen der Erinnerung an ein anderes lichterloh brennendes Fahrzeug an einem anderen Ort und zu einer anderen Zeit.

»Mir fehlt nichts«, gelang es ihm schließlich hervorzustoßen.

Im Lauf der letzten paar Wochen hatte er sich seinen Kollegen Jason und Boyd gegenüber ein wenig geöffnet, verspeiste seinen Lunch mit ihnen und unterhielt sich. Seit dem Bruch mit Hope aß er wieder in seinem Truck oder fuhr unter irgendeinem Vorwand zu McDonald's. Er war nicht in der Stimmung, sich freundlich und umgänglich zu geben, und statt Jason und Boyd vor den Kopf zu stoßen, war er ihnen aus dem Weg gegangen.

Die Feuerwehr traf ein und zwang sie, zum Schulgebäude zurückzuweichen, damit die Männer arbeiten konnten. Die Glocke läutete zum Unterrichtsschluss, und die Schüler strömten aus dem Gebäude. Die meisten standen herum, verfolgten die Szene, die sich ihnen bot, und tuschelten miteinander.

Seit die Feuerwehr da war, herrschte auf dem gesamten Gelände rund um die Schule Chaos. Rauch und Flammen stiegen in die Höhe und verdunkelten den Himmel, und der Gestank verbrannten Leders hing in der Luft. Die Feuerwehrleute löschten die Flammen schnell, zurück blieben nur der dicke Wasserschlauch, der sich aus dem Fahrzeug schlängelte, und der rauchende Autokadaver mit dem rußgeschwärzten Inneren. Der Brandmeister ging davon, um mit einem der Schulbeamten zu sprechen.

In der Ferne ertönten weitere Sirenen, als die Polizei anrückte. Einige Schüler hatten ihre Telefone gezückt und filmten das Geschehen, zweifellos, um es in den sozialen Medien zu posten.

Sie waren noch einmal glimpflich davongekommen. Es gab so viel, was Cade Hope sagen wollte. Sie stand bei den zwei Schülern, und er griff nach ihr und drückte sie an seinen schmutzigen Overall und sein schmerzendes Herz. Gegen seine Brust gepresst, hob sie das Gesicht zu ihm. In ihren Augen standen unzählige Fragen.

Cade, der wie angewurzelt dastand, hätte sie nicht loslassen können, selbst wenn es um Leben und Tod gegangen wäre. Er hungerte nach ihrem Anblick. Sein

Verlangen war so groß, dass er erstarrt zu sein schien. Stumm flehte er sie an, den Blick abzuwenden und ihn freizugeben. Im selben Atemzug betete er, sie würde ihn nie wieder loslassen.

Während er in ihrem Blick gefangen war, lächelte sie ihm zu.

»Hey«, sagte sie. Ihre Stimme klang belegt, als sie den Kontakt abbrach und einen Schritt zurücktrat.

Ihr Verhalten erschütterte ihn.

Über zehn Tage hatte er gekämpft, mit dem Leben, der Welt und hauptsächlich mit sich selbst gehadert. Er war in eine Schlacht verstrickt, von der er wusste, dass er sie nur verlieren konnte. Allein sein Stolz hatte sie beide voneinander ferngehalten. Aber Stolz war einsam und unnachgiebig in seinen Forderungen, niemals tröstlich.

In dem Moment, wo er Hope wieder in den Armen hielt, durchflutete ihn ein tiefer innerer Friede wie ein im Frühjahr angeschwollener Bach. Er hatte falschgelegen, so falsch. Sowie er bereit war, sich selbst einzugestehen, was er getan hatte, erkannte er, dass er Hope in seinem Leben brauchte, egal zu welchem Preis.

»Du bist nicht verletzt?«, fragte er erneut, musste die Worte von ihr hören, um Ruhe zu finden.

»Mir geht es gut.« Sie hielt die Arme verschränkt, schloss ihn aus.

»Es war leichtsinnig von dir, zu dem brennenden Auto zu laufen.«

»Ich musste etwas tun«, sagte sie. Die Distanz zwischen ihnen brachte ihn fast um.

»Klar.« Obwohl er ihr Vorwürfe machen wollte,

brachte er es nicht über sich. Er hätte genauso reagiert. Genau genommen hatte er das auch getan, er war aus Angst um sie auf das in Flammen stehende Auto zugelaufen. Da er merkte, dass sie ihm nicht in die Arme fallen würde, fragte er: »Können wir später reden?«

Sie zögerte, bevor sie antwortete, was ihm wie eine Ewigkeit vorkam. Sein Puls hämmerte laut genug, um in seinen Ohren zu dröhnen.

»Ich denke, das sollten wir tun«, sagte sie endlich.

Bevor eine weitere Minute verstrich, musste er ihr klarmachen, wie sehr er sein Verhalten bedauerte. »Es tut mir so leid, Hope.«

Sie nahm das lediglich mit einem Nicken zur Kenntnis.

Obwohl er sie nicht allein lassen wollte, blieb ihm keine andere Wahl. Sie wurde in der Schule gebraucht, und er musste seinen Job zu Ende bringen.

»Ich komme nach der Arbeit beim Cottage vorbei«, sagte er.

»Okay.«

Da er den Drang verspürte, noch mehr zu sagen, fügte er hinzu: »Ich habe dich vermisst.«

Wie dumm er gewesen war … nicht bereit, zuzuhören, nicht bereit zu akzeptieren, dass sie keine Schuld traf. Er hatte sie verletzen wollen, so wie sie ihn verletzt hatte, nur um feststellen zu müssen, dass er allein sich selbst bestraft hatte.

»Ich dich auch.« Hope wandte sich ab und ging auf die Schule zu. Cades Herz wurde schwer, und er betete inbrünstig, dass er den Schaden reparieren konnte, den er ihrer Beziehung zugefügt hatte.

Sobald Cade zurück war, bestürmte sein Boss ihn mit Fragen.

»Ist dein Mädchen okay? Was ist mit der Schule? Was ist passiert?«, wollte Cliff wissen, der sein Büro verließ und sich gegen den Türrahmen lehnte.

»Anscheinend ein Autobrand.«

Cliff runzelte die Stirn, und Cade bemerkte, dass die beiden anderen Mechaniker Blicke wechselten.

»Ein Autobrand«, wiederholte Cliff und schüttelte den Kopf, wie um zu sagen, dass ihn, was die Highschool betraf, nichts mehr schocken konnte. »Gut, dass die Feuerwehr schnell da war, sonst hätte der Wagen explodieren können.«

Obwohl seine Gedanken um Hope und ihr bevorstehendes Gespräch kreisten, erledigte Cade den Rest des Nachmittags seine Arbeit. Als er fertig war, eilte er zu seinem Apartment, duschte, zog sich um und fuhr dann zu dem Cottage am Meer, um Hope zu sehen.

Hope.

Der Name hätte nicht passender sein können. Er hatte sich selbst bestraft, indem er ferngeblieben war. Sein Stolz war ein jämmerlicher Gefährte. Er war aus eigener Entscheidung allein geblieben, hatte sich eingeredet, er wäre eine Insel und würde niemanden brauchen. Wie dumm von ihm! Der Autobrand hatte diese Theorie platzen lassen wie eine Seifenblase.

Als er Angst gehabt hatte, Hope könnte in Gefahr schweben oder verletzt sein, war sein Stolz eines plötzlichen Todes gestorben. Es kümmerte ihn nicht mehr, ob Hope sich mit seiner Mutter gegen ihn verschworen hatte. Cade brauchte sie wegen des Lichts, das sie in sein Leben brachte. Was auch immer sich zwischen ihr und seiner Mutter abgespielt hatte, würden sie gemeinsam besprechen.

Shadow war in dem eingezäunten Garten, als Cade bei dem Cottage eintraf. Als er aus dem Truck kletterte, sah er Mellie Young im Haus gegenüber. Sie hatte den Vorhang zur Seite geschoben und starrte ihn durch das Küchenfenster an. Sogar aus der Entfernung konnte Cade sehen, dass Mellie die Stirn runzelte. Wie es aussah, musste er nicht nur bei Hope, sondern auch bei ihr etwas wiedergutmachen. Er konnte sich darauf verlassen, dass sich der Zorn der Vermieterin über ihm entladen würde, wenn er Hope verletzte. Zugleich ermutigte es ihn, dass Preston und Mellie Hope den Rücken stärkten.

Als Shadow bei seinem Anblick keinerlei Begeisterung zeigte, zögerte Cade. Der Schäferhundmischling musterte ihn misstrauisch, als hätte seine Abwesenheit jegliches Vertrauen zu ihm zerstört.

»Ich komme in Frieden«, sagte er zu dem Hund.

Hope öffnete die Tür und blieb auf der Veranda stehen. »Shadow, es ist Cade.«

Beim Klang ihrer Stimme wedelte der Hund mit dem Schwanz und kam auf Cade zu, der lange genug innehielt, um ihn hinter den Ohren zu kraulen, bevor er mit Hope in das Cottage trat.

Drinnen standen sie sich gegenüber. Ein paar verlegene Sekunden lang sprach keiner von ihnen. Sie hielten Abstand zueinander. Hope hatte die Arme wie einen Schutzschild um sich geschlungen, als wäre sie nicht sicher, was sie erwartete.

Da er derjenige war, der vorgeschlagen hatte, dass sie redeten, fühlte er sich verpflichtet, das Wort zu ergreifen. Er wusste allerdings kaum, wo er anfangen sollte. Er wusste nur, dass er bereit war, alles zu tun oder zu sagen, was sie in seine Arme zurückbringen würde.

»Ich war ein Idiot.«

Hope widersprach ihm nicht.

»Wenn du dich an meine Mutter gewandt hast, muss ich glauben …«

Hope schnitt ihm mit einem Kopfschütteln das Wort ab. »Wenn du mir die Chance gegeben hättest, alles zu erklären, wüsstest du, dass sie in die Highschool kam und darum bat, mit mir zu sprechen.«

»Woher wusste sie von dir?« Er hatte sich eine Reihe von Szenarien überlegt und keine Ahnung, woher seine Mutter von seiner Beziehung mit Hope wissen könnte.

»Sie hat uns an dem Tag am Strand gesehen, wo du uns Hotdogs gekauft hast.«

»Sie war da?«, fragte er, außerstande, seine Überraschung zu verbergen. »Welchen Grund sollte sie haben, sich in Oceanside aufzuhalten?« Obwohl er fragte, rechnete er nicht damit, dass Hope eine Antwort darauf hatte.

»Das kannst du dir wirklich nicht vorstellen, oder?« Sie schüttelte den Kopf, als läge der Grund auf der Hand. »Sie erzählte mir, sie wäre ein paarmal in die Stadt gefahren, um dich zu sehen.« Dann berichtete sie ihm, was sie über die Anwesenheit seiner Mutter im Gerichtssaal und ihre Vermutung, er könne in Oceanside leben, in Erfahrung gebracht hatte.

»Warum?«, fragte er.

»Aus mehreren Gründen«, erwiderte Hope. »Ihr liegt sehr viel an dir, und sie wollte sich vergewissern, dass es dir gut geht.«

So gerne er glauben wollte, dass seiner Mutter etwas an ihm lag, es fiel Cade schwer, vor allem nach der Art, wie sie ihn vor sechs Jahren im Stich gelassen hatte. »Warum hat sie nicht mit mir geredet?«

»Sie wollte es, hat aber befürchtet, dass du, nachdem du ihr im Gerichtssaal die kalte Schulter gezeigt hast, sie wieder abblitzen lassen würdest.«

Es war schwierig, das zu verarbeiten, was Hope sagte. Er fuhr sich mit der Hand durch die Haare, als er in ihrem kleinen Wohnzimmer auf und ab tigerte. So schwer es auch war, sich das vorzustellen, aber vielleicht gab es tatsächlich einen Weg, die Beziehung zu seinen Eltern zu kitten.

Zu seiner Mutter, berichtigte er sich. Cade war überzeugt, dass sein Vater nichts von den Versöhnungsversuchen seiner Mutter wusste. John senior hätte das zweifellos nicht gestattet.

»Ich habe voreilige Schlüsse gezogen, als ich euch beide zusammen gesehen habe«, gab er zu. Er hatte keine andere Entschuldigung als das, was die Erfahrung ihn gelehrt hatte. »Es tut mir leid, Hope. Können wir diese Sache vergessen und noch einmal von vorne anfangen?« Mit angehaltenem Atem wartete er auf ihre Antwort. »Bitte«, fügte er hinzu, weil er erkannte, wie viel sie ihm bedeutete und wie sehr er sie brauchte.

»Du hast dich geweigert, mir zuzuhören. Du hast mich geblockt und dir sofort eine andere Frau gesucht.«

»Es ist nicht so, wie es aussieht, das schwöre ich. Ja,

ich habe dich geblockt, und ja, ich war dumm genug, dir nicht die Gelegenheit zu geben, alles zu erklären. Aber ich schwöre bei allem, was mir heilig ist, dass es keine andere gab. Diese Frau hat sich mir an den Hals geworfen. Ich musste grob werden, um sie loszuwerden. Sie hat mir nichts bedeutet. Die einzige Frau, die ich will, bist du, Hope.«

»Ich wollte das wirklich glauben … Als ich dir von Hunter erzählte, sagtest du, ich wäre nicht mehr alleine, und du würdest nirgendwo hingehen. Erinnerst du dich? Das waren leere Worte, Cade. In dem Moment, wo du die geringsten Zweifel hattest, bist du gegangen und hast dich nicht mal umgeblickt.«

»Ich war ein Idiot. Habe ich dich verloren?« Das Herz schlug ihm bis zum Hals, als er auf ihre Antwort wartete.

»Kann ich dir vertrauen, Cade?«

Mit jeder Faser seines Herzens wollte er ihr die Zusicherung geben, die sie brauchte. Aber er konnte nicht lügen, konnte sie nicht täuschen. Es wäre entschieden zu einfach, ihr zu sagen, was sie hören wollte, und sie dann wieder zu enttäuschen und zu verletzen. Er weigerte sich, das zu tun.

»Ich weiß es nicht, Hope. Ich würde gern sagen, dass ich alles für diese Beziehung tun würde. So fühle ich, und das wünsche ich mir mehr als alles andere. Das größte Problem bin ich selbst. Ich befinde mich in einem Prozess. Die Zukunft ist ungewiss. Aber eins kann ich sagen: Ich werde mir die größte Mühe geben, um so offen und ehrlich zu dir zu sein, wie ich kann.«

Hope hörte zu und schien zu verstehen.

»Ist das genug?«

Ihr Seufzen schien ihre Brust leer zu pumpen, als sie nickte. »Ich habe meine eigenen Probleme, mit denen ich fertigwerden muss. Als ich mich mit Willa unterhalten habe – was ich inzwischen mehrere Male getan habe –, hat sie mir geholfen, viel von mir selbst zu verstehen. Sie hat Sean und den Rest ihrer Familie. Ich hatte niemanden, bis ich dich kennenlernte und …« Sie zögerte und wandte den Blick ab, bevor sie ihn wieder ansah. »Ich dachte fälschlicherweise, dass ich nicht mehr allein sei, weil es dich in meinem Leben gibt. Die Wahrheit ist, dass ich mich mit der Tatsache abfinden musste, doch allein zu sein, keine Familie zu haben. Das war schmerzhaft für mich, als ich begriff, dass ich nicht auf dich zählen konnte.«

Ihre Worte trafen ihn, was sie zu merken schien, denn sie fügte rasch hinzu: »Es war falsch, dich in diese Position zu drängen. Ich musste tief in mir selbst forschen, um meinen Frieden zu finden. Ich denke, wir könnten uns gegenseitig helfen, Cade. Und um deine Frage zu beantworten – gegenüber dem anderen aufrichtig zu sein ist genug. Das Vertrauen kommt mit der Zeit.«

»Danke«, flüsterte er, und da er es keinen Moment länger ertrug, sie nicht in den Armen zu halten, griff er nach ihr.

Er vergrub die Finger in ihren Haaren, beugte sich vor und küsste sie voller Erleichterung und Verlangen, bekam nicht genug von ihrem Geschmack und ihrem Zitronenduft. Er atmete ihn ein, als wäre er das Leben selbst.

Sie hielten einander einige Minuten umschlugen, bevor sie sich nebeneinander auf das Sofa setzten. Weil er den Körperkontakt nicht abbrechen konnte, ließ Cade den Arm um ihre Schultern liegen. Es war pures Glück, als Hope sich an ihn lehnte. Shadow machte es sich vor ihnen auf dem Boden bequem und legte die Schnauze auf Hopes Fuß.

»Weiß jemand, wie es zu dem Autobrand kam?«, fragte er. Er hatte nicht lange genug bleiben können, um zu hören, was die Ursache des Feuers war.

»Noch nicht, obwohl ich einen Verdacht habe. Callie war früher am Tag sehr aufgeregt. Sie hatte Differenzen mit Spencer und brauchte jemanden, mit dem sie über das sprechen konnte, was in ihrem Leben vor sich geht. Während wir uns unterhalten haben, sagte sie, sie hätte Stress wegen ihres Bruders und wäre sicher, dass er Drogen nimmt. Sie schien auch zu wissen, wer Ben die Drogen verkauft. Ich bin sofort zu Dekan Wilcox gegangen, und er hat den Coach kommen lassen. Der Coach hatte eine Menge Fragen an mich. Ich habe sie beantwortet, so gut es mir möglich war. Callie ist diejenige, mit der Coach Simmons und der Dekan wirklich reden müssen.«

»Und?«

»Wir drei haben gut dreißig Minuten lang über diese Informationen gesprochen. Der Coach ist überzeugt, er wüsste es, wenn einer seiner Spieler dumm genug wäre, Drogen zu nehmen, geschweige denn, sie zu verkaufen.«

Cade zögerte, wie um das zu verarbeiten. »Wie hat Dekan Wilcox reagiert?«

Hope seufzte ärgerlich. »Er sagte, er würde persönlich

mit Scott darüber reden, aber der Coach erinnerte ihn daran, dass Callie vor Kurzem mit Scott Schluss gemacht hätte und dass das wahrscheinlich eine Lüge sei, die sie sich ausgedacht hätte, damit Scott aus dem Team fliegt.«

»Und da ihr außer dem, was Callie gesagt hat, keine Beweise habt, sind sie geneigt, die Angelegenheit auf sich beruhen zu lassen.«

»Genau. Das Problem ist, ich glaube Callie. Ich denke nicht, dass sie etwas derart Hinterhältiges tun würde, um sich an Scott zu rächen.«

Hope wurde still und nachdenklich. »Bezüglich der Drogen herrscht an der Schule eine Null-Toleranz-Politik, und ich fürchte, mit dem Finger auf den Topathleten der Highschool zu zeigen, wird sowohl von Dekan Wilcox als auch vom Coach ignoriert werden. Ich habe meine Pflicht getan und gemeldet, was Callie mir erzählt hat. Ich weiß nicht, was ich sonst noch tun könnte.«

»Und wenn du mit Sheriff Terrance redest?«

»Ich habe daran gedacht, aber hinter dem Rücken der Schulverwaltung zu agieren wäre beruflicher Selbstmord. Im Moment kann ich nur abwarten. Wenn es stimmt, was Callie gesagt hat, und da zweifle ich nicht daran, wird sich alles im Lauf der Zeit aufklären.«

»Du weißt, wie ich darüber denke, dass du dich in Gefahr bringst.«

»Ich bin vorsichtig«, versprach sie. »Ich werde nichts tun, was mich zur Zielscheibe macht.«

»Hat dich jemand gesehen, als du zu Dekan Wilcox gegangen bist?«, bohrte er weiter.

Hope wandte den Blick ab.

»Hope?«

»Scott hat mich mit Callie reden sehen und ist mir dann gefolgt, als ich zum Büro des Dekans gegangen bin. Ich hoffe, er geht davon aus, dass es etwas mit dem Autobrand zu tun hatte. Als ich gegangen bin, war Scott nirgendwo zu sehen.«

»Was ist mit dem Autobrand?«, fragte Cade.

»Er wird untersucht, aber mein Bauchgefühl sagt mir, dass Scott dahintersteckt.« Sie machte sich so weit los, dass sie Cade in die Augen sehen konnte. »Spencer hält ihn auch für schuldig. Kurz nachdem du gegangen bist, hat er die Beherrschung verloren. Ehe jemand ihn zurückhalten konnte, ist er Scott hinterhergestürmt, hat ihn angeschrien und ihn geschubst.«

Cade wusste, dass der Footballspieler gut vierzig Pfund mehr Muskelmasse hatte als Spencer. In einer handgreiflichen Auseinandersetzung konnte der Junge nur verlieren. »Das war noch nicht einmal annähernd ein fairer Kampf.«

Sie biss sich auf die Lippe, bevor sie antwortete. »Es war scheußlich, Cade. Scott hat mit voller Wucht zurückgeschlagen. Dann hat sich Callie auf Scotts Rücken geworfen. Er hat sie abgeschüttelt, als würde sie nichts wiegen, und dann gingen Scott und Spencer mit den Fäusten aufeinander los. Dekan Wilcox und ein anderer Lehrer waren nötig, um sie zu trennen.«

»Wurde jemand verletzt?«

»Spencer hat eine aufgeplatzte Lippe, Callie Kratzer und blaue Flecken. Ich denke nicht, dass Scott etwas abbekommen hat.«

»Warum hat sich Callie denn eingemischt?« Das Mädchen hätte es besser wissen sollen, als in solch eine Schlägerei einzugreifen. Sie hätte ernsthaft verletzt werden können.

»Callie gibt sich die Schuld. Alles geht letztlich auf ihren Deal mit Spencer bezüglich des Schulballs zurück. Sie brauchte Hilfe, um herauszufinden, wer Ben Drogen beschafft, und hat Spencer um Hilfe gebeten.«

»Du hast für sie getan, was du konntest«, sagte Cade. Zu sehen, wie sie sich in Gefahr brachte, hatte ihn vollkommen fertiggemacht. Das Entsetzen haftete noch zu frisch in seinem Gedächtnis.

»Ich habe es versucht. Callie ist allerdings der wahre Verlierer. Sie fühlt sich schrecklich und macht sich für alles, was passiert ist, verantwortlich.«

Cades Kopf summte, als sich die Puzzleteilchen auf einmal zusammenfügten.

»Sowie Callie mir sagte, dass Scott derjenige sei, der Ben die Drogen gegeben hat, habe ich die Sache ernst genommen und ein paar Fragen gestellt. Ich vertraue darauf, dass Dekan Wilcox den Dingen doch noch auf den Grund geht.«

»Obwohl Scott eine Schlüsselfigur des siegreichen Footballteams ist?«

Hope dachte über seine Frage nach. »Ich vertraue ihm. Wenn hier an der Schule mit Drogen gedealt wird, wird Dekan Wilcox dem ein Ende machen, und er wird keine Rücksicht auf Scotts Position im Footballteam nehmen. Der Coach weiß das, und ich glaube, er kooperiert.«

»Hope, hör zu, das ist wichtig.« Cade fasste sie fest bei beiden Schultern und sah ihr in die Augen. »Ich weiß nicht, was hier vor sich geht, aber du musst dich da raushalten.«

Sie blinzelte, als verstünde sie ihn nicht. »Ich weiß nicht, ob ich das kann.«

»Hope, bitte. Wer auch immer hierfür verantwortlich ist, er schickt Spencer eine Botschaft. Du hast schon eine bekommen, und wenn du sie ignorierst, werden diese Vorfälle eskalieren. Du kannst es nicht riskieren, in die Schusslinie zu geraten.«

Sie wog seine Worte ab und schüttelte dann den Kopf. »Ich wünschte, ich könnte es, Cade. Wenn es stimmt, was Callie gesagt hat, und auf dem Schulgelände Drogen verkauft werden, dann bin ich gesetzlich verpflichtet, die Schulleitung hinzuzuziehen. Wenn Dekan Wilcox und Coach Simmons meine Hilfe brauchen, kann ich mich nicht weigern.«

»Hope, du musst das alles gründlich durchdenken«, bat er. »Du hast dich in Gefahr gebracht.«

»Du übertreibst.«

»Vielleicht. Vielleicht auch nicht. Halt dich da raus, und wenn du es nur meinem Seelenfrieden zuliebe tust.« Cade fürchtete, sie würde die Augen vor den Tatsachen verschließen und hätte keine Ahnung, in was sie sich da hineinritt.

»Wenigstens weiß ich, dass Spencer erst einmal sicher ist«, seufzte Hope.

»Wieso?«

»Nach der Schlägerei wurden Spencer, Scott und Callie in Dekan Wilcox‘ Büro bestellt. Spencer und Callie wurden für den Rest der Woche vom Unterricht suspendiert.«

»Und Scott?«

»Bekam nur einen Klaps auf die Hand. Scott, der kostbare Footballstar, ist mit ein paar zusätzlichen Unterrichtsstunden davongekommen, weil er den Streit nicht begonnen hat. Er hat auf Notwehr plädiert.«

Cade war erleichtert, dass weder Spencer noch Callie vorerst das Schulgelände betreten würden. Bis zum Ende der Woche konnte noch viel passieren.

»Spencer hat die Schule mit seinem Dad verlassen«, fügte Hope hinzu. »Er war am Boden zerstört, und wen wundert das. Das Auto war für ihn mehr als nur ein Transportmittel. Spencer und sein Dad haben unzählige Stunden gearbeitet, um es wieder zum Laufen zu bringen.«

»Armer Junge.« Cade hasste die Möglichkeit, dass Hope das nächste Ziel sein könnte. »Diese Leute reagieren empfindlich auf jede Art von Einmischung. Sieh dir nur an, was mit Spencer passiert ist.«

Frust nagte an ihm. Er wollte argumentieren, erklären, dass derjenige, der ihren zerstochenen Reifen und den Autobrand auf dem Gewissen hatte, nicht einfach irgendwo sitzen und Däumchen drehen würde. Er wollte ihre Versöhnung nicht mit einem weiteren Streit beginnen. Cade sah es Hope an, dass ihr Entschluss feststand.

»Versprich mir, dass du auf dich aufpasst«, sagte er nachdrücklich.

»Versprochen.«

Das war alles, was er von ihr verlangen konnte. Es würde reichen müssen.

21

Spencer hörte die Türklingel und stellte die Lautstärke seiner Kopfhörer lauter. Er hoffte, dass niemand zu ihm wollte. Er war nicht in der Stimmung für Gesellschaft. Die Klingel ertönte ein zweites Mal, und seine Mutter kam aus der Küche, um zu öffnen.

Eine Minute später stand sie in seinem abgedunkelten Schlafzimmer. Er lag mit geschlossenen Augen auf dem Bett, während die Musik in seinen Ohren dröhnte. Seine Mutter wartete, bis er die Kopfhörer abnahm. »Callie ist hier«, teilte sie ihm mit.

Callie war der letzte Mensch, den er sehen, geschweige denn mit dem er reden wollte.

Jetzt nicht und nie wieder.

»Schick sie weg.« Er blickte finster zu seiner Mutter hoch, um ihr zu signalisieren, dass er nicht bereit war, Kompromisse einzugehen, egal wie gut befreundet ihrer beider Eltern waren.

»Du kannst sie doch wenigstens anhören«, beharrte seine Mutter.

Er blieb stur. »Sag ihr, dass sie gehen soll.«

»Ich weiß, dass du wütend bist, Schatz, aber ich denke, du solltest ihr zuhören. Sie ist völlig außer sich.«

»Mom, nein.«

»Schon gut, Mrs. Brown«, sagte Callie. Sie war seiner

Mutter offensichtlich den Flur hinunter zu seinem Zimmer gefolgt. »Ich kann verstehen, warum Spencer nichts mit mir zu tun haben will.«

Spencer stöhnte. Am liebsten hätte er sich das Kissen übers Gesicht gezogen und die Welt ausgeblendet. Und wenn schon nicht die Welt, dann wenigstens Callie.

»Ich verspreche, dass es nur eine Minute dauert«, versicherte Callie seiner Mutter, aber die Botschaft war auch an ihn gerichtet. Was ihn betraf, war schon eine Sekunde mit Callie mehr, als er ertragen konnte.

»Spencer«, tadelte seine Mutter. »Das Mindeste, was du tun kannst, ist, ihr eine Chance zu geben, mit dir zu reden, wenn sie schon diesen ganzen Weg auf sich genommen hat.«

Diesen ganzen Weg? Wie bitte? Eine Meile, vielleicht zwei? Seine Mutter verstand nichts. Callie hatte sein Leben zerstört.

»Bitte«, flüsterte Callie. Sie stand neben seiner Mutter und blockierte die Tür.

»Na schön.« Er setzte sich auf, weigerte sich aber, Callie anzusehen. Er fürchtete, bei ihrem Anblick würde er den letzten Rest seiner mühsam aufrechterhaltenen Selbstbeherrschung verlieren. Der Drang, sie verbal in Stücke zu reißen, ließ seine Lippen zittern. Ein falsches Wort, und er würde explodieren.

Callie blieb in der Tür stehen, nachdem seine Mutter gegangen war. Spencer hielt den Blick auf ihre Schuhe gerichtet. Er würde zuhören – nicht, dass er damit rechnete, irgendetwas von dem, was sie sagte, hätte irgendeinen Wert. Auch wenn es unhöflich war, hatte er vor, sie so schnell wie möglich loszuwerden.

»Ich bin gekommen, um dir zu sagen, wie entsetzlich leid mir das mit deinem Auto tut.« Callie klang kaum wie sie selbst.

»Schön. Es tut dir leid. Mir auch. Tschüss.« Er wollte diesen ganzen Entschuldigungsmist nur hinter sich bringen, um die Welt weiter mit seiner Musik aussperren zu können.

»Ich gebe mir die Schuld.«

Das sollte sie auch. Callie war diejenige, die ihn in diese Situation gebracht hatte. Außerdem hatte sie ihn ans Messer geliefert, indem sie Scott erzählt hatte, er sei darauf gekommen, dass der Footballspieler mit Drogen dealte.

»Ich weiß, wie wichtig dir dieses Auto ist.«

Dem hatte er nichts hinzuzufügen. Das Auto war ein Klassiker. Er konnte nur ahnen, was die Reparatur verschlingen würde. Geld, das er nicht hatte, es sei denn, er bediente sich an seinem Collegefonds.

Sheriff Terrance hatte ihn gefragt, wen er für den Täter hielt. Der Name Scott Pender lag ihm auf der Zunge. Er schwieg jedoch, da er spürte, dass weitere Vergeltungsmaßnahmen folgen würden, wenn er etwas sagte. Außerdem hatte er keine hieb- und stichfesten Beweise.

Dass Scott fast ungeschoren davonkam, hinterließ einen bitteren Geschmack in Spencers Mund. Am Ende hatte er dem Sheriff erzählt, er hätte keine Ahnung, wer sein Auto angezündet haben könnte. Was passiert war, war passiert. Scott Pender zu beschuldigen hätte lediglich zur Folge gehabt, dass die Schule und ganz Oceanside ihn hassten, weil er mit dem Finger auf das wichtigste Mitglied des Footballteams gezeigt hatte. In den Augen der anderen konnte Scott Pender nichts falsch machen.

Zweifellos würde es eine Untersuchung geben, aber am Ende würde man nichts beweisen können. Spencer hatte genug Krimis gesehen, um zu wissen, wie unwahrscheinlich es war, in Fällen von Brandstiftung den Täter zu finden.

»Ich habe von meinem Sommerjob und meinem Geburtstags- und Weihnachtsgeld dreitausend Dollar gespart«, sagte Callie. »Ich weiß, dass das wahrscheinlich nicht reicht, aber es ist alles, was ich habe. Es gehört dir, zusammen mit meiner Entschuldigung.«

Spencer wollte ihr Geld nicht.

»Ich … ich habe keine Ahnung, wie viel es kostet, das Autoinnere zu ersetzen. Wenn du es mir sagst, tue ich, was nötig ist, um die Differenz aufzubringen. Ich verstehe nicht viel von diesen Dingen, also musst du mir da helfen.«

»Mach dir deswegen keine Gedanken«, sagte er und griff nach seinen Kopfhörern. Er wollte nicht grob werden, aber er wünschte sich, dass sie ging. Dass sie sein Zimmer verließ. Sein Leben verließ. Einfach ging.

Trotz seines wenig einladenden Verhaltens setzte sich Callie so weit von ihm entfernt wie möglich auf das Bett.

»Was willst du denn, dass ich sage?«, fragte er. Ihr offenkundiger Versuch, seine Wünsche zu ignorieren, verwirrte ihn.

»Ich … ich weiß es nicht. Ich schätze, ich möchte, dass du mir verzeihst.«

»Das werde ich irgendwann tun«, erwiderte er. »Aber jetzt noch nicht.«

»Ich nehme es dir nicht übel, wenn du mich hasst.«

Er hasste sie nicht. Es wäre vielleicht leichter, wenn er das könnte. Was er brauchte, was er wollte, war Zeit, um zu verarbeiten, was geschehen war, und einen Weg zu finden, nach vorne zu schauen. »Callie, bitte geh einfach.«

Sie schniefte. »Ich glaube nicht, dass ich das kann.«

Er drehte sich zu ihr um, begegnete zum ersten Mal ihrem Blick.

Was er sah, erschreckte ihn. Callie, die immer perfekt zurechtgemacht war, sah verheerend aus. Ihre Augen waren vom Weinen rot und verschwollen. Ihre Wimperntusche hatte schwarze Schlieren auf ihren Wangen hinterlassen, und ihre Haare waren wirr und zerzaust. Sie sah schlechter aus, als Spencer es je erlebt hatte. Was immer er hatte sagen wollen, erstarb, bevor er die Worte herausbringen konnte.

Einen Moment lang konnte er sie nur stumm anstarren.

Der Umschlag mit dem Geld lag zwischen ihnen auf der Matratze. Spencer gab ihn ihr zurück. »Behalt dein Geld.«

»Das kann ich nicht. Es gehört dir. Ich hätte zu meinen Eltern gehen sollen, wie du es mir geraten hast, und das werde ich auch tun, nur dass sie in Hawaii sind, um ihren Hochzeitstag zu feiern. Vor Sonntagnachmittag kommen sie nicht zurück.«

Darauf hatte er nichts zu sagen.

»Ich werde zur Polizei gehen und alles sagen, was ich weiß.«

»Ich bezweifle, dass ohne Beweise etwas dabei herauskommt«, entgegnete er entmutigt und verstimmt. Spencer hatte nicht die Kraft, sich gegen Callie zur Wehr zu setzen. Wenn es das war, was sie brauchte, um wiedergutzumachen, was sie getan hatte, dann würde er ihr Sühneopfer annehmen. Er brauchte sein Auto für seinen Job und für die Zeit, wenn er am College wäre.

»Bist du suspendiert worden, weil du auf Scott losgegangen bist?«, fragte sie. Sie saß mit nach vorne gezogenen Schultern und im Schoß verkrallten Händen da.

Er nickte.

»Ich auch.«

Spencer wusste nicht, was in Callie gefahren war, als sie sich auf Scotts Rücken gestürzt hatte. Es war Irrsinn gewesen. Er hatte vor Wut geschäumt, als Scott sie weggeschleudert hatte wie einen Sack Kartoffeln. »Hast du dich verletzt … du weißt schon, als Scott dich abgeschüttelt hat?«

Callie zuckte die Achseln.

»Du hättest dich nicht einmischen sollen.«

»Ich musste«, gestand sie. Ihre Hände waren so verkrampft, dass sie weiß angelaufen waren. »Scott hätte dich pulverisiert, wenn ich nichts unternommen hätte.«

Callie begriff nicht, dass es ihn schwach wirken ließ, wenn sie für ihn eintrat – was er im Vergleich zu Scott ja auch war.

»Wie viele Tage bist du suspendiert?«, fragte sie.

»Drei. Und du?«

»Auch drei«, erwiderte sie. »Für den Rest der Woche.«

»Was ist mit Scott?« Spencer war bei Dekan Wilcox

gewesen, Scott wegen der feindseligen Stimmung zwischen ihnen im Büro von Direktor Wentz.

»Er hat behauptet, er hätte sich nur gewehrt, deshalb wurde er nicht suspendiert.«

»Das passt.«

Ein weiterer Beweis dafür, dass Scott unangreifbar war. Ohne Scott am Freitagabend auf dem Footballfeld würden die Oceanside Eagles die erste Niederlage der Saison erleben. Und niemand an der Schule oder aus der gesamten Gemeinde würde das zulassen. Es stand zu viel auf dem Spiel. Das Footballteam war der Stolz von ganz Oceanside.

Schweigen machte sich zwischen ihnen breit. Die Spannung war verflogen, aber die Stimmung blieb düster.

»Scott kommt damit durch«, flüsterte Callie.

»Das vermute ich auch, sogar wenn du mit Sheriff Terrance sprichst«, stimmte Spencer zu. Er verstand das Dilemma, in das Callie geraten war, als sie Scott zur Rede gestellt hatte, nur zu gut. Niemand würde ihr glauben wollen. Kein Wunder, dass Scott sie ausgelacht hatte. Er wusste besser als jeder andere, dass ihm nichts passieren konnte, ob er nun mit Drogen dealte oder nicht.

»Glaubst du … ich meine, würdest du …« Callie zögerte.

»Was?«, fragte er und fürchtete sich fast vor dem, was sie als Nächstes sagen würde.

»Würdest du mich bitte nicht hassen?« Ihre Stimme zitterte.

Spencer konnte sehen, dass sie kurz davorstand, in Tränen auszubrechen.

»Ich könnte dich nie hassen«, gab er zu.

»Meinst du, du findest im Lauf der Zeit einen Weg, mir zu verzeihen?«

Spencer las die flehentliche Bitte in ihren Augen.

»Yeah.« Er stieß langsam den Atem aus. »Ich denke, das kann ich.«

Vor kurzer Zeit noch war Callie alles gewesen, woran er denken konnte. Nachts hatten sich seine Träume um sie gedreht. Als sie eingewilligt hatte, mit ihm zu dem Schulball zu gehen, war er so high gewesen, wie es keine Droge je bewirkt hätte. Callie in den Armen zu halten, mit ihr zu tanzen war alles, was er sich je gewünscht hatte. Alles, was er sich je erhofft hatte.

»Könnte ich dich um etwas bitten?« Sie klang zögernd und unsicher.

»Okay.«

Sie blickte auf ihre gefalteten Hände hinunter. »Hättest du etwas dagegen, wenn ich morgen wiederkommen würde?«

»Wiederkommen? Warum?«

Sie atmete langsam aus. »Wir können nicht zur Schule, deswegen dachte ich, wir könnten bei dir abhängen, weißt du. Vielleicht Videospiele spielen.«

»Du willst Videospiele spielen?« Er war nicht sicher, ob er sie richtig verstanden hatte. Das war etwas, was sie ziemlich oft getan hatten, als sie jünger gewesen waren. Callie war gut, er aber auch. Oft war es zum Gleichstand gekommen. Er hatte gedacht, ihre Videospieltage wären längst vorbei.

»Ja, gerne. Ich habe meine Aufgaben für die Kurse noch nicht bekommen. Was immer das auch sein mag, es wird nicht viel Zeit in Anspruch nehmen. Meine Eltern sind nicht da, also bin ich allein zu Hause und langweile mich. Ich würde gerne Zeit mit dir verbringen, Spencer.«

»Klar.«

»Ich meine es ernst«, beharrte sie, als nähme sie an, seine Antwort wäre sarkastisch.

»Welche Spiele spielst du?«

Sie brauchte nicht lange, um zu antworten. »Ehrlich gesagt habe ich in der letzten Zeit nicht viel gespielt. Wie sieht es bei dir aus?«

»Mario Cart und Call of Duty.«

»Die kenne ich. Ich bin morgen um zehn da, wenn das passt.«

Spencer grinste. »Mach dich darauf gefasst, dass ich dir videomäßig einen Tritt in den Hintern verpasse.«

Callie lächelte, griff nach seiner Hand und drückte sie. »Wir werden sehen.«

22

Spencer hatte Callie absichtlich gewinnen lassen. Sie warf vor Aufregung den Kopf in den Nacken und lachte, als sie ihn bei Mario Kart in der Punktzahl schlug. Die letzten drei Tage hatten sie fast jede Minute zusammen verbracht. Es waren die besten Tage seines Lebens gewesen, und das schloss die Zeit mit ein, als er Junior-High-Schachchampion des Staates geworden war. Es war eine Erinnerung an damals, als sie die besten Freunde gewesen waren. Sie lachten und machten Witze, genau wie damals.

»Hab ich dich endlich doch geschlagen.« Callie lehnte sich auf dem Sofa im Wohnzimmer zurück. »Und man stelle sich vor, dass ich nur drei Tage dazu gebraucht habe.«

»Bei Videospielen warst du schon immer gut«, spielte er mit.

Callie schnaubte. »Ha. Ich gebe zu, ich war ein bisschen eingerostet, aber es hat nicht lange gedauert, bis ich meine Form wiedergefunden habe. Wo ist übrigens deine Mom?«

»Meine Tante hat Geburtstag, deswegen sind Mom und Dad bei einer Überraschungsparty für sie in Spokane.« Spencer hatte ursprünglich geplant mitzufahren. Er hatte abgesagt, weil er die Zeit mit Callie genoss und ihren letzten gemeinsamen Tag nicht versäumen wollte.

»Also sind unsere beiden Eltern dieses Wochenende nicht da.«

Ihm war das nicht bewusst gewesen, bis sie es erwähnte.

Spencer legte seinen Controller zur Seite. »Hast du Hunger?«

»Ein bisschen.« Sie hatten drei Stunden am Stück gespielt, und es war kurz nach elf, ihre normale Lunchzeit in der Schule.

Spencer ging in die Küche. »Ist ein Sandwich okay?«

»Sicher.« Callie gesellte sich zu ihm, schwang sich auf den Küchentresen und ließ die Füße baumeln.

»Magst du Thunfisch?«

»Den kann ich nicht ausstehen, sorry«, erwiderte Callie.

Er hätte sich daran erinnern sollen. »Erdnussbutter?«

»Mit Traubengelee?«

Spencer überprüfte den Inhalt des Kühlschranks. »Du hast Glück. Erdnussbutter und Gelee.«

»Hast du auch Chips?«

Spencer verdrehte die Augen. »Mom ist auf einem ihrer Gesundheitstrips. Chips sind in diesem Haus nicht erlaubt.« Er wusste nicht, warum die ganze Familie leiden musste, nur weil seine Mutter fünf Pfund abnehmen wollte.

»Kein Problem.«

»Milch oder Limo?«

»Milch passt besser zu Erdnussbutter«, sagte Callie.

Spencer pflichtete ihr da bei.

»Habe ich dir erzählt, dass Ben heute Morgen nicht zur Schule gegangen ist?« Callie erwähnte dies ganz beiläufig. »Das heißt, dass er eigentlich gar nicht spielen dürfte, aber wir wissen beide, dass der Coach ihn trotzdem einsetzen wird.«

Spencer, der einen Milchkarton aus dem Kühlschrank nahm, hielt inne. Ben nicht in der Schule? Coach Simmons würde ausrasten.

Als Wide Receiver war Ben Scotts bevorzugter Anspielpartner. Ben verfügte über die Fähigkeit, fast jeden Pass von Scott zu erwischen. Wenn er krank war, war es möglich, dass das Team das Spiel verlor.

»Es ist Freitag. Heute Abend findet das Spiel statt«, dachte Spencer laut.

»Ja, ich weiß.« Callies Beine schwangen weiter hin und her, als wäre diese Nachricht völlig unbedeutend.

»Ben muss wirklich krank sein. Was hat er denn?«

Callie gestikulierte vage mit den Händen, um anzudeuten, dass sie nicht sicher sei. »Ich weiß es nicht. Ich bin sauer auf ihn.«

»Wieso, was hat er denn getan?«

Sie zögerte, bevor sie antwortete, als wüsste sie nicht recht, ob sie eine Erklärung abgeben wollte. »Wir sind heute Morgen aneinandergeraten, bevor ich gegangen bin. Ich habe ihm gesagt, ich würde ihm genauso die Schuld an dem geben, was mit deinem Auto passiert ist, wie mir. Er mag das Feuer nicht persönlich gelegt haben, aber er hätte es genauso gut tun können.«

Spencer richtete seine Aufmerksamkeit jetzt voll auf Callie. Sie hatte bislang nichts mehr von alldem erwähnt, hatte allerdings besorgt und geistesabwesend gewirkt, als sie das erste Mal vorbeigekommen war. Erst als sie mit den Videospielen begonnen hatten, war sie wieder sie selbst geworden.

»Hat Ben irgendetwas darauf geantwortet?«, fragte er. Obwohl er nie etwas in der Richtung zu Callie gesagt hatte, war er überzeugt, dass Ben irgendwie mit dem Autobrand zu tun hatte.

Callie runzelte die Stirn, als wäre sie verwirrt. »Er meinte, ich solle mich da raushalten und ihn in Ruhe lassen. Komisch, weißt du. Ben hatte schon immer ein aufbrausendes Temperament und in der letzten Zeit ganz besonders. Ich war überrascht, dass er einfach nur dastand und zuließ, dass ich ihn mit Worten attackierte. Ich bin dann wütend weggegangen, und ein paar Minuten später kam er in die Küche und sagte, er würde nicht zur Schule gehen, weil er Magenkrämpfe hätte.«

Spencer war schon lange nicht mehr mit Ben befreundet. Aber der Gedanke, Ben könnte aus Schuldgefühlen heraus das Spiel schwänzen, bereitete ihm Kopfzerbrechen.

»Das Team braucht Ben.«

Callie blieb ungerührt. »Ich habe ihm etwas zum Nachdenken gegeben. Und ich vermute, vor dem Spiel heute Abend wird er sich auf wundersame Weise erholen.«

»Also liegt es nicht daran, dass du ihn zur Rede gestellt hast und er sich schuldig fühlt?«

»Das bezweifle ich. Aber wenn ich meinem Bruder tatsächlich Stoff zum Nachdenken gegeben habe, umso besser. Er muss dazu stehen, dass er an dieser Sache beteiligt ist. Außerdem kenne ich Ben. Er könnte auch deshalb zu Hause bleiben, um irgendeinen Test nicht mitschreiben zu müssen.«

Spencer spürte intuitiv, dass hinter Bens Fehlen in der Schule weit mehr als Magenkrämpfe steckten, vor allem an einem Spieltag. Irgendetwas ging hier vor, etwas, was sie nicht ignorieren sollten.

Während seine Gedanken um Callies einseitigen Streit mit Ben kreisten, holte Spencer Brot und Erdnussbutter aus dem Schrank.

»Wir sollten ihn anrufen«, sagte er.

»Warum sollten wir das tun? Er ist der letzte Mensch, mit dem ich reden will.«

»Ich glaube, es geht um mehr als nur um das Footballspiel.«

Zur Antwort warf Callie ihm einen entnervten Blick zu.

»Dann schick ihm eine Textnachricht«, beharrte Spencer diesmal nachdrücklicher.

»Ihm fehlt absolut nichts«, murrte sie. »Ich wollte, ich hätte dir nie etwas davon erzählt.«

»Schön, wenn du nicht willst, mache ich es.« Er griff in seine Hosentasche und zog sein Telefon heraus. Es war ein Trick, denn er hatte Bens Nummer nicht.

»Also gut. Du hast gewonnen.« Callie griff nach ihrem eigenen Telefon, entsperrte es und wählte, bevor sie es sich ans Ohr hielt.

Spencer konnte es klingeln hören. Niemand meldete sich.

»Siehst du«, schmollte sie. »Er ist wahrscheinlich in der Schule. Ich wusste, dass er sich für das Spiel heute Abend auf wundersame Weise wieder erholen würde.«

»Versuch es mit einer SMS.«

»Wenn du darauf bestehst.«

Spencer spähte über ihre Schulter, als sie tippte. *Ruf mich so schnell wie möglich an. Wichtig.*

»So, bist du jetzt zufrieden?«

Spencer nickte.

»Du weißt, dass er nicht antworten kann, wenn er in der Schule ist.«

»Schule hin, Schule her, wenn du sagst, es ist wichtig, wird er einen Weg finden, dir zu antworten.«

Sie stimmte widerwillig mit einem knappen Nicken zu. »Ich denke, du machst mehr Wind, als nötig ist.«

»Vielleicht, aber ich glaube es nicht, Callie. Der Ben, an den ich mich erinnere, hat ein Gewissen, ob er nun Drogen nimmt oder nicht. Ich kann mir nicht vorstellen, dass er tatenlos zusieht, wie andere Menschen verletzt werden. Euer Streit heute Morgen könnte irgendetwas in ihm ausgelöst haben.«

»Willst du behaupten, du kennst meinen Bruder besser als ich?«

»Was ich sagen will«, Spencer verlor allmählich die Geduld, »ist, dass du etwas als gegeben voraussetzt. Ich kenne Ben nicht mehr so gut wie früher, das gebe ich zu, aber mein Bauchgefühl sagt mir, dass etwas nicht stimmt und wir herausfinden müssen, was das ist.«

»Du übertreibst. Ben ist in der Schule.«

»Haben welche von deinen Freundinnen die erste Lunchzeit?«

»Ja, warum?«

»Ruf an und frag, ob jemand Ben in der Schule gesehen hat.«

Mit einem Schnauben griff Callie ein zweites Mal nach ihrem Telefon. Sie ging ihre Kontaktliste durch und hielt sich dann das Telefon erneut ans Ohr.

Da er direkt neben ihr stand, hörte Spencer, wie Alyse sich meldete. »Callie, das Tanzteam wird verrückt ohne dich. Kannst du nicht nach der Schule irgendwann vorbeikommen und dir die Proben ansehen?«

»Vielleicht«, meinte Callie. »Aber ich rufe nicht wegen des Tanzteams an. Hast du zufällig Ben gesehen? Er ist heute Morgen zu Hause geblieben und …«

»Er ist doch nicht krank, oder?«

Alyse klang alarmiert. Ihr war klar, dass es eine Niederlage bedeuten konnte, wenn eine Schlüsselfigur des Footballteams fehlte, und ein verlorenes Heimspiel wäre eine Katastrophe.

»Er hat gesagt, ihm wäre nicht gut, als ich gegangen bin«, erklärte Callie.

»Du bist gegangen? Wohin denn?«

»Zu Spencer nach Hause.«

»Du bist zu Spencer nach Hause gegangen?«

Selbst aus der Entfernung konnte Spencer die Schockwellen spüren.

»Spencer und ich sind langjährige Freunde«, beharrte Callie.

»Seit wann?«, erkundigte sich Alyse lachend.

»Schon immer«, knurrte sie, eindeutig nicht amüsiert. »Hast du Ben nun gesehen oder nicht?«

»Hab ich nicht, aber ich frage herum. Gib mir fünf Minuten, dann rufe ich dich zurück.«

»Danke.«

Spencer hatte den Eindruck, dass Alyse die ersten

vier Minuten lang all ihren Freundinnen die schockierende Neuigkeit unterbreiten würde, dass Callie und er bei ihm zu Hause seien.

Fünf Minuten vergingen, dann zehn ohne Anruf.

»Er ist in der Schule«, wiederholte Callie, klang aber längst nicht mehr so zuversichtlich wie anfangs.

»Wahrscheinlich hast du recht.« Spencer schob die Fingerspitzen in seine hinteren Hosentaschen. Ihr Lunch war vergessen.

»Aber was, wenn nicht?«, fragte sie. Ihre Augen waren groß und schienen Trost zu suchen.

»Lassen wir die Dinge doch einfach auf uns zukommen.«

»Richtig«, nickte sie.

Als Callies Telefon endlich klingelte, kam das so unerwartet, dass sie beide zusammenzuckten.

Sie meldete sich sofort. »Was hast du herausgefunden?«, fragte sie ohne die übliche Begrüßung.

»Niemand hat ihn gesehen, also habe ich Scott gefragt, weil ich dachte, er würde es wissen«, sagte Alyse und zögerte.

»Und?«, drängte Callie.

»Er hat irgendwie komisch reagiert. Total verschlossen.«

Callies Blick begegnete dem von Spencer. »Verschlossen? Inwiefern?«

»Nuuuun …« Alyse zog das Wort in die Länge. »Schwer zu beschreiben. Ich meine, man würde doch denken, er macht sich Sorgen, wenn Ben krank zu Hause ist. Wegen des Spiels und so.«

»Richtig«, stimmte Callie zu.

»Stattdessen sagte er irgendetwas davon, dass Ben dumm wäre. Aber wenn Ben krank ist, dann doch nicht, weil es ihm an Intelligenz mangeln würde. Als ich das sagte, hat Scott mich nur wütend angestarrt und gemeint, ich wüsste nicht, wovon ich rede. Dann sagte er noch, Ben würde alles verderben. Das hat wohl damit zu tun, dass er das Spiel verpasst.«

»Wahrscheinlich hast du recht«, sagte Callie und fragte sicherheitshalber noch einmal: »Dann hat also niemand Ben in der Schule gesehen?«

»Keiner, den ich gefragt habe.«

»Okay. Danke, Alyse.«

Callie beendete das Gespräch und sah Spencer an. »Was jetzt?«

»Wir sehen bei dir zu Hause nach. Vielleicht ist Ben wirklich krank, und er schläft jetzt.«

Sie verließen gemeinsam das Haus. Zum Glück hatte Callie ein Auto. Als sie ihr Ziel erreicht hatten, stürmten sie die Treppe hoch in Bens Zimmer. Es war leer. Eine rasche Suche im Rest des Hauses ergab, dass von Callies Zwilling jede Spur fehlte.

Callie stand mitten im Wohnzimmer und sah Spencer an. »Jetzt bekomme ich es mit der Angst zu tun. Wo könnte er sein?«

Ihr Telefon kündigte mit einem Piepton eine Textnachricht an. Sie griff hastig danach. Die Nachricht war von Alyse.

Genny sagte, Ben wäre zur Schule gekommen und muss dann wieder gegangen sein. Seitdem hat ihn niemand gesehen.

»Wir müssen zur Schule fahren«, sagte Callie.

»Das können wir nicht. Falls du es vergessen hast, wir sind suspendiert.«

»Aber es ist wichtig.«

»Stimmt. Aber ehe wir fahren, sollten wir alle Orte checken, wo er sein könnte.«

Callie schüttelte automatisch den Kopf. »Da gibt es keine. Schule und Football sind Bens Leben.«

»Was ist mit früher, als wir Kinder waren? Er mochte …«

»Eagle Rock«, beendete Callie den Satz für ihn. Als Kinder hatten sie unzählige Stunden an dem schmalen Fluss verbracht, der zum Strand und dem großen Felsen führte, der jener Gegend ihren Namen gegeben hatte. Spencer erinnerte sich an die Lachse, die sie dabei beobachtet hatten, wie sie sich den Weg hoch zu ihren Laichgründen gekämpft hatten. Der Anblick der Fische hatte ihn und Ben fasziniert.

Die Fahrt dauerte nur ein paar Minuten. Obwohl sie überall nachsahen und seinen Namen riefen, war Ben nirgends zu sehen.

»Wohin jetzt?«, fragte Spencer, bereit, die Suche fortzusetzen. Callie, die am Rand des Flussbetts stand, blieb stumm.

»Callie«, drängte er.

Sie hob die Hand, um ihm Einhalt zu gebieten. »Ben war hier«, flüsterte sie. Ihr Gesicht war ernst und entschlossen. »Ich kann es spüren. Lach nur, wenn du willst, aber ich weiß, dass mein Bruder hier war. Irgendetwas stimmt nicht, Spencer. Irgendetwas stimmt ganz und gar nicht.«

23

Cade kam wie geplant beim Cottage vorbei, um Hope zu dem Spiel abzuholen. Ihr Tag war so hektisch gewesen wie immer, wenn das Footballteam spielte. An diesem Freitag war es sogar noch schlimmer als sonst gewesen, weil sich die Gerüchte über Ben Rhodes schneller in der Schule verbreitet hatten als ein Grippevirus. Weil er ein so wichtiges Mitglied des Footballteams war, hatte es für Aufruhr gesorgt, dass er krank zu Hause war.

Dann hatte sie das Gerücht gehört, Ben sei in der Schule im Streit mit Scott Pender gesehen worden. Wenn das stimmte, war es unwahrscheinlich, dass er krankheitsbedingt fehlte. Die Spekulationen liefen aus dem Ruder. Einer der Schüler berichtete, mit angehört zu haben, wie Ben und Scott wegen Spencers ausgebranntem Auto heftig aneinandergeraten waren. Ein anderer meinte, der Streit habe nichts damit zu tun, sondern mit dem Umstand, dass Scott allen Ruhm für sich allein beanspruche.

Ein anderes Gerücht besagte, ein Talentscout für eines der Collegeteams würde sich das Spiel heute Abend ansehen. Es winkten Stipendien für die größeren Universitäten. Gut möglich, dass die Scouts nicht nur auf die Spieler achteten. Da Coach Simmons derart erfolgreich war, konnte sich ihm gleichfalls eine Chance bieten.

Hope war überrascht, dass Scott trotz der Informationen, die sie Dekan Wilcox und Coach Simmons gegeben hatte, nicht aus dem Team ausgeschlossen worden war. Sie vermutete, dass die Anschuldigung, Scott würde Drogen verkaufen, ohne handfeste Beweise als Mutmaßung und Spekulation abgetan worden war. Alles, was gegen Scott unternommen werden konnte, würde wohl bis zur nächsten Woche warten müssen.

Hope wunderte sich hauptsächlich über den Coach. Obgleich so viel auf dem Spiel stand, schien ihm Bens Fehlen kein übermäßiges Kopfzerbrechen zu bereiten. Als die Kurse für heute geendet hatten, war das Team zusammengerufen worden, um wie vor jedem Spiel den taktischen Plan durchzugehen.

»Können wir los?«, fragte Cade.

»In einer Minute. Ich muss vor dem Spiel noch kurz bei der Schule vorbei.« Bei all dem Trubel hatte Hope versehentlich ihr Telefon liegen gelassen.

»Klar, kein Problem.«

Erst jetzt fiel Hope auf, wie still Cade seit seiner Ankunft war. »Ist alles in Ordnung?«, fragte sie, als sie nach ihrer Jacke griff. Die Abende waren kühl, und auf der Tribüne im Wind zu sitzen ließ die Luft noch kälter wirken. Sie wusste, dass Cade und Silas sich wieder vertragen hatten und auf der Arbeit alles gut zu laufen schien.

»Sicher …«

Hope konzentrierte ihre Aufmerksamkeit auf ihn. »Du klingst aber nicht so.«

Cades Miene spannte sich an, und da wusste Hope, dass etwas ganz und gar nicht stimmte.

»Meine Mutter ist heute Nachmittag im Laden aufgekreuzt.«

Also das war es. Viel Aufhebens darum zu machen war vermutlich das Falscheste, was sie tun konnte. Sie schwieg, wartete darauf, dass er freiwillig mit Einzelheiten herausrückte.

Cade rieb sich mit der Hand über das Gesicht. »Ich habe es verbockt, Hope.«

Das war das Letzte, was sie hören wollte. »Wie das? Erzähl mir, was passiert ist.«

Er blickte auf den Teppich hinunter, auf dem sich Shadow zusammengerollt hatte und schlief. »Sie wollte reden, und ich sagte, ich müsse arbeiten und der Zeitpunkt wäre ungünstig.«

Das klang nicht so schlimm. »Ich bin sicher, sie hat das verstanden.«

»Aber dann habe ich zu ihr gesagt, dass sie mir in Anbetracht der Tatsache, sechs Jahre gebraucht zu haben, um sich mit mir in Verbindung zu setzen, wahrscheinlich wenig zu sagen hätte.«

»Cade!«

»Ich weiß, ich weiß.«

»Und was ist dann passiert?«

»Sie wurde weinerlich und meinte, sie und mein Vater wären jederzeit erreichbar, wenn ich bereit wäre, mich mit ihnen zu versöhnen. Ich müsste ihnen nur Bescheid geben. Ehe ich antworten konnte, ging sie zu ihrem Auto und fuhr weg.«

»Ach, Cade.« Hope würde ihm keine Vorwürfe machen, er wirkte viel zu geknickt.

»Es war mir peinlich«, sagte Cade, als müsste er sich

verteidigen. »Cliff war da und ein paar der anderen Jungs. Sie haben jedes Wort gehört. Ich kann es nicht leiden, wenn sie private Dinge mitbekommen.«

Hope, die wusste, wie schwer es Cade fiel, sich anderen zu öffnen, verstand ihn. »Das einzig Gute daran ist, dass du weißt, die Tür steht für dich weit offen, wenn du zu einem Gespräch bereit bist.«

Er zuckte die Achseln. »Nach dem, was ich gesagt habe, bezweifle ich, dass Mom je wieder etwas von mir hören will.«

»Ich glaube, da irrst du dich. Denk mal darüber nach.«

Er nickte, dann lächelte er. »Ich fühle mich schon besser. Danke fürs Zuhören.«

Sie schlang den Arm um seinen und lächelte zu ihm hoch. »Komm, Soldat, wir müssen zu einem Footballspiel.« Hope vergewisserte sich, dass Shadows Futter- und Wassernapf gefüllt waren, dann verließen sie das Cottage.

Cade parkte seinen Truck auf dem Schulparkplatz. Die Eingangstür war abgeschlossen, aber die Alarmanlage ausgeschaltet, weil das Team das Gebäude heute noch nutzen würde. Zum Glück blieb Hope als schulische Beraterin oft länger, deshalb hatte sie einen Schlüssel. Cade ging mit ihr hinein.

»Es dauert nur eine Minute«, versicherte sie ihm. Ihnen blieb bis zum Spiel noch reichlich Zeit, sie mussten sich nicht beeilen.

Cade folgte ihr den Gang hinunter zu dem Beraterbüro, als jemand gegen die Glastür hämmerte und so ihre Aufmerksamkeit auf sich lenkte.

»Wer ist das?«, fragte Cade.

»Ich habe nicht die leiseste Ahnung.«

Das Hämmern ging weiter, wurde immer heftiger. Hope holte ihr Telefon, trat dann auf den Gang hinaus und sah Spencer und Callie vor der Haupttür stehen. Beide wirkten aufgeregt und geradezu in Panik.

Cade ging, gefolgt von Hope, zum Eingang und öffnete die Tür, aber nicht weit genug, um die beiden einzulassen.

»Was ist los?«, fragte er.

»Es geht um Ben.« Callie blickte an Cade vorbei flehend zu Hope. »Ich habe einen Anruf von meinen Eltern bekommen. Mom flippt aus. Ben hat sie angerufen und ihnen alles erzählt, und jetzt können sie ihn nicht erreichen.«

»Wie meinst du das, Ben hat deinen Eltern alles erzählt?«, fragte Hope.

Spencer und Callie begannen beide gleichzeitig zu reden.

»Stopp.« Hope hob die Hände. »Einer nach dem anderen. Ich werde nicht schlau aus dem, was ihr sagt.«

Callie holte tief Luft. Tränen traten in ihre Augen. »Ben ist heute nicht in die Schule gegangen, aber dann hörten wir, dass er doch hier aufgetaucht ist. Er wurde gesehen, wie er sich mit Scott gestritten hat.«

Spencer unterbrach sie. »Wir konnten Ben nirgendwo finden. Er war verschwunden, ging nicht an sein Handy und reagierte auch nicht auf Nachrichten. Dann hat sich Callie an die FindMyPhone-App erinnert.«

Callie ergriff wieder das Wort. »Ben muss irgendwo in der Schule sein. Er hat sein Telefon immer bei sich.

Wenn es also hier pingt, ist er dort. Wir müssen ihn finden …« Callie brach ab und biss sich auf die Lippe. »Ich habe das Gefühl, dass irgendetwas passiert ist. Ich kann es nicht abschütteln. Bitte, Miss Goodwin, lassen Sie mich herein, damit ich Ben suchen kann.«

Da sie selbst ein Zwilling war, zweifelte Hope nicht an der Intuition des Mädchens.

Als Hope nicht gleich antwortete, sprach Callie hastig weiter. »Ich weiß, dass es Ihnen vielleicht schwerfällt, mir zu glauben, aber da ist dieses Band zwischen Ben und mir. Es hat vermutlich etwas damit zu tun, dass wir Zwillinge sind. Sie müssen mir glauben, Miss Goodwin.«

»Gut. Zeig mir, wo du das Handy geortet hast, dann sehen wir weiter.«

»Danke«, sagte Spencer. Er drückte Callies Hand, und Hope registrierte, dass das Mädchen mit den Tränen kämpfte.

»Kommt nicht infrage«, hielt Cade sie auf. »Ich lasse nicht zu, dass ihr euch in Gefahr bringt. Ich gehe mit Spencer. Ihr zwei bleibt hier.«

»Das kannst du nicht tun«, konterte Hope. »Wenn du in der Schule erwischt wirst, wirst du wegen unbefugten Betretens verhaftet. Ich muss selbst gehen.«

»In Ordnung«, stimmte er mit sichtlichem Widerstreben zu. »Aber ich komme mit.«

»Können wir bitte einfach nur Ben finden?«, bat Callie.

Mit Callies Telefon gingen die vier den Gang entlang, bis sie vor Coach Simmons' Büro standen. Als Cade den Türknauf drehte, stellte er fest, dass abgeschlossen war.

»Versuch es mit deinem Schlüssel«, schlug er vor.

»Der passt nicht in dieses Schloss.«

»Versuch es trotzdem.«

Hope reichte ihm den Schlüssel, und zu ihrem Schrecken ließ sich die Tür nach etwas Herumhantieren öffnen.

Und tatsächlich lag Bens Handy auf dem Schreibtisch des Coaches. Das Telefon war da, Ben jedoch nicht.

»Wo ist mein Bruder?«, rief Callie. Ihre Stimme zitterte.

Aus dem Schrank ertönte plötzlich ein ersticktes Geräusch. Cade lief hastig zu der Tür, die gleichfalls verschlossen war. Diesmal passte Hopes Schlüssel nicht, so sehr er es auch versuchte.

»Wartet.« Cade suchte auf dem Schreibtisch des Coaches, bis er fand, was er brauchte. Er kniete sich vor die Schranktür und versuchte, sie mit einer Büroklammer zu öffnen. Ohne Erfolg.

»Versuch es hiermit.« Hope reichte ihm eine Nagelfeile.

Nach mehreren Anläufen gelang es Cade, die Tür zu öffnen. Im Schrank fanden sie Ben, gefesselt und mit Klebeband vor dem Mund. Das entfernte Cade zuerst, bevor er die Fesseln an seinen Armen und Beinen löste.

»Es ist der Coach«, lauteten Bens erste Worte. »Er gibt uns die Drogen.«

»Coach Simmons?«, fragte Hope verblüfft. Sie konnte es kaum glauben. Sie schluckte, als ihr klar wurde, was Ben da sagte. Es war kein Schüler, der mit Drogen gedealt hatte. Es war der Coach. In diesem Moment fühlte es sich so an, als wäre der gesamte Sauerstoff aus dem Raum gesaugt worden.

»Was für ein Schlamassel«, sagte Coach Simmons und schockte sie alle, als er in sein Büro schlenderte. »Ich kann Ihnen versichern, dass es nicht so ist, wie es aussieht.«

»Sie haben Ihre Spieler unter Drogen gesetzt?«, fragte Hope, die sich nicht zurückhalten konnte.

Das Verhalten des Coaches änderte sich augenblicklich. Er sah Spencer und Callie giftig an, bevor er sich an Ben und Cade wandte. »Ich weiß nicht, welche Lügen Ihnen diese Kids auftischen. Aber ich vertraue darauf, dass Sie klug genug sind, mir mehr Glauben zu schenken als ihnen.«

»Er lügt!«, rief Ben. »Der Coach gibt dem ganzen Team leistungssteigernde Medikamente.«

»Der Junge lügt«, beharrte der Coach.

»Wenn er lügt, warum war er dann gefesselt in Ihrem Schrank?«, wollte Cade wissen. Er hatte sich vor die Teenager und Hope geschoben und stand dem Coach direkt gegenüber.

Spencer, der das nicht zuließ, trat um Cade herum und blieb neben ihm stehen. Er wollte ebenso dringend Antworten wie Hope.

»Ben hat mir keine andere Wahl gelassen«, sagte der Coach mit einem tiefen, bedauernden Seufzer. »Dies ist das wichtigste Spiel der Saison. Wenn Ben mit seinen Lügen zu Dekan Wilcox oder Direktor Wentz gegangen wäre, würden sie das Spiel absagen. Das konnte ich nicht zulassen, es stehen Stipendien auf dem Spiel. Mir ist klar, dass ich vielleicht überreagiert habe, indem ich ihn gefesselt habe«, räumte er ein. »Aber mir ist nichts anderes übrig geblieben.«

»Vielleicht sollte sich die Behörde mit dieser Sache befassen?«, schlug Cade vor.

»Ja«, stimmte Spencer zu. »Wir müssen den Sheriff rufen. Was Sie getan haben, war falsch.«

»Das ist nicht nötig.« Der Coach wies die Idee augenblicklich zurück.

»Ich lüge nicht!«, schrie Ben.

»Sie machen aus einer Mücke einen Elefanten«, fuhr Coach Simmons fort, der die ganze Sache auf die leichte Schulter nehmen wollte. »Es handelt sich außerdem nicht um Drogen wie Heroin oder Meth oder dergleichen. Ich würde niemals ein Mitglied meines Teams in Gefahr bringen, indem ich ihm illegale Drogen verabreiche.«

»Und was ist das dann?«, fragte Ben und streckte eine Hand vor, in der er mehrere Tabletten in verschiedenen Größen hielt. »Im Schrank sind noch mehr Tüten mit den Dingern. Schauen Sie selbst nach, wenn Sie mir nicht glauben.«

»Das sind die gleichen Pillen wie die, die ich in Bens Rucksack gefunden habe.« Callie funkelte den Coach böse an.

Simmons runzelte die Stirn, als wollte er sagen, das wäre alles nur ein Missverständnis, das sich leicht klären ließe. »Diese Tabletten sind harmlos.«

»Steroide?«, fragte Hope.

»Unter anderem … Nichts, was dem Team physisch schaden würde, das kann ich Ihnen versichern.«

»Mein Bruder glaubt das nicht und ich auch nicht.« Callie ließ nicht locker. »Für das, was Sie getan haben, gehören Sie ins Gefängnis. Ben ist nicht mehr er selbst, seit Sie angefangen haben, ihm dieses Zeug zu geben. Scott auch nicht. Mein Bruder war nie so … aggressiv und unvernünftig. Das gilt auch für Scott.«

»Callie hat recht«, fügte Spencer wütend hinzu.

»Warum meinten Sie denn, dem Team diese Tabletten verabreichen zu müssen?« Hope war wahrscheinlich naiv, diese Frage zu stellen. Dass der Coach ein so großes berufliches Risiko einging, überstieg ihr Begriffsvermögen.

Coach Simmons bedachte sie mit einem Blick, als wäre das die dümmste Frage, die er je gehört hatte. »Was glauben Sie denn?«

»Sie und Ihre Mannschaft sind bislang ungeschlagen«, sagte Cade, »und jetzt wissen wir auch, warum.«

»Er ist ein Betrüger«, meinte Spencer voller Abscheu.

Der Coach bedachte sie alle mit einem verschlagenen Blick. »Wir gewinnen, und das ist alles, was zählt. Wenn Sie glauben, ich lasse mir das von Ihnen ruinieren, dann irren Sie sich.«

»Sie haben diese Spiele nicht gewonnen.« Hope wurde allmählich auch wütend. »Ja, die Eagles haben mehr Punkte erzielt, aber das ging auf die körperlichen und psychischen Kosten von Jungen im Teenageralter.«

Der Coach lachte, wie um anzudeuten, dass sie keine Ahnung hatte, wie die Dinge liefen. »Glauben Sie ernsthaft, andere Trainer geben ihren Spielern keine leistungssteigernden Mittel?«

»Ja«, beharrte Hope, der es schwerfiel zu akzeptieren, dass diese Praxis gang und gäbe war.

»Dann liegen Sie falsch.«

Hope weigerte sich, darauf einzugehen. »Haben Sie denn gar kein Gewissen?«, fragte sie.

Den Coach schien diese Frage zu erheitern. »Sie müssen wissen, dass ich die Kids nie gezwungen habe, diese Mittel zu nehmen. Sie haben darum gebeten. Sie erkennen, was gut ist, wenn sie es sehen.«

»Es ist mir egal, wie Sie die Dinge nennen. Leistungssteigernde Medikamente oder Drogen, es ist falsch und schädlich«, beharrte Hope.

»Blabla«, gab er schnippisch zurück. »Ich habe diesen Jungen geholfen, Stipendien zu bekommen. Sie sind mir dankbar und ihre Eltern auch.«

»Ihre Familien wären außer sich, wenn sie es wüssten«, widersprach Cade.

Hope merkte ihm an, dass er genauso zornig war wie sie. Was er sagte, war richtig. So, wie sie Bens und Scotts Eltern einschätzte, würden sie entsetzt sein. Ihnen blieb nichts anderes übrig, als Coach Simmons den Behörden zu melden.

»Ich bezweifle, dass das die Eltern interessiert.« Der Coach blieb stur. »Sie wollen das Beste für ihre Söhne, und ich verschaffe ihnen die Chance ihres Lebens.«

»Sie haben gesagt, wenn wir unseren Eltern etwas sagen, fliegen wir aus dem Team«, warf Ben ein.

»Es war zu eurem eigenen Besten. Bildet ihr euch wirklich ein, Talentscouts vom College würden herkommen, um euch zu begutachten, wenn ich euch nicht geholfen hätte?« Der Coach fixierte Ben mit schmalen Augen.

Hope schüttelte den Kopf. Ihr war klar, dass Simmons sich sein Verhalten bis zu einem Punkt schöngeredet hatte, wo er jeglichen Sinn für Anstand verloren hatte. »Begreifen Sie denn wirklich nicht, wie gefährlich das ist?«

»Ich weiß, was ich tue«, konterte er steif. »Niemand ist je in Gefahr. Ich achte genau darauf, ihnen nie mehr zu geben, als sie brauchen.«

Hope vermutete, dass der Coach so etwas nicht zum ersten Mal tat. »Geben Sie zu, dass Sie mit anderen Teams dasselbe gemacht haben?«

Er winkte ab. »Das geht Sie nichts an.«

»Und ob mich das etwas angeht.«

Der Coach seufzte, als würde er die Geduld verlieren. »Lassen Sie es mich klar und deutlich ausdrücken. Ich habe nicht vor, mir von einem Außenseiter alles ruinieren zu lassen.«

Er schien nicht zu begreifen, dass es zu spät war. Hope war nicht die Einzige, die wusste, was er getan hatte. Cade wusste gleichfalls Bescheid. Und sobald die Wahrheit bekannt wurde, kam der Stein ins Rollen. Ben war mutig genug gewesen, sich zu wehren, und Hope war überzeugt, dass andere aus dem Team seinem Beispiel folgen würden. Es gab keine Möglichkeit für den Coach, sein Tun als übliche Praxis abzutun.

Die Augen des Mannes wurden stählern, als er Hope und Cade ansah. »Sie werden niemandem etwas sagen, und Ben und die anderen beiden auch nicht.«

Callie trat an Spencers Seite und starrte Simmons drohend an. »Sie haben meinen Bruder gekidnappt, gefesselt und in einen Schrank gesperrt!«

»Das hat er getan, weil ich Scott gesagt habe, ich würde das Team verlassen«, erklärte Ben.

Die Miene von Coach Simmons verhärtete sich. »Du hättest den Mund halten sollen.«

»Das konnte ich nicht«, empörte sich Ben. »Nicht, nachdem Sie Spencers Auto angezündet haben.«

»Sie waren das?«, rief Spencer mit zornesrotem Gesicht.

Der Coach zuckte die Achseln, als handelte es sich um eine Bagatelle. »Du solltest nicht in Angelegenheiten herumschnüffeln, die dich nichts angehen.«

Nicht nur Spencers Dodge Dart war beschädigt worden, das wurde Hope jetzt klar. »Sie sind auch für meinen zerstochenen Reifen verantwortlich, oder?«

Coach Simmons lächelte. »Das war Scott. Ich habe es ihm aufgetragen, und er hat sich hinreißen lassen.«

»Damit kommen Sie nicht durch«, rief Hope, die betete, dass der Coach Vernunft annehmen würde. Er war viel zu weit gegangen, es gab kein Zurück mehr.

»All Ihre Drohungen enden hier. Jetzt, in diesem Moment«, brüllte der Coach so laut, dass seine Stimme von den Wänden widerhallte.

»Das glaube ich nicht«, donnerte Cade.

Hope griff nach ihrem Telefon, doch bevor sie eine Verbindung herstellen konnte, war der Coach mit einem Satz bei ihr und riss es ihr aus der Hand.

Er hob die Faust, packte Hope so grob, dass sie ins Taumeln geriet. Mit dem Kopf stieß sie gegen die Kante des Schreibtischs, woraufhin sie zu Boden sackte.

Callie beeilte sich, ihr aufzuhelfen, während Cade mit dem Coach rang. Spencer rannte mit seinem Telefon in der Hand hinaus. Hope klammerte sich verzweifelt an Callie, als der Raum sich in einem gefährlichen

Winkel zu neigen begann. Blut rann von ihrer Stirn in ihre Augen.

Sekunden später war in der Ferne eine Sirene zu hören. Das erschien ihr unmöglich. Die Behörden konnten doch gar nicht wissen, was hier passierte. In ihrem Kopf drehte sich alles, und dann wurde es auf einmal dunkel um sie.

24

Rote und blaue Lichter flackerten vor den Fenstern des Büros von Coach Simmons, als Sheriff Terrance eintraf, gefolgt von den Rettungssanitätern in einem Krankenwagen.

Cade war entsetzt und außer sich gewesen, als ihm klar geworden war, dass Hope verletzt war. Als er erkannte, dass sie bewusstlos war, hätte er fast die Nerven verloren. Zum Glück war Sheriff Terrance dazugekommen, sonst hätte Cade für nichts garantieren können. Der Drang, dem Coach wegen dem, was er Hope angetan hatte, eine Abreibung zu verpassen, hatte gedroht, ihn zu überwältigen. Seine größte Sorge galt jedoch ihr. Irgendwie hatte Spencer es geschafft, während der Auseinandersetzung den Notruf zu wählen, denn die Rettungssanitäter trafen kurz darauf mit Vertretern des Gesetzes ein.

Coach Simmons, dessen Hände auf dem Rücken gefesselt waren, ließ sich nicht widerstandslos abführen. Er setzte sich zur Wehr, während er Obszönitäten brüllte.

»Ich werde Ihre Dienststelle bis aufs Blut verklagen. Damit kommen Sie nicht durch«, bellte er die Officers an, als er den Gang entlang und ins Freie geführt wurde, wo sich in Erwartung des Footballspiels eine große Menge von Schülern und Eltern versammelt hatte. »Ich habe nichts getan!«, rief Simmons jedem zu, der zuhörte. »Das ist eine Unverschämtheit!«

Cade konzentrierte sich einzig und allein auf Hope. Sie setzte sich auf, als die Sanitäter sie behandelten. Cade näherte sich ihr, doch sie scheuchten ihn weg.

»Kommt wieder alles in Ordnung?«, wollte er wissen.

»Cade, mir geht es gut«, beharrte sie. »Es ist nur eine Platzwunde.«

»Dir geht es nicht gut!«

Sie lachte, weil er so unbeirrt darauf bestand, dass ihr etwas fehlte.

»Du hast das Bewusstsein verloren.«

»Nur ein paar Sekunden lang.«

»Wir bringen sie ins Krankenhaus«, sagte der Sanitäter. »Vorsichtshalber.«

»Siehst du«, sagte Cade dankbar dafür, dass Hope die medizinische Versorgung erhielt, die sie brauchte.

Obwohl Hope protestierte, wurde eine Rolltrage gebracht und sie darauf gebettet. Sie streckte Cade, der neben ihr herging, eine Hand hin.

»Danke«, sagte sie. »Ich bin so dankbar, dass du mit mir hineingegangen bist. Dein rasches Denken hat uns gerettet.«

Er winkte verlegen ab und wäre ihr ins Krankenhaus gefolgt, wenn Sheriff Terrance ihn nicht aufgehalten und gebeten hätte, dass er und die drei Teenager noch blieben, um ein paar Fragen zu beantworten.

Nachdem der Deputy Coach Simmons in Gewahrsam genommen hatte und Hope ins Krankenhaus gebracht worden war, begann sich die Menge aufzulösen. Die Luft summte vor Spekulationen darüber, was geschehen war.

Während sie auf den Sheriff warteten, wandte sich Cade an die drei Teenager. »Woher wusste der Sheriff, wo wir sind?«, fragte er. Es erschien ihm wie ein Wunder.

Spencer, der emotional vollkommen erschöpft wirkte, erklärte: »Als ich auf den Gang hinausgerannt bin, habe ich den Notruf angerufen, und sie haben mich mit Sheriff Terrance verbunden, der auf dem Weg zu dem Spiel war. Zum Glück war er nah genug bei uns, um schnell handeln zu können. Ich sagte ihm, Miss Goodwin könnte verletzt sein.«

Ben fügte hinzu: »Ich hatte meine Eltern angerufen und ihnen alles erzählt. Sie drängten mich, sofort zu Sheriff Terrance zu gehen, aber ich wollte zuerst mit dem Rest des Teams reden. Ich fand, wir müssten gemeinsam vorgehen. Dad sagte, ich sollte kein Risiko eingehen, aber ich war mir nicht sicher, ob jemand mir glauben würde, wenn ich alleine vorpresche.«

»Du hättest auf Dad hören sollen«, sagte Callie.

Bens Gesicht verfinsterte sich, und er nickte. »Ich dachte, ich könnte Scott vertrauen, aber er hat mich ausgetrickst und mich Coach Simmons ausgeliefert.«

Callie stand neben ihrem Zwilling, ihre Miene war vor unterdrücktem Zorn angespannt. »Scott hat nur an seinen Ruf und an sein Stipendium gedacht, statt sich Sorgen darum zu machen, was mit Ben passieren könnte.«

Cade konnte nur vermuten, wie der Coach nach dem Spiel hatte verfahren wollen. Sobald die Wahrheit ans Licht gekommen wäre, wäre das Kartenhaus in sich zusammengefallen. Das konnte Simmons nicht zulassen.

Es stand zu viel auf dem Spiel. Und jetzt? Er würde vermutlich das Recht verlieren, an der Staats-Championship teilzunehmen, und vielleicht würde ihm auch der Titel aberkannt werden, den Oceanside im letzten Jahr gewonnen hatte. Und das war nur der Anfang der Auswirkungen, die folgen würden. Sobald alles ans Licht käme, würde es keine Lobeshymnen mehr geben, und seine Karriere wäre vorbei.

Deshalb hatte Simmons Ben nicht gehen lassen können. Er war in die Enge getrieben worden, und niemand konnte sagen, wozu der Mann fähig war. Cade mochte gar nicht daran denken, was hätte passieren können, wenn sie nicht rechtzeitig zur Stelle gewesen wären.

Cade konnte auch nicht aufhören, an das zu denken, was Hope gesagt hatte, als die Rettungssanitäter sie zum Krankenwagen gerollt hatten. Sie hatte behauptet, er hätte sie alle gerettet. Die Worte hallten in seinem Kopf wider, zusammen mit den Erinnerungen an die Menschen, die er nicht hatte retten können. Dies war eine Absolution, eine Erlösung. Eine schwere Last war von seinen Schultern genommen worden. Es war, als würden Jeremy und Luke neben ihm stehen und ihn abklatschen. Dann dachte er daran, wie schäbig er sich früher am Tag gegenüber seiner Mutter verhalten hatte. Die Zeit war auf seiner Seite. Wie Hope ihn gemahnt hatte, stand die Tür offen. Es war an ihm, den nächsten Schritt zu tun. Sobald er wüsste, dass Hope nicht schwer verletzt war, beabsichtigte er, sich mit seiner Familie in Verbindung zu setzen.

»Woher wusstest du, dass etwas nicht stimmt?« Ben richtete die Frage an seine Schwester.

»Eagle Rock«, erwiderte Callie. »Als wir dich nicht erreichen konnten, sind Spencer und ich zu dem Fluss gefahren. Du warst dort, nicht wahr?«

Ben nickte. »Ich musste über alles nachdenken. Es war schwierig, weil Mom und Dad nicht in der Stadt waren. Was du am Morgen gesagt hast, hat mich nicht losgelassen … Dass ich für das, was mit Spencers Auto passiert ist, mit verantwortlich wäre. Ich wusste, es war falsch, dass der Coach uns diese leistungssteigernden Medikamente gab. Der Umstand, dass er uns zum Schweigen verpflichtet hatte, sprach ja für sich.«

»Spencer und ich sind dorthin gefahren, und ich konnte spüren, dass irgendetwas ganz und gar nicht stimmt«, sagte Callie.

Spencer legte ihr einen Arm um die Schultern und zog sie schützend an sich.

Ben lächelte, als er die beiden betrachtete. »Also seid du und Spence jetzt ein Paar?«

Callie blickte Spencer an, der nur Augen für sie zu haben schien. »Ja«, flüsterte sie. »Das sind wir.«

Spencer räusperte sich. »Das sind wir? Ich meine, ja. Ja, das sind wir ganz eindeutig.«

Cade musste Ben eines lassen. Es hatte Mut gebraucht, dem Coach in dem Wissen, dass ein Preis gezahlt werden müsste, die Stirn zu bieten.

Der Sheriff kam zurück, und sie wurden gefühlt über Stunden befragt. Sobald es ihm möglich war, machte sich Cade davon und eilte zu dem Krankenhaus, in das man Hope gebracht hatte. Als er dort ankam, war sie untersucht, sicherheitshalber einer Computertomografie unterzogen und bereits entlassen worden. Sie saß im Wartebereich vor der Notaufnahme, sprang auf und warf sich in seine Arme. »Ich weiß nicht, was passiert wäre, wenn du nicht gewesen wärst«, sagte sie und drückte ihn an sich.

»Ich bin kein Held.« Es war ihm peinlich, dass sie anscheinend von der Hälfte des Krankenhauspersonals beobachtet wurden.

»Für mich schon«, widersprach sie.

Er schloss die Augen und stützte das Kinn auf ihren Scheitel. »Du bist die Einzige, die so denkt, und die Einzige, an deren Meinung mir etwas liegt.«

Dann gingen sie Hand in Hand nach Hause.

25

Die Auswirkungen des Drogenskandals waren in den nächsten Tagen das Hauptgesprächsthema in Oceanside, und Schockwellen rollten durch die eng verbundene Gemeinde. Zwei Fernsehsender aus Seattle schickten Reporter in die Stadt. In dem Bemühen, dem Ganzen etwas Positives abzugewinnen, behauptete Bürgermeister Dudley, das alles wäre eine gute Werbung für Oceanside. Hope hoffte inbrünstig, dass er recht hatte.

Auf sie konzentrierte sich viel Aufmerksamkeit, weil sie zusammen mit Cade und den drei Highschoolschülern, die dem Coach Paroli geboten hatten, im Mittelpunkt des Dramas gestanden hatte. Kanal 13 hatte um ein Interview mit ihr gebeten. Sie lehnte ab und empfahl den Reportern, mit Cade zu sprechen, der in ihren Augen der eigentliche Held war. Dieser lehnte gleichfalls ab, weil ihm die Aufmerksamkeit unangenehm war.

Als sie das Klassenzimmer betrat, um ihren Geschichtskurs abzuhalten, und die beiden Teenager sah, die an diesem verhängnisvollen Tag mit Coach Simmons bei ihr gewesen waren, musste sie lächeln. Spencer und Callie waren in diesen Tagen unzertrennlich. Wo einer war, fand sich mit Sicherheit auch der andere. Sie saßen in den zwei Kursen, die sie gemeinsam besuchten, zusammen und teilten sich in der Cafeteria einen Tisch.

Es wärmte Hope das Herz, die beiden so glücklich zu sehen. Ihrer Meinung nach ergänzten sie sich gut. Wie sie gehört hatte, planten sie, nach ihrem Abschluss die Washington State University in Pullman zu besuchen.

Was Scott Pender betraf, so waren seine Chancen für ein Stipendium zunichtegemacht worden, da das Footballprogramm für den Rest der Saison ausgesetzt war. Obwohl er bei Bens Entführung eine entscheidende Rolle gespielt hatte, war er nur zu Sozialstunden verurteilt worden, die ihn bis in das nächste Jahr hinein beschäftigen würden. Das und sein tiefer Sturz von den Höhen des Ruhms waren Strafe genug.

Ben Rhodes wurde von den Lokalzeitungen für seine Bereitschaft gelobt, sich gegen das zur Wehr zu setzen, von dem er wusste, dass es falsch war. Trotz der Drohungen des Coaches hatte Ben den mutigen Entschluss gefasst, dessen Machenschaften publik zu machen.

Obwohl er darauf beharrte, dass alles ein Missverständnis sei, war Coach Simmons in zahlreichen Punkten angeklagt worden und wartete nun auf seinen Prozess. Da er keine Kaution hatte stellen können, saß er in Untersuchungshaft, wo er Hopes persönlicher Ansicht nach am besten aufgehoben war. Es war überheblich und irregeleitet von ihm gewesen zu glauben, er könnte mit dem, was er getan hatte, davonkommen. Seine Arroganz hatte bewirkt, dass er sich für unangreifbar hielt.

Die Gänge der Highschool wimmelten von Schülern, die sich auf dem Weg zu ihrem letzten Kurs angeregt unterhielten. Hope hatte lange auf diesen Tag gewartet. Heute Nachmittag erwartete sie besondere Gäste. Cade,

Silas, Ricardo, Dean und Shelley waren da, um vor ihrer Klasse einen Vortrag zu halten.

Es klingelte, und die Schüler nahmen automatisch ihre Plätze ein. Hope wartete, bis Stille eingetreten war, dann trat sie vor. »Statt des Unterrichts heute …«

»Ach, kommen Sie, Miss Goodwin, Sie verdonnern uns doch nicht zu einem Popquiz, oder?«

Ein Stöhnen lief durch den Raum. Heute war Freitag vor einem Feiertagswochenende, und alle brannten mehr als sonst darauf, nach Hause zu kommen.

Hope winkte ab. »Kein Popquiz, versprochen.«

Zustimmende Seufzer ertönten.

»Kann mir jemand sagen, was wir Montag feiern?«, fragte Hope.

»Einen schulfreien Tag.«

»Sehr witzig.« Sie schüttelte angesichts des Mangels an Wertschätzung und Wissen um die Bedeutung dieses Feiertags den Kopf.

»Veteranentag«, half Spencer aus. Wenn jemand das wusste, dann er.

»Richtig. Kann mir jemand sagen, warum der Tag am elften November gefeiert wird?«

Niemand schien es zu wissen. »An diesem Tag wurde der Waffenstillstand unterzeichnet, der den Ersten Weltkrieg beendete«, erklärte sie. »Der auch als der Krieg bezeichnet wurde, der alle Kriege beendete, aber hat er das wirklich?« Sie ließ die Frage offen.

»Der Bruder von meinem Dad, mein Onkel Bill, hat im Ersten Golfkrieg gekämpft«, sagte Brooke.

»Kennt ihr sonst noch jemanden, der in Kriegszeiten beim Militär gedient hat?«

Etliche Hände schossen in die Höhe, und einige Schüler berichteten von Freunden und Familienmitgliedern, die gedient hatten.

Als die Gespräche abebbten, schlug Hope vor: »Wenn ihr die Gelegenheit dazu habt, dankt jedem Einzelnen dafür.«

Sie ging zur Tür, dann drehte sie sich zu ihrer Klasse um. »Zufällig hatte ich die Gelegenheit, vor Kurzem einige Veteranen zu treffen. Ich habe sie eingeladen, heute zu euch zu sprechen. Bevor ich sie vorstelle, möchte ich euch raten, ihren Geschichten aufmerksam zuzuhören. Es sind wertvolle Menschen, die für die Freiheiten, die wir genießen, große Opfer gebracht haben. Ich möchte euch bitten, ihnen den Respekt zu zollen, den sie verdienen.« Jetzt hatte sie die volle Aufmerksamkeit ihrer Klasse.

Sie legte eine Pause ein und fügte dann hinzu: »Ich kann das gar nicht genug betonen. Erweist euch dieser Opfer als würdig.«

Hope öffnete die Tür, und Cade trat als Erster ein, gefolgt von Silas, Ricardo, Shelley und Dean.

»Ich möchte euch zuerst meinen Freund Cade Lincoln vorstellen. Cade hat in Afghanistan gedient und wurde ehrenhaft entlassen, nachdem er bei einer Explosion verwundet wurde.«

»Ich habe Sie schon mit Miss Goodwin gesehen«, sagte Carter.

»Ja, eure Lehrerin war mir eine gute Freundin«, erklärte Cade, als er sich vor die Klasse stellte. »Euch ist vielleicht aufgefallen, dass ich leicht hinke. Es war viel schlimmer, als ich nach Hause gekommen bin, aber jetzt wird es besser.« Er zögerte, bevor er fortfuhr: »Wisst ihr, nicht alle Kriegsverletzungen sind sichtbar oder körperlicher Natur. Im Vergleich zu meinen Freunden hier sind meine physischen Verletzungen eher geringfügig. All die Schäden, die sich in meinem Kopf abgespielt haben, hättet ihr nicht sehen können, und meinen Blick auf die Welt auch nicht. Zwei meiner besten Freunde sind getötet worden, und ich habe lange bedauert, nicht mit ihnen gestorben zu sein.«

Die nächsten vierzig Minuten sprachen die Männer abwechselnd und berichteten von ihren Erfahrungen. Shelley kam zuletzt an die Reihe. Hope war stolz auf ihre Schüler, auf die Aufmerksamkeit, mit der sie den Geschichten der Veteranen lauschten. Shelley musste die meisten Fragen der weiblichen Schüler beantworten. Als es klingelte und der Schultag zu Ende war, stand kein einziger Schüler auf, um zu gehen.

»Müssen wir schon Schluss machen?«, bat Angela. »Ich habe noch eine Frage.«

»Ich auch«, riefen noch etliche andere.

Die nächsten dreißig Minuten saßen diejenigen, die keinen Bus erwischen mussten, sichtlich neugierig und erstaunt auf ihren Plätzen. Sie wären auch noch länger geblieben, wenn Hope die Diskussion nicht beendet hätte. Enttäuschtes Stöhnen folgte.

»Ich werde sie noch einmal einladen«, versprach Hope.

Das Widerstreben, mit dem sich ihre Klasse von den Tischen erhob, verriet ihr, wie gerne sie weitergemacht hätten. Auch jetzt trödelten sie noch im Raum herum, scharten sich um die Männer und um Shelley und stellten weitere Fragen. Mit Respekt und Ehrfurcht. Mit Verständnis und Würdigung dessen, was es hieß, ein Veteran zu sein und für Ehre und Freiheit Opfer zu bringen.

Bevor Cades Freunde sich verabschiedeten, bedankte sich Hope persönlich bei jedem von ihnen. Sie brauchte ihnen nicht zu sagen, welchen Eindruck ihre Geschichten, ihre Opfer auf die Schülerinnen und Schüler ihres Geschichtskurses gemacht hatten. Bis zu diesem Nachmittag hatten die Teenager den Veteranentag nur als Feiertag betrachtet. Ein Tag, an dem sie nicht in die Schule mussten. Ein Morgen, an dem sie ausschlafen konnten und sich keine Gedanken wegen Hausaufgaben oder eines Popquiz machen mussten. Dank dem, was sie heute gehört hatten, ging ihr Verständnis jetzt tiefer.

Cade blieb noch, um Hope zum Lehrerparkplatz zu begleiten. Hope sah ihm an, dass ihm etwas auf der Seele brannte. Sie fragte sich, ob es daran lag, dass er über den Verlust seiner beiden besten Freunde gesprochen hatte.

»Cade?«

Er scharrte mit den Füßen und schob die Hände in die Hosentaschen, bevor er herausplatzte: »Ich habe meine Mutter angerufen.«

Das war es also. Sie hatte damit gerechnet, vor allem, nachdem er sein Verhalten bedauert hatte, als sie ihn hatte kontaktieren wollen. Hope wog ihre Reaktion sorgfältig ab. Sie wollte nicht übermäßig freudig erregt erscheinen, obgleich sie das war, weil sie fürchtete, das Gespräch könnte nicht gut verlaufen sein. Aber sie wollte auch nicht die Bedeutung dessen herunterspielen, was er ihr erzählte. »Wie ist es denn gelaufen?«

Er zuckte die Achseln. »Ganz gut, schätze ich. Ich wollte es dir schon früher sagen. Wahrscheinlich hätte ich das auch tun sollen.«

»Schon gut, Cade.«

»Ich wollte nicht, dass du denkst, ich würde hinter deinem Rücken handeln.«

Er schuldete ihr keine Erklärung.

»Ich war nur nicht sicher, wie es ablaufen würde. Natürlich hatte ich Hoffnung. Wir sprachen viel über meinen Dad. Wir waren damals beide wütend und verbittert, und das hat uns nichts Gutes gebracht.«

»Es ist ein Schritt in die richtige Richtung.«

Cade nickte. »Mom hat in der Zeitung gelesen, was Coach Simmons getan hat, und war stolz auf die Rolle, die ich dabei gespielt habe. Sie fragte nach dir, und ich habe ihr versichert, dass zwischen uns alles gut ist.« Er hob den Kopf, um ihr in die Augen sehen zu können. »Es ist doch alles gut, oder?«, fragte er.

Hope lächelte. »Sogar sehr gut.«

Sein Lächeln wurde breiter. »Das glaube ich auch, was mich zu einer anderen Sache bringt.«

»Oh?«

»Mom hat uns gebeten, am Montag zum Dinner zu kommen. Sie hat betont, dass die Einladung auch von meinem Vater stammt.«

Veteranentag. Das hatte eine Bedeutung – so als wollten seine Eltern Cade, so gut sie es vermochten, zu verstehen geben, dass sie stolz auf seinen Dienst am Land seien, dass er seinem Land gedient hatte.

Er stieß einen langen Seufzer aus. »Ich weiß nicht, womit ich rechnen muss. Wärst du bereit mitzukommen?«

»Natürlich.«

»Nicht als Stütze«, erklärte er schnell. »Ich möchte, dass du mitkommst, weil Mom dich eingeladen hat und weil du mir alles bedeutest. Eine Versöhnung mit meinen Eltern wäre ohne dich nie zustande gekommen.«

Hope wusste, dass er jedes Wort ernst meinte. »Es wäre mir eine Ehre.«

Am Montagnachmittag wusste Hope nicht, wer von ihnen nervöser war, als sie sich dem schönen Haus auf dem Hügel näherten, das einen Blick auf den Tacoma Narrows bot. Die Nachbarschaft war gut situiert, die Aussicht auf das Wasser sogar im Regen spektakulär. Die Zwillingsbrücken überspannten den Fluss und fesselten ihre Aufmerksamkeit. Die Szenerie hätte aus einem Reisemagazin stammen können. Cade parkte in der Auffahrt, stellte den Motor ab und wandte sich an Hope.

»Bist du bereit?«, fragte er und griff nach ihrer Hand.

»Die Frage sollte ich eher dir stellen.«

Er holte tief Luft und schien sie anzuhalten, bevor er sie wieder ausstieß, wie um sich geistig zu wappnen. »Ich denke schon. Mom hat darauf beharrt, dass die Einladung auch von meinem Vater kommt, aber ich frage mich, ob das nicht Wunschdenken ihrerseits ist.«

»Es wird alles gut gehen.« Sie vertraute darauf, auch wenn Cade skeptisch blieb.

»Mach dich darauf gefasst, dass wir plötzlich gehen müssen. Mein Dad ist … nun, du wirst es schon merken, wenn du ihn kennenlernst.«

»Ich mache mir da keine Sorgen.« Hope musste einfach glauben, dass Cades Mutter ihn nicht in sein Elternhaus zurückholen würde, ohne vorher den Weg für eine Versöhnung von Cade und seinem Vater geebnet zu haben.

Cade führte Hope zur Vordertür unter dem Verandadach, wo sie vor dem Regen geschützt waren. Er zögerte nur eine Sekunde, bevor er die Klingel betätigte. Seine Mutter musste im Eingangsbereich gestanden und auf sie gewartet haben, weil die Tür fast augenblicklich geöffnet wurde.

Sara sah ihren Sohn an und zwinkerte die Tränen zurück, als sie mit den Händen sein Gesicht umfasste und ihn anlächelte, bevor die beiden sich umarmten.

»Ich habe von diesem Tag geträumt«, sagte sie und drehte sich zu Hope, um sie zu begrüßen. »Herzlich willkommen! Bitte kommt herein.«

Cade griff nach Hopes Hand, als gäbe ihm die körperliche Verbindung Kraft und Entschlossenheit. Er schien von nervöser Energie erfüllt zu sein, und sie offen gestanden auch.

Cades Vater saß im Wohnzimmer in einem Ohrensessel vor dem Kamin, in dem ein kleines Feuer brannte, und las die Zeitung. Er blickte auf, als Cade und Hope den Raum betraten, und ließ das Blatt sinken.

»Cade«, sagte er mit einem knappen Nicken.

»John.« Cades Antwort fiel ebenso brüsk aus.

John runzelte die Stirn. »Ich bin dein Vater, Sohn, und so solltest du mich auch nennen.«

Schweigen machte sich im Zimmer breit, bevor Cade sagte: »Dad.« Seine Stimme brach, und er räusperte sich.

Sein Vater erhob sich. Die Augen des älteren Mannes schienen feucht zu schimmern, als er Cade bei den Schultern fasste und ihn fest umarmte. »Es ist gut, dich zu Hause zu haben, Sohn.« Er blinzelte ein paarmal, bevor er seine Aufmerksamkeit auf Hope richtete. »Da mein Sohn es nicht für nötig gehalten hat, Sie vorzustellen – ich bin John Cade senior.«

»Hope Goodwin«, sagte sie. Ihre verkrampften Schultern lockerten sich.

»Deine Mutter hat sich wegen dieses Dinners eine ganze Woche lang den Kopf zerbrochen.« Er richtete die Bemerkung an Cade, als er Hope die Hand schüttelte und sie beide ins Esszimmer führte. »Sie wollte ganz sicher sein, dass sie sich an all deine Lieblingsgerichte erinnert.«

»Tacos und Brathähnchen?«, fragte Cade lächelnd.

»Es scheint, dass beides auf der Speisekarte steht. Ich habe darauf bestanden, dass es dazu Kartoffelbrei und Sauce gibt.« Während er sprach, rückte er einen Stuhl für Hope zurecht und lud sie stumm ein, sich zu setzen.

»Ich würde gerne in der Küche helfen, wenn ich darf«, sagte sie.

»Wir wissen das Angebot zu schätzen, aber Sara hat alles unter Kontrolle.«

Hope nahm Platz, und Cade setzte sich neben sie. Er griff wieder nach ihrer Hand und seufzte, als sein Vater sich entschuldigte und in die Küche ging. Kurz darauf kam er mit Serviertellern zurück.

»Das ist neu«, raunte Cade, als sein Vater wieder im anderen Zimmer verschwand.

»Was ist neu?«

»Dass mein Vater Mom mit dem Dinner hilft. Anscheinend hat sich in den letzten sechs Jahren einiges geändert.«

Das Dinner war köstlich, und in seinem Verlauf löste sich die Spannung im Raum. Die ungezwungene Unterhaltung drehte sich hauptsächlich um die jüngsten Ereignisse in Oceanside. Niemand sprach von der Vergangenheit. Was Hope verblüffte, war, dass Cade und sein Vater so taten, als hätte es die Kluft in ihrer Beziehung nie gegeben. Vielleicht war es so einfacher für sie. Der einzige etwas unbehagliche Moment war der, in dem Cades Job zur Sprache kam.

»Ich hörte von deiner Mutter, dass du in einem Reifenshop als Mechaniker arbeitest. Stimmt das?«, erkundigte sich sein Vater, und obwohl es beiläufig klang, wusste Hope, dass es sich keineswegs um eine belanglose Frage handelte.

»Stimmt«, sagte Cade, ohne näher darauf einzugehen.

»Und die Arbeit macht dir Spaß?«

»Großen Spaß sogar.«

Jeder am Tisch schien in Erwartung der Antwort seines Vaters den Atem anzuhalten. Sie mussten nicht lange warten.

»Du warst immer geschickt mit den Händen. Schon als Kind hattest du Spaß daran, Sachen auseinanderzunehmen. Heutzutage sind Autos kompliziert gebaut. Es braucht jemanden, der weiß, was er tut, um Schäden zu beheben.«

Nach dem Dessert – Zitronenmeringekuchen, noch

ein Lieblingsessen von Cade – verabschiedete dieser sich. Vor ihm und Hope lag eine zweistündige Autofahrt zurück nach Oceanside. Nach ein paar Dankesworten von beiden brachten Cades Eltern sie zur Tür.

»Es war schön, dich zu sehen«, sagte John.

»Ich habe mich auch gefreut, Dad.«

Seine Mutter umarmte sie beide. Da es in Strömen regnete, rannten sie zu Cades Truck.

Sowie sie im Trockenen waren, griff Cade nach Hope, legte die Hände um ihren Nacken und küsste sie lange. Als er sie freigab, war sie außer Atem und blinzelte angesichts der Leidenschaft hinter dem unerwarteten Kuss ein paarmal.

»Wofür war der denn?«, fragte sie, dabei presste sie eine Hand auf ihr wild hämmerndes Herz.

»Ein Dankeschön dafür, dass du heute mitgekommen bist. Dass du dein Herz mit mir geteilt hast. Dass du mir geholfen hast, die Kluft zwischen mir und meinen Eltern zu überbrücken. Falls du es noch nicht gemerkt hast – ich liebe dich, Hope.«

Sie lehnte lächelnd den Kopf an seine Schulter. »Ich habe es gemerkt. Ich nehme an, du weißt, dass ich für dich dasselbe empfinde.«

»Yup«, sagte er, ließ den Motor an und legte den Rückwärtsgang ein, um auszuparken. Hope berührte seinen Arm, um ihn davon abzuhalten.

Cade richtete seine Aufmerksamkeit auf sie.

»Halte deine Familie in Ehren, Cade.«

Ihre Worte berührten ihn tief, da er wusste, dass sie selbst keine Familie hatte. »Das tue ich«, versicherte er ihr.

Sie lächelte breit, als sie seinen Arm sacht drückte.
»Bereit?«, fragte er.
»Bereit«, meinte sie.
Dann fuhren sie nach Hause.

26

So sehr er anfangs den Gedanken an einen Therapeuten und Gruppensitzungen gehasst hatte, freute sich Cade auf die wöchentlichen Besuche bei Harry. Der Mann war über seine Jahre hinaus weise.

Von dem wütenden, verbitterten Veteranen, der vor Richterin Walters gestanden hatte, hin zu seiner gegenwärtigen Verfassung hatte er einen weiten Weg zurückgelegt. Er hätte nie gedacht, dass die Sozialstunden eine so umfassende Wirkung auf sein Leben haben würden. Hope kennenzulernen hatte alles für ihn geändert. Sie war sein Licht. Seine Hoffnung. Ihre Geduld mit Shadow und ihre Fürsorge für ihn hatten Cade verändert. Als er den Gerichtssaal verlassen hatte, um die Sozialstunden abzuleisten, die die Richterin ihm auferlegt hatte, war in seinem Kopf alles durcheinandergegangen. Es fiel ihm schwer zu glauben, dass sich irgendjemand wirklich kümmerte. Weder um zurückgekehrte Kriegsveteranen noch um ausgesetzte Tiere. Von dem Moment an, als er Hope getroffen hatte, hatte er sich zu ihr hingezogen gefühlt. Diese Anziehungskraft war von Woche zu Woche stärker geworden, bis Hope alles war, woran er denken konnte. Die Zusammenkünfte mit Harry und den anderen hatten ihm geholfen zu erkennen, dass er über genug Willenskraft und die Macht verfügte, um über den Schmerz, den Verlust von Jeremy und Luke und den Krieg im Allgemeinen hinwegzukommen. Hope hatte ihm den Ansporn gegeben, mehr aus sich zu machen, hart zu arbeiten und die mentalen und körperlichen Qualen des Krieges hinter sich zu lassen – der Mann zu sein, den sie verdiente.

Wie üblich wartete Harry darauf, dass Cade das Gespräch eröffnete. Da er darauf brannte zu reden, beugte Cade sich vor. »Das Dinner mit meinen Eltern lief viel besser, als ich gehofft hatte.«

»Wunderbar, Cade. Ich hatte das Gefühl, dass es so kommen würde.« Das waren keine Plattitüden. Harry hatte stets nur die Wahrheit gesagt, ob Cade sie nun hören wollte oder nicht. Cade fand es erstaunlich, wie wenig Harry bei ihren Sitzungen sprach. Er ließ Cade mit ein paar zielführenden Fragen, die ihn selbst zu jenen Antworten führten, die er brauchte, selbst alles herausfinden.

»Dad hat unseren Streit vor all den Jahren nicht erwähnt, und ich auch nicht.« Cade war gewappnet gewesen, falls sein Vater entschlossen gewesen wäre, die Vergangenheit auszugraben. Ein paar falsche Worte, und die Bitterkeit zwischen ihnen wäre vermutlich explodiert. Cade hatte beschlossen, höflich zuzuhören – eher wegen Hope als seinetwegen –, sich zu entschuldigen, wenn es erforderlich wäre, und zu fragen, ob sie einen Weg finden könnten, einander zu verzeihen. Alles, was er zu sagen geplant hatte, war fest in seinem Kopf verankert gewesen.

Trotzdem verlor keiner von ihnen ein Wort über den furchtbaren Tag, an dem Cade seiner Familie den Rücken gekehrt hatte. Kein einziges Wort.

Ein Lächeln spielte um Harrys Mundwinkel.

»Findest du das komisch?«

»Nicht unbedingt. Ich finde es erfrischend. Du nennst ihn jetzt Dad statt John.«

Es war der bezeichnendste Moment des Abends gewesen. Sowie sein Vater sprach, wusste Cade, dass sie beide bereit waren, nach vorne zu schauen und diese letzte Szene auf sich beruhen zu lassen. Bis zu diesem Augenblick hätte Cade das nie für möglich gehalten.

Beide bedauerten viel. Beide hatten Bedenken. Und anscheinend war keiner von ihnen willens, seine Fehler einzugestehen. Dazu gab es auch keinen Grund, da sie bereit waren, die Vergangenheit ruhen zu lassen. Sein Dad zog diesen Weg vor und Cade ehrlich gesagt auch. Prompt hatte sich die Atmosphäre gelockert, und sie hatten das Dinner genießen können. Ein leises Unbehagen war geblieben, aber nur zu Beginn. Im Verlauf der Mahlzeit war es ihm so vorgekommen, als wäre überhaupt keine Zeit vergangen.

Cade war dankbar für Hopes Gegenwart gewesen. Sie war genau der Puffer, den sie alle brauchten. Er konnte sehen, dass seine Mutter sie mochte, und es würde ihn nicht überraschen zu erfahren, dass die beiden schon vor diesem Dinner etliche Male miteinander gesprochen hatten. Cade war es wichtig, dass Hope sich mit seinen Eltern verstand. Er wünschte sich, dass sie eines Tages seine Frau würde und seine Eltern ihre Familie wären.

»Das ist heute unsere letzte Sitzung«, erinnerte Harry ihn.

»Die Zeit ist schnell vergangen.«

»Das tut sie immer. Ich bin stolz auf dich und das, was du geleistet hast, Cade.«

»Danke.« Harry war immer sparsam mit Komplimenten. Sein Lob löste in Cade eine innere Wärme aus.

»Wie sehen deine Pläne für die Zukunft aus?«, fragte Harry.

»Ich bin ein guter Mechaniker«, erwiderte Cade. Das Öl unter seinen Fingernägeln bewies das. »Es hat mir immer Spaß gemacht, Puzzles zusammenzusetzen und meinen Verstand zu gebrauchen. Am College habe ich meine Zeit mit Partys verplempert und mich kaum auf mein Studium konzentriert. Ich würde gerne dorthin zurückgehen und mich dieses Mal anstrengen.«

»Hast du nicht schon ein Diplom?«

»Ja, in Politikwissenschaften. Mein Vater dachte, das könnte mir nützen, bevor ich Jura studiere.«

»Und was würdest du heute studieren?«, wollte Harry wissen.

»Maschinenbau. Ich denke, da werde ich Erfolg haben. Und es wird diesmal nicht annähernd so lange dauern, da ich schon alle Voraussetzungen erfüllt habe. Ich habe es mit Hope besprochen, und sie ist auch dafür. Wir wissen beide, dass es nicht leicht werden wird, das Studium, meine Arbeit und unsere Beziehung zu stemmen. Sie macht mir Mut. Ich danke Gott jeden Tag dafür, dass er sie mir geschickt hat.«

»Dankbarkeit, eine gute Einstellung«, sagte Harry. »Damit wirst du es weit bringen, junger Mann.«

»Der Veteranenverband wird mir mit den Kosten helfen, und ich werde hoffentlich genug arbeiten können, um meine Lebenshaltungskosten abzudecken.«

Sein Budget würde knapp bemessen sein und wenig Spielraum für Vergnügen und unerwartete Ausgaben bieten. Opfer würden gebracht werden müssen. Er war bereit dazu, und mit Hope an seiner Seite war er von Zuversicht erfüllt.

»Hast du mit deinen Eltern darüber gesprochen?«

Das hatte Cade nicht getan. Ihre Beziehung war noch fragil, und er wollte nicht riskieren, sie zu gefährden, bis sie sich auf sicherem Boden bewegten. »Noch nicht.«

»Warum nicht?«

Man konnte sich darauf verlassen, dass Harry diese Frage stellte.

»Vermutlich habe ich Angst, dass sie enttäuscht sein werden. Nicht so sehr meine Mutter als vielmehr mein Vater.« Jetzt hatte er es laut ausgesprochen. Er konnte es nicht ertragen, die vorsichtige Beziehung zu zerstören, die sie begonnen hatten, wiederaufzubauen.

Harry nickte, als verstünde er ihn.

»Ich werde es ihnen zu gegebener Zeit erzählen.«

»Ich kann nicht für deine Eltern sprechen, Cade, aber ich glaube, sie haben ihre Lektion gelernt und sind bereit, dich zu unterstützen und zu ermutigen, dass du deinen eigenen Weg gehst.«

»Dein Wort in Gottes Ohr.« Cade hoffte inständig, dass sein Therapeut recht hatte.

»Sehe ich dich Mittwochabend?«, fragte Harry am Ende der Sitzung.

»Das lasse ich mir nicht entgehen«, meinte Cade.

Sie standen beide auf und schüttelten sich die Hände. Cade hatte diesem Mann viel zu verdanken. Er würde Harry und das, was er für ihn und unzählige andere Veteranen getan hatte, nie vergessen. Der Therapeut war selbst auf dem Schlachtfeld gewesen. Auch er hatte mit Dämonen gekämpft, den Weg zurückgefunden und vielen anderen dabei geholfen, trotz ihrer Erfahrungen und Verluste ebenfalls wieder zu sich zu finden.

Am Mittwoch vor Thanksgiving hatten Harry und seine Frau Penny die Besucher der Gruppensitzungen zu einem improvisierten Dinner bei sich zu Hause eingeladen. Sie würden gemeinsam ihre eigene Feier veranstalten.

Im Laufe der Wochen, seit sie sich trafen, waren diese Männer und Shelley Cades enge Freunde geworden. Sie hatten ihr Inneres miteinander geteilt, die tiefsten, dunkelsten Momente des Verlusts. Sie hatten einander mit Verständnis, Mitgefühl und Ermutigung gestützt. Cade wusste, dass die Gruppe sich zwar nicht mehr offiziell treffen, aber als Freunde in Verbindung bleiben würde. Gute Freunde. Die Art von Freund, den man mitten in der Nacht anrufen konnte, ohne befürchten zu müssen zu stören.

Cade holte Hope ab und musste warten, bis ihr Maisauflauf fertig war, bevor sie gehen konnten. Das Rezept stammte von ihrer Großmutter, eine Thanksgiving-Tradition. Sie streichelten Shadow liebevoll, bevor sie das Haus verließen.

Da Hope in der Schule aufgehalten worden war und den Auflauf nicht zur geplanten Zeit in den Ofen hatte schieben können, trafen sie als Letzte ein.

Harrys Frau Penny bat sie ins Haus, und Hope verschwand mit Penny und dem Maisauflauf, den sie mit dicken Topfhandschuhen hielt, in der Küche.

Silas begrüßte Cade mit einem Schlag auf den Rücken. »Wird auch Zeit, dass du kommst.«

»Schön, dass ihr mich vermisst habt.«

Silas hatte Jada mitgebracht, die mit Deans Frau auf dem Sofa saß und sich mit ihr unterhielt.

Shelley und Ricardo hatten auf der anderen Seite des Raumes Platz genommen und hielten sich bei den Händen. Eine Romanze bahnte sich zwischen den beiden an. Cade hatte nicht gemerkt, was sich direkt vor seiner Nase abspielte, bis die Gruppe in die Highschool gegangen war, um vor Hopes Geschichtskurs einen Vortrag zu halten, und die beiden gemeinsam gekommen waren. Es war das erste Mal, dass er sie außerhalb der Sitzungen zusammen gesehen hatte. Die Art, wie sie einander ansahen, war unmissverständlich.

Als sie am Tisch Platz nahmen, bemerkte Cade, dass es eine Mischung verschiedener kultureller Gerichte gab. Jeder hatte das Leibgericht seiner Familie mitgebracht. Silas steuerte eine Kartoffelpastete bei, betonte aber sofort, dass Jada sie gebacken hatte. Ricardo war mit hausgemachten Tamalen gekommen, Dean und seine Frau mit einem Kartoffelauflauf. Harry und Penny tischten einen Schinken auf.

Vor dem Essen sprach Harry ein kurzes Gebet.

Als er in die Runde blickte, fühlte Cade sich gut. Er senkte den Kopf und dankte Gott stumm dafür, dass er ihn so gesegnet hatte.

Als Harry das Gebet beendete, sah Cade auf und wusste, dass dies erst der Anfang war. Das Beste würde noch kommen.

Epilog

Nachdem er höflich angeklopft hatte, wartete Cade auf die Erlaubnis, Richterin Walters' Büro betreten zu dürfen.

»Kommen Sie herein«, erklang ihre Stimme von der anderen Seite der Tür.

Die Richterin saß an ihrem Schreibtisch. Ihre Brille thronte auf der Spitze ihrer Nase, während sie ein paar Papiere durchsah.

»Danke, dass Sie mich empfangen«, sagte Cade, während er in den Raum trat.

Als sie aufblickte, sah Cade ihr an, dass sie sich nicht an ihn erinnerte. Was bei den Hunderten von Angeklagten, die Woche für Woche in ihren Gerichtssaal geführt wurden, kein Wunder war.

»Ich bin John Cade Lincoln junior. Ich habe vor etwas mehr als einem Jahr mit einer Liste von Anklagepunkten, so lang wie Ihr Arm, vor Ihnen gestanden.« Er erinnerte sie an die Umstände und die Auflagen, die sie ihm erteilt hatte.

Ein Ausdruck des Wiedererkennens trat auf ihr Gesicht, als er die Physiotherapie erwähnte. »Der Soldat.«

»Ja, Euer Ehren.«

»Was kann ich für Sie tun, junger Mann?«

»Ich wollte mich bei Ihnen bedanken. Von Rechts

wegen hätte ich das letzte Jahr hinter Gittern verbringen sollen. Aber Sie haben mir eine zweite Chance gegeben, und ich wollte Ihnen sagen, wie sehr ich Ihr Vertrauen in mich zu schätzen weiß.«

Die Richterin lehnte sich zurück, nahm ihre Brille ab und legte sie auf den Schreibtisch. »Wenn ich mich recht erinnere, mussten Sie Schadensersatz leisten.«

Es hatte länger gedauert, als Cade gedacht hatte, den angerichteten Schaden zu bezahlen. Zufällig arbeitete Silas in einer Polsterei. Zusammen hatten sie alle Sitznischen neu aufgepolstert. Der Barbesitzer hatte die Kosten dafür von dem Schuldenbetrag abgezogen, und das hatte beträchtlich geholfen. Silas hatte sich geweigert, für seinen Zeitaufwand eine Bezahlung anzunehmen.

»Ich will kein Geld von dir, Mann. Dafür sind Freunde da«, hatte er gegrollt, als hätte Cades Angebot ihn beleidigt.

»Ich brauche noch einen Gefallen«, hatte Cade zu ihm gesagt. Er hatte nicht die Absicht, die Freundschaft des anderen Mannes auszunutzen.

»Schieß los.«

So ein Freund war Silas. »Ich brauche einen Trauzeugen, und ich kann mir keinen besseren Freund vorstellen als dich.«

Silas hatte gelacht. »Du willst, dass diese hässliche Visage neben dir steht, während du auf deine Braut wartest?«

»Es gibt keinen, der mir lieber wäre.«

»Gut, aber unter der Bedingung, dass du für mich dasselbe tust, wenn Jada sich entschließt, meine Frau zu werden.«

»Soldat«, holte die Richterin ihn in die Realität zurück.

»Ich habe alles bezahlt, Euer Ehren.«

Sie nickte anerkennend.

»Meine Sozialstunden habe ich auch abgeleistet, und ich bin zu den Therapiesitzungen gegangen«, fuhr er fort, und weil er dachte, er sollte es ihr erzählen, fügte er hinzu: »Ich war anfangs strikt dagegen. Ich bin hier, um Ihnen zu sagen, dass es das Beste war, was ich hätte tun können. Es wäre nie dazu gekommen, wenn Sie es nicht angeordnet hätten.«

Ihr Lächeln verriet ihm, dass ihr seine Aufrichtigkeit gefiel.

»An der Art, wie Sie hier hereinmarschiert sind, kann ich sehen, dass die Physiotherapie ebenfalls geholfen hat.«

Die Schmerzen in seinem Bein kamen und gingen. Sie würden immer ein Teil von ihm sein, genau wie der Verlust seiner beiden Freunde. Die Schmerzen waren eine ständige Mahnung daran, dass er nicht ohne Grund am Leben geblieben war.

»Ihr Hinken ist kaum noch bemerkbar«, stellte sie fest.

»Ich gebe zu, dass es Zeiten gab, wo ich während der Übungen Ihren Namen verflucht habe. Aber am Ende haben sie geholfen. Ich hinke immer noch, vor allem am Ende eines langen Tages, aber nicht annähernd mehr so stark wie früher.«

Die Richterin griff nach ihrer Brille. »Und was kommt jetzt als Nächstes für Sie?«

»Ich mache am College mein Diplom in Maschinenbau. Ich war darauf vorbereitet, ein armer Student zu werden, Kredite aufzunehmen und alles zu tun, was nötig ist, um dieses Diplom zu bekommen.«

»Schaffen Sie Arbeit und Studium?«

»Dank meiner Eltern ja. Sie hatten Geld für mein Jurastudium zurückgelegt und haben angeboten, die anfallenden Kosten für dieses andere Diplom zu übernehmen. Ich wollte es erst nicht zulassen, weil ich dachte, sie hätten schon genug für mich bezahlt, aber ich habe meine Meinung geändert.«

Hope hatte ihm geholfen einzusehen, dass er zu störrisch war. Dieses Angebot war die Art seines Vaters, sich dafür zu entschuldigen, dass er ihn bezüglich des Jurastudiums so unter Druck gesetzt hatte. Es hatte nicht vieler Argumente bedurft, um Cade zu überzeugen, vor allem, weil das hieß, dass er Hope viel eher heiraten konnte, als wenn er selbst für die Kosten aufkommen müsste.

»Gut.«

»Ich wollte es ihnen irgendwann zurückzahlen, und sie sagten, das könnte ich nur tun, indem ich ihnen Enkelkinder zum Verwöhnen schenke.« Cade verstand sich wieder gut mit seinen Eltern. Sie waren überglücklich, als er verkündet hatte, er habe Hope gebeten, ihn zu heiraten, und sie habe eingewilligt.

Während er und Hope Hochzeitspläne schmiedeten, griffen seine Eltern schon ein paar Jahre vor und planten für die Zukunft von Enkeln. Es amüsierte ihn immer, wie sehr sein Vater darauf brannte, ein Enkelkind in den Armen zu halten. Das hatte er von seiner Mutter erwartet, obwohl sie gleichfalls von dieser Aussicht begeistert war. Die Vorfreude seines Vaters war es, die ihn überraschte.

»Ich habe meiner Tochter gesagt, ich würde ihr hunderttausend Dollar für ein Enkelkind zahlen«, erzählte ihm die Richterin mit unbewegter Miene.

Cades Blick flammte auf. »Das haben Sie nicht ernst gemeint, oder?«

»Doch, leider. Ich habe das Warten satt, und meine Tochter und ihr Mann sollten begreifen, dass ich nicht jünger werde.«

Cade unterdrückte ein Lachen. Wie es aussah, waren die Richterin und seine Eltern auf derselben Wellenlänge.

»Ich würde Ihnen gerne eine Einladung zu der Hochzeit schicken«, sagte Cade. »Hope und ich haben vor, im Januar zu heiraten. Es wäre mir eine Ehre, wenn Sie kämen.«

»Ich komme sehr gerne, wenn ich kann«, versicherte Richterin Walters ihm. »Danke, dass Sie vorbeigekommen sind, Soldat. Sie haben meinen Tag gerettet.«

Was die Richterin nicht zu verstehen schien, war, dass sie sein Leben gerettet hatte. Er schuldete ihr alles. Und er beabsichtigte, ihren Erwartungen gerecht zu werden, weil er dankbar für die zweite Chance war, die sie ihm gegeben hatte.

»Wie ist es gelaufen?«, fragte Hope, als er zu ihr trat. Er hatte gewollt, dass sie ihn begleitete, aber sie hatte es vorgezogen, draußen auf ihn zu warten. Das sei etwas, was er allein tun müsse, hatte sie gemeint.

»Wirklich gut«, sagte er, als er sie in die Arme zog

und küsste. Dies war die Frau, die er liebte, die sein Leben mit Wärme und Liebe erfüllte und die ihm Hoffnung und eine Zukunft gegeben hatte.